十種寂寞

簡媜——著

目錄

貓頭鷹出來的晚上

阿金滿十歲一個月那晚，躲在一棵桑樹上，一隻貓頭鷹陪他。月亮出來了，從樹葉間望去，像在哭。他嚥了口水，猜想現在所有人應該都吃飽了，連豬也吃飽了，雞鴨更不用講；每天晚飯前，阿嬤一定叫他「去把雞鴨飼飼」，所以他家吃飯的順序是：雞鴨、小孩、豬、阿嬤、阿母（這也不用講）。

他不喜歡餵雞鴨，尤其對那群四處閒逛的小鴨仔很生氣，他得持竹竿口唸：「鵝爸爸爸，鵝爸爸爸爸……」趕牠們回後院才能餵。

有次，一隻小鴨仔不聽話，呱呱叫往別處跑，好像要找牠老母，他發火，高舉竹竿像武俠片那樣揮下去，哪知就這麼把牠打昏了，阿嬤遠遠瞧見，小跑步抄田埂趕來急救那隻鴨仔，無效，一把搶過竹竿替那隻鴨仔報仇，一竿直接落在他肩頭，好像那隻死鴨才是她的長孫。

「我打乎你死，我打乎你死，叫你飼雞鴨這呢不甘願！」

他兩手護著頭、蹦蹦跳跳一溜煙逃了，「好家在」只沾到一棍而已。他跑，阿嬤在後面追，校慶兩百公尺賽跑的獎狀就是靠平日祖孫長跑練出來的。阿嬤戰敗，一肚子氣沒出完，指天恨地罵他：「夭壽死囡仔，這呢夭壽，好膽你麥甲我轉來，我若沒甲你剁皮袋粗糠，我再輸你！」

這還用講嗎？不回去睡哪裡？當然要回去啊。小時候闖禍聽到阿嬤的狠話嚇到哭，經驗老道之後，他把這種狀況當作「巡田水時間」，既然暫時不能回家，那就到處巡巡，反正外面天大地大沒有欄杆。

他最常巡的地方是幾區田之外的阿郎哥家，茂密的竹圍裡，跟他家一樣是單戶。阿郎哥到處當小工，他老爸早死了，與一弟一妹過活，很少見到他們的老母。阿郎哥的弟弟有點「啪殆啪殆」，講話不清不楚，年紀雖然比阿金大，但傻傻地很好欺負。他不會主動欺負他啦，但也不敢講有時候嫌他勾勾纏可能賞給他一個小拳頭，說不定兩個也是有可能的。

阿金喜歡在阿郎哥家晃，沒有大人囉哩囉唆趕他回家，晃來晃去就變成自己家。他勤快地幫忙挑水、顧竈火，幫阿郎哥管一管那個憨弟，好像他才是他的親弟弟。這時候的阿金應該是天底下最乖的小孩，他忍不住幻想：消息被晚風吹到校長耳中，不對不對，是校長正好騎車經過這裡，看到瘦瘦小小的人影挑著兩只水桶，從背影一眼看出是自己學校的學生，心中很不捨，停車一問，居然是幫沒父沒母的鄰居挑水，當場拍拍他的頭流下眼淚。第二天朝會唱完國歌、升好國旗，校長喊他上臺，含著眼淚當著所有老師、學生的面，把他的善行講一遍，表揚他好善樂施是全校模範生，要大家向他學習，「啪啪啪」鼓掌聲響起……。不對不對，校長沒有那麼愛哭，不過，掌聲「啪啪啪」應該是有的，而且停不下來。竈火也燒得「啪啪啪」，火光照著他的臉又熱又紅，露出一朵自我陶醉的微笑。負責炒菜的阿郎哥的妹妹罵他：「阿金仔，莫再添柴啦，你目睭糊到蜆肉喔，沒看見鼎內是空的嗎？」

雖然阿郎哥邀他一起呷飯，但他從不在他家吃。一來，沒時沒準去別人家吃飯很失禮，二是豆腐乳、菜脯、番薯葉跟自家差不多沒什麼好吃的，不如回家去吃趕快把這些東西吃完——應該沒那麼容易，壁角整罈整甕都是醃漬的醬瓜、豆腐乳——最重要的是，估計阿嬤腹肚內那粒氣球消了，天暗，鳥都知道歸巢何況是聰明的小孩。他跑回後院，先在井邊洗淨手臉，鬼鬼祟祟地從後門進屋，直奔廚房飽餐一頓。一日恩仇到這時刻算是一筆勾銷了。

第二天上學，無須大人交代，他拎著那隻小鴨屍彎到大河邊竹林濃密處放水流。「下出世，做人莫做鴨！」他學大人唸咒相送，看著小鴨屍隨河水往下流，彷彿開開心心地要去投胎，經過一個漩渦轉兩圈沉下去了，像進去有神明居住的地方。既然來到河邊，當然要放下書包玩一會兒：摘一、兩枝野薑花插在田埂上好像它們跑出去「弄腳花」，勘察樹上有沒有超級大隻的天牛、金龜子可捉來跟同學炫耀或乾脆脫掉制服下去摸幾顆蜆仔，此時當然不能把蜆仔帶去學校，離水會死，他把摸到的一把蜆仔埋在一處，再折樹枝插在岸邊做記號，佈置好這個只有他與河知曉的祕密基地讓他很得意，好像埋入的是載滿稀世寶藏的沉船一般，他是大家都沒想到的那個真正擁有權力與財富的人，為此，他當然必須更慎重地搬幾塊石頭圍住蜆仔，免得它們被水流沖散。這件小工程耗去不少時間，他感到太陽變熱了，如夢初醒，匆匆整裝跑去學校。真糟糕，正在唱國歌，聽到國歌要立正不能動，可是不動的話怎麼跑？他不管了，反正動也是打、不動也是打，早點到校早點打。老師的臉色不好看，表情像吃太多芭樂籽有點便祕，接著請出棍子叫他站好不要動。他很聽話，最主要是經驗告訴他，此時不要動就是打三下結案，要是又動又躲，刺激老師的欲望——他發覺每個大人一大早都有打小孩的欲望——至少五、六下才收棍，更重要的是，千萬不可用手去護屁股，不然棍子打在手背上更痛；屁股肉多本來就是用來被打的，這種人體設計他從小就發現，而且知道當棍子快要落下時，快速把屁股肉繃緊再往前微縮一下下，好像跳土風舞要跟舞伴配合，那就根本不會痛，不過時間要抓得剛剛好，他靠多次練習已經很熟練，心裡很得意。三下打完，他向老師一鞠躬說：「謝謝老師。」笑嘻嘻地回座位，他一向很有禮貌。

他很習慣這種三餐飯前飯後加上睡前都可能看到棍子倩影的生活，這是小男生的童年標準配備，大家都這樣，無須抱怨。他跟厝邊隔壁一起長大的男孩們有個默契，到校不提在家被打，回家也不提在校被揍，誰敢違反江湖規矩（例如有一次，有人說溜嘴：「阿嬸，妳家阿金今天被兩個老師打。」）尋得適當時機，苦主是可以把「抓耙仔」打一頓的。這，也算是小男孩世界裡微薄的福利吧。

他又嚥口水，肚子叫得咕嚕咕嚕地。這棵桑樹長在離他家後院十步遠的地方，靠近草垛，也靠近隔壁阿婆家的雞寮，再過去是她家廁所，這幾個地方都跟食物無關。數代之齡的老桑樹長得高大，枝葉茂密；當然，高樹永遠張開手臂歡迎「猴死囡仔」來爬。尤其是桑椹成熟之時，他與弟弟、妹妹爭相爬樹採食，常吃得渾身紅紫。他的爬樹技術最好，總能吃到高枝上一顆顆黑晶油亮的桑椹，甜死人的美滋味。這麼一想，嘴內注滿口水，只好又嚥下。不過，這時節桑樹上只有葉子，還有一群比他還餓的蚊子。

其實，他根本沒想要躲這裡。

剛剛，阿嬤發狂般從竹帚抽出一枝細枝，每個小孩都知，這是最狠毒的武器。他一見，立即變成一頭小牛犢往後門逃竄，經過草垛、菜園、稻田，上了小路，繼續依本能往學校方向快跑，速度比上次運動會奪得兩百公尺冠軍還快，而且這次沒穿鞋——不，本來穿拖鞋，一跑，鞋子不知丟哪裡去——他真的跑到學校門口才停下，迎面碰到校長牽出摩托車，把公事包綁在後座要下班。

「校長好。」他說。

「放學了，怎麼還沒回家？」校長的話藏在噗噗噗的機車發動聲中。

「我去阿姑家拿東西。」他撒謊。

「好，快回去聽到沒？功課要寫，聽到沒？」校長說。

「好。」他說。沒撒謊，他也想快點回家，天在黑了。

阿金只好往回家的路走。經過阿姑家，姑丈看到他，問：

「放學了，你怎麼在這裡？」

他只好再撒謊：「我去學校一下。」

「快回去，天黑嘍。」

「好。」沒撒謊，他真的想快快回家。國語、數學功課還沒寫，明天免不了又要挨兩個老師的兩種粗細不同的棍子打。打就打沒什麼，偏偏他們三餐吃飽的力氣都滿大的。但眼前他沒空想那麼多，今晚阿嬤的棍子先挨了再說。他覺得做小孩好煩，到處都有要打他的人。

可是，他一萬個不甘心挨這頓打——那個阿福早就欠修理，這筆帳拖到今天算清楚有什麼不對——阿福流鼻血，他的手臂也被那傢伙咬掉一塊肉，憑什麼阿福他媽帶小孩上門理論就贏？他自己包紮傷口默默吞忍就輸？憑什麼大人一看到他就齊聲罵「壞囡仔」？

平日大人罵也就算了，隔壁班那個阿福有什麼資格罵？最近阿福看到他竟然嘟囔一句：「沒老爸！」聲音雖然不大，他聽到了。起初不予理會，沒老爸就沒老爸，這也是事實，不然要怎樣？老爸又不能復活。

沒想到，這傢伙吃了熊心豹子膽，越罵越長越順嘴，有一天放學出了校門沒多遠，這傢伙光明正大衝著他的臉用不屑的表情罵：

「沒老爸教示，死阿金仔，你以後沒路用，去做流氓啦，要不，去撿牛屎。哈哈哈，撿牛屎……」

「你皮在癢喔？」他不禁握起拳頭。要知道，他雖然一天到晚被打，不代表他沒有自尊心。

他朝阿福吐一口痰，偏頭瞪他，握著的拳頭沒鬆開。但這個地點不適合動手，離學校不夠遠，要是開打被抓耙仔跑去告訴老師，人家沒聽到阿福罵他的話只看到他打阿福，他豈不是要屁股開花了。更重要的是，眼下急著回家放屎，肚子裡裝大便的時候用力打架怕會挫屎，這筆帳先記著。他走沒幾步偏著頭回瞪阿福，伸出一根手指用力指著他，用江湖上的肢體語言來講，就是「你給我記住！」他曾在電視連續劇上看過黑道大哥使出這個動作，很有威嚴，沒想到今天居然用出來，他很得意，蹲茅坑時還再指了一遍，又一遍，配合一面用力，更有威嚴了。

沒想到阿福以為他怕他，今天再罵：「沒老爸就是沒老爸，去撿牛屎啦！」這是怎樣？是布袋戲講的「宣戰」的意思嗎？下一句臺詞當然就是：「你這個畜生吶，納命來！」

阿金看一眼淡藍轉灰的天色，還早，風微微地吹，路前路後正好都無人，這款好時好日滿適合打架的。

他把書包、帽子重重地往地上一丟，氣勢先做出來，完全不必捲袖踢腿暖身，直接像豹子一樣飛撲過去，將阿福的臉壓在地上吃沙。阿福反擊，兩人先互相抓頭，因為頭髮太短改抓耳朵再扯衣服，一陣翻身跨腿騎坐，阿金很幸運得到空隙揮出存放許久的那一拳，但阿福也不是滷肉腳，張開一口利牙咬雞腿一般朝他的左手臂咬下去，兩人都掛彩。

阿福流鼻血，摀著鼻子坐在地上哭。阿金用右手撿起書包、帽子及掉出來的彈弓，左手應該是廢掉了，走田埂回家。沒哭，男子漢不隨便哭，但全身都痛，頭暈暈地，拜託，男子漢也是肉做的好嗎！

他以為帳算過就好了，一點皮肉傷不算什麼，直到阿福的阿母帶他上門，一腳踢開板凳，像個瘋婆大呼小叫：「妳看，妳孫阿金仔要好好教示，妳看妳看，這裡、這裡、還有這裡，無緣無故把我阿福打成這樣，要給他死嗎？」他才了解世間事永遠未了。接著，換阿嬤像個瘋婆子抽出竹掃帚細枝要找他算帳。

薄薄的月亮升上來，田野間蛙鼓、蟲鳴喧鬧。他從學校踅回，腳步越走越慢，一路上騎腳踏車陸續下工返家的鄉親叫他的名字，他也禮貌地招呼，叫阿伯阿叔，黑暗中因為有來往的車聲人聲並不孤單，反倒有萍水相逢的暖意，好像所有的煩惱都是一陣風罷了，吹過就好。他相信就是這樣，甚至輕快地一蹦一跳起來，阿嬤的氣應該消了，肚子好餓，吃得下三碗只配豆腐乳的飯。

他依照以前的法子，在井邊洗淨手臉，基於一種想要痛改前非、睡一覺起來變成一個用功讀書的好孩子的決心，把耳朵背、膝蓋、腳趾頭也搓得乾乾淨淨。

他輕輕推著後門，卻發現那扇木門被拴住，拴得死死地。

他驚慌得哭了。走來走去，試圖從窗戶窺視家裡情形，人不夠高，像皮球一樣彈跳，驚動竹叢下酣息的雞鴨，此時這些平日得他手揮腳踢的小家禽竟比他安穩，好似牠們才是家中一分子而他是誰都討厭的野種。

窗內是「呷飯間」，沒開燈，往前那間是客廳，燈似乎是亮的，但看不到人。他小聲地喊弟弟、妹妹名字，無人回應，漸次大聲，用手拍門，依然死寂。他不顧手臂隱隱作痛奮力攀爬窗戶，這一看，連客廳也是暗的，要不是豬圈飄來的屎味證明這裡有人有豬居住，整間屋子就像被惡鬼弄倒的磚塊堆。晚風拂過竹叢發出沙沙聲，更添荒涼。

一定是這樣，阿嬤帶著弟弟、妹妹離家出走，把他遺棄了。

阿金急得往前門去探，門也落鎖，果然是這樣。

黑暗中，他一面放聲大哭一面在曬穀場轉圈圈，忽然被竹叢下竄出的雞群撥開腳步，一提腳就這麼往外走，走了一碗飯功夫，定神一看，兩隻腳帶他來到阿郎哥家。

月光照著竹叢以及無人居住的磚屋，他們已遷至較好找工作的熱鬧鎮上。阿金記得，搬家那天，他從後院遠遠地看到阿郎哥拉著放滿家具的手拉車、一弟一妹在後助推，朝天邊海角的方向去。那天，他原本龜縮到比三歲小孩還脆弱，不敢去說再見，後來看到他們快彎出路頭，不知從哪來的勇氣抄田埂追過去，像一隻勇猛野牛弓起背用盡力氣推那過度沉重的車體，阿郎的弟、妹歡叫：「阿金仔來了，阿金仔來了！」順勢放手休息，好像阿金要跟他們一起搬家。

「阿金仔。」阿郎哥叫一聲，從疲憊的眼神中撐出一抹欣慰，像看到親人。

阿郎哥身上斜套著拉車皮帶，像拉一條沉船般邁不快腳步，有阿金助推，忽然輕盈起來，兩人越走越快，竟像兄弟倆一起去行走江湖。直到不能再送，「好嘍，阿金仔，你回去。」就這句話，阿郎哥講了一次兩次三次四次，阿金終於停住腳步，看著他們去一個阿郎哥懂得的地方，而他必須回去他不懂的村裡。忽然，阿郎哥放下車駕，從車裡一個布包抽出一樣東西，小跑步過來交給他：「給你修理麻雀。」是一把他自己做的彈弓。目送他們的車體彎上通往遙遠市鎮的柏油路，他想，等他長大把不明白的事情都搞懂了，他也要去天邊海角。

今天，他也用到這只彈弓，撿一團硬土塊當子彈，用廢掉的左手握住彈弓，右手放彈，給倒在地上的阿福補上最後一擊，修理這隻大嘴巴麻雀。他有遵照阿郎哥的吩咐打腳不打臉，這一彈讓他稍為感到爽快，好像有個隱形的哥哥出來幫他出一口氣。

漆黑太深，像沉睡巨靈吐著一股霉溼味，把月光也呼得虛弱起來。廢屋原有兩扇門片，如今只剩一扇，另一扇壞掉的前次颱風後被農人拆去架在小河上當橋，這些他都知道，他常故意去走那橋，來來回回繞，好像進進出出阿郎哥家一樣。此時，他覺得跟阿郎哥一家好接近，其實他根本不知道他們去哪裡，他感到接近，因為覺得他跟他們一樣都是人家不要的人。

這一想，他又哭起來，在廢屋四周繞圈子，繞到前院草叢，蹲下來邊哭邊拔草，雞冠花、雞屎藤被他一把一把地拔除，最後手停在一棵小樹苗上，它很頑強，一動也不動，似乎以頑強來安慰他，他不服氣用兩隻手拉，邊哭邊拔，終於拔起來了。他提著這棵頑強的樹苗讓兩隻腳帶他踅回自家後院，他在井邊擤鼻涕時看見幾隻螢火蟲繞著桑樹附近低飛，好像剛回家的人。

忽然，聽到熟悉的哭聲。

他聽到阿嬤的哭訴聲，對著放在客廳牆邊他病逝的父親的靈堂。阿嬤一有辛酸事就蹲在她獨生子靈前痛哭，泣訴她多麼命苦，老了無依無靠，看著孫子一個比一個小，無老爸教示學好學壞攏不知，叫她怎麼辦才好？

他好高興，攀著窗戶看，客廳那邊是亮的，顯然他們都在那裡。心裡有一條小通道穿透磚牆連到那兒，他馬上被哀悽的哭聲纏住，靠著牆蹲坐地上，也哭得一把鼻涕一把眼淚。雖然隔著厚厚一道牆，但跟阿嬤一起哭泣讓他有安全感，不再覺得被家人遺棄。

他專心地哭，由於思念在外地工作的母親，因此哭聲之中除了傷心別有一層傾訴的意思；彷彿只有阿母能了解他的委屈，偏偏她不在家，脾氣暴躁的阿嬤除了打罵沒第二句話，要是阿母在就好了。

阿金哭著哭著竟打起瞌睡，不知過了多久，門栓拉動、木門「咿歪」而開的聲音讓他驚醒。他像一隻小花豹，迅速奔到草垛後面躲著。推門出來的是阿嬤，她到井邊擤鼻涕、洗毛巾、擦臉，重重地歎了氣，接著進門去了，喊孫女孫子吃飯，都半暝三更了，阿嬤的聲音啞啞地。

阿金支耳聽，木門「咿歪」關上，重重地又落了栓，鎖住。

他悶悶地站著，不自覺地抽取稻草、丟掉、再抽一束……天徹底黑了，舉目望去是無邊無際的夜幕，只有一兩處竹園透出微光。沒有人聲，只有忙碌的蛙鼓、不眠的夜蟲。

阿金踱到桑樹下，搓一搓腳，專心打死幾隻蚊子——我餓了沒得吃，你們餓了居然可以吃我——接著，背靠樹幹，忍不住探頭望一望後院那扇門。黑暗中，看不出動靜，但他看到窗內有了燈光，想必他們都在「呷飯間」吃飯。

他抱著桑樹，彷彿這樹是阿母，不，是他死了半年的阿爸化身。他本能地踩著枝頭爬上樹，身手靈活像一隻猴子，疲倦的猴子，坐在高處穩當的位置，樹完完整整地籠罩他，有依有靠。他嚶嚶地哭出聲，用髒手抹眼淚抹得臉也髒了，忽然從樹葉間看到月亮，水水地，彷彿也在哭。

一隻貓頭鷹不知何時飛來，棲在阿金家屋頂上，面朝著他，一動也不動。阿金先看到月亮然後看到牠。如果是平時，一定興奮地爬上屋頂想抓牠，就算抓不到，朝牠做鬼臉吼叫吼叫也很好玩，但現在他沒心情捉弄這隻「暗光鳥」，相反地，他一點也沒想到捉弄，反而覺得只有這隻貓頭鷹知道他的委屈，特地飛來陪他。他對著貓頭鷹哭，好像牠是他唯一的朋友，嚶嚶、嗚嗚，哭得太專心了，眼淚糊掉視線，黑夜變成幽深的海。

不知哭了多久，阿金坐得瘦了，挪一挪位置，一晃眼，隱約看到一條高大人影從草垛邊閃過，他的心臟被捶一下似的緊張起來，是鬼嗎？他抱緊樹枝，現在不是農曆七月半，但是田野間到處都有孤魂野鬼，等著捉短命人。他阿爸就是被惡鬼纏上，才會很快病死。

「阿爸！」阿金小聲喊著，他感到害怕，又嚶嚶地哭出聲，如痴如醉，希望阿爸在他身邊，隨即想起阿爸死了不可能現身，更是傷心地又喊了三次「阿爸，阿爸，阿爸……」

「落來，露水重了，會破病。」

阿金停聲，聽到有人叫他下來。低頭看，沒半個人影，望向屋頂，貓頭鷹不知何時飛走了。剛剛是貓頭鷹對他說話嗎？視線被樹葉遮住，他乾脆跳下來巡，從竹叢、草垛到桑樹，全無人影。他仰頭看了看樹，黑的天，只有銀閃閃的月亮掛在樹葉間。

既然下來，他自然朝後院那兒探一探。掛在木門外面的那顆五燭光小燈泡是亮的，照著窗臺上，似乎有一碗飯的樣子。

阿金什麼都不顧了，急急去看，果然是一碗公的飯，上面佈滿青菜、蘿蔔乾，不知是誰放的。蘿蔔乾的鹹香刺激他的鼻腔，像母親牽小孩的手般牽動他的腸胃。他坐在地上，專心扒飯。米飯香味完全占據他的心，讓他忘記種種不快之事。這真是奧妙極了，來自土地的五穀雜糧竟有不可思議的力量能立刻安慰一個受委屈的小男孩；大概因為這土地經過他的高祖、曾祖、祖父及阿爸親手耕種將來也要傳到他手上的緣故，所以即使四代男人都亡故了，他們的祝禱與願力仍舊存在土壤裡，藉著米糧灌注到他的小身體裡，暗中支持他抵擋眼前風暴。阿金吃個精光，彷彿把阿嬤阿爸阿母弟弟妹妹都吃進

簡熙／圖

肚，連十五隻鴨九隻雞三頭豬也吃進來了。他滿足地摸一摸隆起的肚子，走到水井邊洗碗筷。

他望著不遠處那棵桑樹，夜風吹過，好像有人躲在樹後，不出聲，看著他。

小燈泡不夠亮，彷彿一句聽不清楚的夢話。晚秋的夜已經深了，露珠一顆顆凝結。

夜更深了些。阿金背靠牆壁坐著，睏了，也覺得涼，打了大呵欠，正想躺下來睡覺，忽然不知怎地站起來，試探地伸出手推一推那扇木門。

門沒鎖。

黑夜

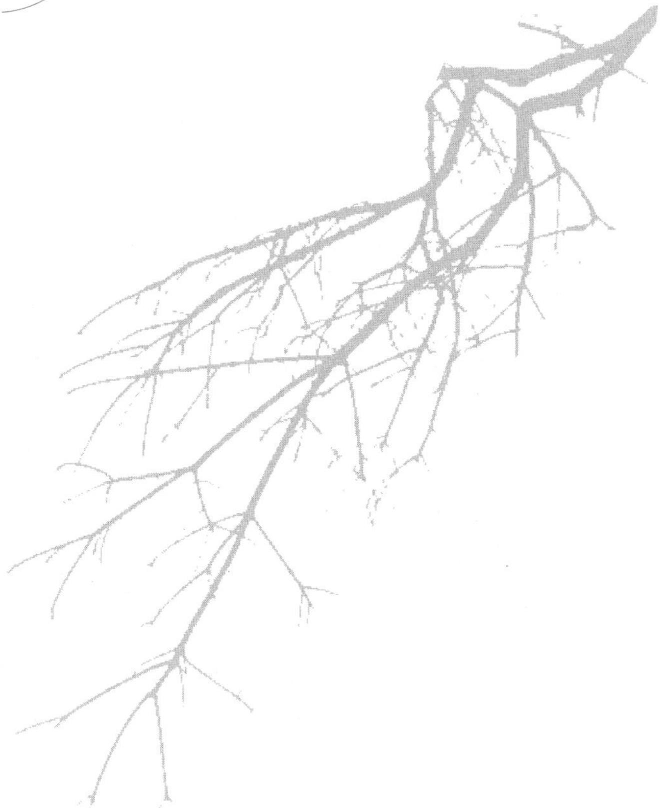

1.

拍桌聲，「安啦！」

「有我黑三在，這攤大的，穩賺！」原本敞開的襯衫，經他這麼一拍，鈕子又往下溜開一個，露出肩頭半條不知是虎是貓的尾巴刺青。

「來來來，乎乾啦！」喚作「落腳仔」的高瘦男子順勢舉起酒杯，碰了黑三及阿郎的杯，三人仰頭飲盡。昏黃燈色下，臉色都泛出豬肝紅，一手夾菸，喝完酒立刻吸一口，噴出灰霧，預先慶祝豐收。

這三個未到服役年齡的年輕人，曾在同一間以管教嚴格著稱卻效果不彰的窮鄉國中落腳過，也常在朝會時被訓導主任叫上升旗臺當模特兒，公然罰站示眾。雖然各自犯行不同，卻十之八九都同臺，太陽底下站久了，不免在麥克風放送罪行的聲浪中、頭低低貌似羞愧的姿態下交換幾句自家兄弟才會說的幹話，因此日久生情，生出革命感情。水塘裡浮萍與浮萍的交情都不是自己能決定的，往往跟豪大雨有關。三人先後因被學校記過滿貫，或是家中發生這般那般的困難而學業中輟，離開學校後失去音訊，再相逢，就是在白花花的太陽下、熱滾滾的馬路上，在一個無須躲避訓導與教官、不必靠學歷與操行成績也可以活下去的江湖邊緣。

將近子夜，黯淡無月的寒冬，小鎮夜市已沒什麼人聲，早過了店家拉下鐵門的時間，幾盞要死不活的路燈亮著，這時候會經過這裡的人，不是迫不得已出門就是無家可歸。

挨著夜市邊界一處無須付租金又不必被驅趕的三不管空地，擠著兩攤小吃，為了營生空間寬闊些，兩家說定，賣車輪餅的白天開賣，小麵攤從黃昏開火到夜宵。這時刻不可能有人來，老闆也不希望再竄出哪個三頭六臂的餓鬼要他煮麵。他女兒是唯一幫手，她此時雙臂環抱上身，歪頭靠在不遠處民家牆邊打盹。她身上那件外套單薄了些，煮麵時哈著熱氣跟夏天似的，要是打盹那就是結結實實的冬天，冷氣流不放過任何人。他看了心疼，那面牆後是茅廁，比臭豆腐還嗆，若不是累癱誰也受不了那股一直攻擊鼻腔的騷臭味。他也煩，這三個少年仔是常客，有他們光顧是好事，但一來就喝到凌晨還不散，跟暗光鳥一樣，七月半的鬼都比他們早睡。他尤其不喜歡那個叫黑三的，動不動兩隻眼睛掃他女兒胸部。他不止一次跟女兒講：「妳眼睛要睜大一點，以後千萬不要交那種迌迌人，一世人衰。」還好已託遠房親戚幫忙留意，說不定過完年後將到臺北工作，不必再跟他陷在這個餓不死吃不好的麵攤裡一世不能出脫。他打了呵欠，把剩下的麵條一束一束地塞進塑膠袋，鍋碗瓢盤都收妥，就等這一桌完結。

「春如，拿啤酒來……」黑三的聲音。

「春如累了在那邊瞇。夠了啦，要收了，這麼晚……」老闆好言好語。

「想死啊？幹你老母，叫你拿來你就拿來！」

他雙手不自主地往圍裙上又搓又揉，提起腳卻不知該怎樣邁步，還是彎腰心不甘情不願地拉出一瓶啤酒，趁機嘟囔一、兩句。

「不過，黑三，萬事還是謹慎一點好。前不久，碑頭那一幫才被料理過……你知道的。再說，那隻老猴也不是三歲囡仔，恐怕沒你想的那麼簡單。」

有一雙不成比例的長腿因而得到「落腳仔」綽號的他，比其他兩人多一份小心。好似腿長天生看得較遠，能辨識結實纍纍的果樹高枝深處有潛伏的暗箭等著。四個小時前，他們分別喬裝成路人、工人到「業主」宅屋周邊勘察，確認被前波強颱掃壞的後院鐵門尚未換新。他們早就鎖定這隻肥滋滋的老猴，其單純規律的生活模式也滲透入他們的作息中。好一陣子以來，這位八十靠邊的有錢老頭好似跟他們一起生活，至少對負責摸清他作息的阿郎來說是如此；他任何時刻看手錶都能推算老頭現在正往餐廳的路上還是看過連續劇進浴室正要洗澡。如今，帶給農漁業慘重災情的強颱提供一個破口，倒像老天爺給他們一次千載難縫的機會。

「落腳仔，什麼時候吃到女人口水變縮頭烏龜，一點膽也沒。放心，我全準備好了，軟的不行來硬的，就算他是孫悟空也逃不出如來佛的手掌心……」黑三那張臉現出猙獰奸笑，他側身斜向落腳仔，低聲說：「要是真不行，我們就一不做二不休……」黑三豎掌猛力比出一個斜切的手刀，彷彿刀下人頭落地。落腳仔持筷夾著的豆干落到桌下，眼珠瞪得像龍眼剝去白肉之後的黑籽，舌頭就像碟子上滷得爛透的大腸，吊在兩排牙齒之間。

「幹！」啪地一聲，筷子被壓在桌上，阿郎倏地站起來，瞪著黑三。黑三那個斜切手勢激怒了他，說好的，謀財不害命。桌上空酒瓶撞在一起，差點跌個粉碎，空氣在瞬間凝固。黑三猛地灌一口酒，也站起來。

「少年仔，拜託別這樣，我生意還要做……」老闆手裡牽著油污圍裙，不知道該衝著黑三還是阿郎為難地搖頭擺手，活像一隻落水狗。

「有話坐著說，再商量再商量，自己兄弟，統統是自己人嘛……」落腳仔慌了，用力把阿郎按坐下去，再去按黑三的肩頭，這兩人從未這麼僵過，他忙著按左按右，好似他們是他抽筋的兩條腿。

黑三慢條斯理地張開那兩片厚唇，嘴角刻意地壓彎著，從齒縫間迸出話：「男子漢大丈夫，要幹就幹徹底。若像老鼠看到貓尾就破膽，我勸你回家溫棉被算了，走這途，不狠無路！」

「黑三，少講一句，阿郎心情不是很好，算了算了，自己兄弟，再商量再商量……」落腳仔用手肘推了推黑三，場面總算緩下來。

「傢私我攏準備好了。」黑三的聲音冷酷地刺入夜風的心臟。付過錢，各自無聲地散了。

阿郎凝視遠處一盞朦朧的路燈，年輕削瘦的臉有太多稜角，好像會割人也像被什麼力量硬是削出來，濃眉糾在一起，雜亂的髮絲垂覆額頭，血絲在他眼裡結網但掩不住眼珠的黑亮，他的眼神看來遙遠，漫著一層迷茫，像那一盞路燈。緊閉著嘴，一句話也不吭，沉默慣常是他的武器，也是唯一藏身的地方。

2.

最後一次勘察地點後的傍晚時分，阿郎隨便找一家自助餐廳吃飯，出來時帶兩個便當。冬風像一匹饑餓的狼，迎面撲進他微暖的胸膛。

老舊公寓頂樓，加蓋的一間漏雨小房間。屋內黑，開燈，只見桌上散開的作業簿、鉛筆及沒吃完的泡麵、蘿蔔乾，好似底下有洪水猛獸，所有的日子都堆積在桌上，舊的新的生的熟的香的臭的，堆久了自成半壁江山、熟悉的小窩。六、七坪破爛小房間，夏熱冬冷，散著久未打掃的霉味與廁所飄來的尿騷臭。地上擺幾個小桶小盆，隨時準備承接雨水，桶子不夠多，攤著幾件破衣吸水，像陣亡者無人收屍。壁上疊掛大大小小的衣服，又是短袖薄衫又是套頭毛衣，窮人家的夏天和冬天是一起來的，四季沒什麼意義。沒有床架的雙人床底下鋪塑膠布防水氣，床上蓬著兩條太空被，被子裡還藏著一件黑外套，沒套子的枕頭清楚可見黃漬霉斑，倒也不妨礙睡眠；累極的人只求一處淋不到雨能躺下來的地方，至於讓他躺平的是床還是地板，沒差太多。唯一的一張單人沙發上，家用雜物堆得像小丘，那沙發無辜地拐了一隻腳，不知是撿來時就如此還是被壓垮？其實，對受傷的人或物而言，怎麼受傷怎麼弄壞的都不重要，重要的是，把日子過下去。

門推開，聲音像打破玻璃似地流出來：

「哥，肚子好餓。哥，我跟你說，阿弟又跑去打電動，輸十幾塊，我叫他不要打，他一直打……」

他沒吭聲，裝滿一壺、一鍋水擱上瓦斯爐，靜靜地開了瓦斯，這兩個總有三天沒洗澡了吧，剛一進門，一身油垢臭比垃圾桶還嗆鼻！

「哥，你你不要聽聽她亂說，我沒沒有咧！她偷偷偷我的錢都都不講，不不要臉！」

「我沒有偷你的錢，你自己丟掉的還說，我什麼時候偷你的錢？你有看到？」

「有有有啦，昨天晚上，我睡睡覺了，妳起來小小便就偷的啦，哥不不在，妳就就偷啦！」

「你你你有有有……」

「大舌猴大舌猴黑白講，我根本就沒有！」

「沒有！」

「有有……」

「碰！」他使勁蓋上鍋蓋，水滿出來灑在瓦斯爐上，爐火嘶地一聲消了半圈。

兩姐弟同時住嘴，互相給對方指責的一眼。無言地一個坐桌邊、一個坐床上吃著半冷的排骨便當。

他背對他們，蹲在廚房門口抽菸，深吸一口，緩慢吐霧，好似要把整個肺部吐出來，結果吐出的是埋得不夠深的鬱悶，故又追加一聲旁人難以分辨的歎氣。幾隻大蟑螂光明正大地在他眼前逡巡，他盯住，右手拔下腳上拖鞋，待剛吸入的一口煙噴出後將撲殺其中一隻；這不知死活的醜物並不知僅有兩秒鐘可逃，他將菸蒂彈入洗碗槽正要動手，蟑螂已遁逃無蹤。是誰指點牠們巧妙地掌握他僅有的兩秒鐘猶豫逃過一劫？為何他從未遇上這種仁慈？

3.

不，不是他，是他老爸沒遇上。

高瘦的阿爸光靠祖上沒敗光剩下的一塊貧瘠田地很難養活一家，常年至鄰鎮漁港隨漁船出海作業，久久才回來一次。阿郎只記得他身上飄散難聞的魚腥味，他在家的時候整座竹圍都籠罩在海鹽、魚腥交揉的氣味中，大麻竹的葉片頓時都像魚群在風中亂游。晚上，他看見寡言的阿爸蹲在地上叼著菸，湊著昏黃燈光用拔雞毛的小鑷子清理嵌入腳趾縫的魚鱗，微拱的背撐開汗衫上大大小小的破洞，也像鱗，那樣子好似他本來是魚，短暫回到陸上當人，終究還要回去有鹽分的海浪裡。

那尋常的一天應是年關將近大家開始忙亂之時，也是他母親盼著討海男人捧回錢財把舊帳清掉、寬裕地採買年貨給孩子添新衣過個豐年的時候。傍晚，晚炊剛開始，一隊陌生人由鄉親帶路來到他家，穿警察制服的兩個人圍著母親不知說些什麼，只見她哀嚎幾聲昏厥過去，他們協力救醒她之後立刻分派搭車方式，不顧及他還是個小學生根本沒能力弄懂事情便架起他往摩托車後座一放，叫他抱緊前座警察的腰部，說是要去「認屍」。

他們被帶到山邊一處菅芒草高掩的地方，一輛掛著破藤籃的腳踏車倒在不遠處路上，天雖黑，他認出那是阿爸的也是他藉以學會騎乘的車。人聲嘈雜，從田地收工路過、尖著嗓門咒罵是誰這款沒天良的婦女，喝叱圍觀人群退後的男人聲，紛紛攻擊他的耳朵。接著的事他都不記得，只記得有人用力推他向前，面對地上那一團黑影，他就要看清楚時猛地被母親摀住眼睛往她腰後一拉，他被母親的手臂夾得發痛正要掙脫，那手臂忽然鬆了，伴隨一聲呼叫丈夫名字，母親昏過去，他的眼睛乍從黑暗中睜開，手電筒光線下，第一眼看到的是一個斜躺在凝固血泊中的男人，胸膛上插進一把斷刀。

這是他最後一次看到那尾以人的形象做了他父親的魚。

那晚，山邊五、六戶人家都派出代表看過這個陌生人的遺容，最有可能在這區域活動的農人在熱心鄉親火速查訪下，沒一個人能提供任何異常情節，連一根髮絲的線索也沒有。最後，大家異口同聲推薦田邊的土地公，紛紛見證祂的神蹟，說祂是破案的唯一

簡熙／圖

關鍵。他與母親在土地公前下跪、磕頭，圍觀的人群你一言我一語幫著陳述案情、咒罵歹徒之凶殘，激烈的情狀讓人相信泥塑神像也會在憤怒下變身為持槍彪漢，為孤兒寡婦作主，下一秒鐘就把殺人犯重重地摔到大家面前。

次日起，漁港那邊吹過初期震驚、惋惜的風之後，接著便有一波又一波隱在稱讚死者是古意之人背後的小話傳揚開來；賭這個字後勁強大，起初是四色牌，接著加入骰子、麻將，傳到他母親耳裡時小賭客已變成大賭徒。傳言積欠的賭債是天文數目還沾到地下錢莊，但無人敢來向孤兒寡婦追討，免得遭受嫌疑，聽說自認倒楣的人遍及漁港的每一條船及隱在妓女戶內的賭場常客。這傳聞多少解釋了這個寡言男人常年在外跑船卻無法像其他討海人豐收的原因。

從那時起，母親變了一個人。

母親喃喃自語、忽而高聲咒罵的次數頻繁起來，最常被罵的是生來憨傻的小弟，只會喊餓喊渴的年紀加上那麼明顯的痴樣，在太平盛世富含慈愛的家庭裡或許別有一股惹人憐愛的天真，但在這個被衰神附身、村人視做前世造惡今生報應的落破戶裡，只能得到「怎不跟你無用老爸一起去死」的咒語。

大約是次年中秋節前，他跟母親依例去市場賣菜，她挑擔，他騎那輛父親唯一留下的財產腳踏車，用塑膠繩纏好破藤籃，前籃後筐可裝下不少菜貨，頗有流動攤位的架式。母親堅持帶憨弟一起去。

依例他們分頭叫賣，流動菜販的路線不定，大抵在市場周邊活動。他腳勤，很快賣完一車又回家補第二回，待售完回到家已是午後，直接累倒床上睡到黃昏。

妹妹搖醒他，告知阿弟走失了，他衝到後院井邊，母親低著頭，髮絲散亂，兩手機械般刷洗衣服好似木匠刨木頭，喃喃自語：「真失禮，老爸沒路用，老母也沒路用，去找卡好的家庭，免隨我吃苦。」

他忽然心裡有數，不發一語，騎腳踏車衝出去，兩隻腳還踩不到踏板底竟能在碎石路上飛馳起來。晚霞在天邊燒得橙紅，早月已升空，這時分正是倦鳥歸巢的時刻，唯獨他在秋風中朝向未知的暗路，他不知哪來的怒氣對每個擋路的人狂撥車鈴，即使前面是熟識的長輩也全然不管。

他進派出所。那些無用的穿制服警察抓不到殺他父親的兇手，年節時只會在市場口驅趕他的車攤，此時卻有一點用處。有個員警說，今日下午五公里外有人在水壩附近撿到一個哭傻的痴孩送過來，盤問許久，連住哪裡、家中有誰、父母叫什麼名字都講不清，忽然一把鼻涕一把眼淚說老爸被壞人殺死了。翻查舊案，猜測跟去年那樁懸案的苦主有關，有個警察騎腳踏車帶他去碰運氣，剛出去沒多久，動作快一點，說不定追得上。

他攔住他們，那警察鬆了一口氣反過來稱讚他夠機靈。待辦好認領手續，夜已黑透。警察給他們兩個黑糖饅頭，憨弟三兩口吃完一個，他把手上那個也給他，也吃光。走出派出所，他向警察致謝，心裡原諒了他們無能破案、驅趕他的菜車等種種積怨，而且堅定地想要做一個好人。

憨弟吃飽也放心，回程路上頓時睏眠起來。他不敢騎改用牽的，讓他趴在坐墊上酣睡。途中，不止一次停下來看他那張無邪的臉，能這麼無憂無慮活著是一種天賦。他想起有一次午眠，被憨弟弄醒，他左臉靠近太陽穴有塊拇指大的暗紅色胎記，憨弟趴在床上摳它，下手不知輕重，弄痛他。他被弄醒很火大，一拳揮過去：「笨喔，老爸老母給你什麼就是什麼，這是點油做記號，摳不掉的啦。」挨了一拳的憨弟哭了起來，他忽然一驚，天生傻也是父母給的啊，到底誰笨？

「老爸老母給的要接受，那生到我們這樣的小孩，老爸老母也接受嗎？」

從此，他沒再打過憨弟。

其實他想奮力騎車快點回家，肚子已餓得前胸貼後背，剛剛那個微熱的黑糖饅頭他真想一口塞入嘴裡快樂地咀嚼，但自尊心阻止他這麼做，他絕不讓人看見饑餓的樣子，況且飽受驚嚇的阿弟比他更需要靠咀嚼忘掉可怕的今天。一手扶車把一手攬阿弟肩膀，邁著越來越緩慢的腳步，他覺知自己就這麼一步一寸地長大起來。思及母親今天的作為，不敢多想她心中到底是厭棄他們還是疼愛他們，三個小孩是不是累贅把她困在無望的牢獄裡？他流下眼淚，還好路上無人不必掩藏，以致在夜風中他確實閃過一絲念頭，不如就這麼連車帶人、兄弟作伴一起衝入河裡替母親除去累贅。但這絲念頭比蜘蛛絲還微弱，畢竟對一個剛上國中的男生而言，一堆功課等著做、下週還有運動會他要代表班上跑兩百公尺比賽，這是他該負責的，況且單單留下妹妹叫她怎麼辦？但他確切有了新認知，母親遲早會離開家。「真失禮，老爸沒路用，老母也沒路用……」他直覺到母親像在告別什麼。那麼，此時帶弟弟往回家的路走，恐怕是最後一次清楚明白的溫情。將來，家如果拆散，就不能稱作回家了。

起初母親離家數週才返回，留下生活費又不見了，接著數月才返，留下夠他們省吃儉用大半年的錢又不見，終於失去音訊。他向幾個可能知道行蹤的人打聽，每個人說的城市都不同，結尾都是一句無關痛癢的屁話：「好好照顧弟弟妹妹，用功讀書，將來做個有用的人。」

這期間，他一面當家長管教弟妹一面在學校當登記有案的劣等生，終於走到輟學、四處打零工那條通往未知的險路。起先他跟隨一個裝潢師傅習藝，受不了老闆娘想盡理由苛扣薪水、把學徒當作家中奴工使喚的惡行，熬了一年不幹了，轉往建築工地幹活。無意間竟在工地遇到跟隨營建界大哥來洽談業務的黑三、落腳仔，昔時升旗臺上的好兄弟會合，這時的他們都已長成天不怕地不怕的青年。

他拉著手拉車搬家那天，家這個字散成雜草屑，被野風吹入水溝裡。但他不覺得悲情，沒老爸老母，就自己當老爸老母，沒什麼了不起。

4.

阿郎從床上拖出那件仿皮黑外套穿上，打開門正要挪步。

「哥，你又要出去？」這個早熟而且最會念書的妹妹，細小聲音中帶著一點撒嬌與畏懼，她的臉在燈泡亮光中暈出不尋常的酡紅，應是被冷風冷水刮傷。

「嗯。」阿郎的眼光有些逃避。

「哥，不要出去啦，昨晚房東有來，她要收房租，她說今晚還會來，臉很臭。」

「妳跟她說，我這幾天會給她。」帶上門，他又踅回，對兩個看似無邪又比同齡孩子多幾分生活刻痕的弟妹說：「我們會搬到好一點的地方。」

他在樓梯口頓了頓，接著像一枝箭下樓。冬風更緊，他不禁縮著脖子，雙手插入口袋，朝向希望之路。

行人不多，只有車輛偶爾劃破厚厚的風袋，冬風便肆無忌憚地冷得更狠。

這樣的晚上，應該圍在熱騰騰的桌邊吃火鍋，任由母親為你夾了又夾。這樣的天氣，飯後只合窩在鬆軟的被子裡，做一些也溫暖的夢。這樣的風……阿郎感覺到腳趾頭似乎僵了一半，他用力吸著不知不覺流出的鼻水。

一輛計程車在他面前停下，一位婦人牽著小男孩下車，走進一棟透出燈色的房子。他停步，怔怔地注視那扇有人影走動的窗戶。他的目光在黑夜裡透露內心的祕密，那份遙遠的記憶。很久很久以前，他就像那位被牽著的小男孩，和年輕的母親一起搭客運去漁港等他阿爸的船返回。他們一家三口逛夜市，吃炸蝦餅配魚丸湯，還得到一枝像大朵雲的粉紅色棉花糖黏著他的頭髮、臉，夜宿一間吹著鹹海風的旅社。他記得每個細節，包括口袋裡那一盒很珍貴的森永牛奶糖的滋味，爸爸從他的兩腋抱起他架在自己頸部，遙指那條他工作的船在陽光下閃閃發亮。

他低頭走著，從口袋掏出菸，把僅剩的那一根點燃，呼出的煙霧使他的眼神更迷茫，記憶就像菸頭上的紅點，忽隱忽現。如果時間可以重返，他願意付一切代價返回港邊那個被爸爸架在頸上的小男生，嘴裡含著牛奶糖，慢慢感受糖果在嘴裡融化接著一咕嚕嚥下奶香口水的感覺。不，他不要返回那個只會吃糖的小男生身上，他要回到山邊菅芒草那裡，攜帶家中那把柴刀，他會事先磨得像陽光那麼鋒利，握緊刀柄屏息躲在草叢裡，待他阿爸與那個想必身材十分壯碩的男人出現時，像野豬一樣撲向即將犯案的兇手，狠狠給他一刀，那麼一切都不會發生，他跟阿爸騎車回家，即使口袋裡沒多少錢能交給等著過年的母親也沒關係，頂多被罵到臭頭而已，踩著腳踏車回家的路上，說不定他與阿爸會一起吹口哨。

他緊握拳頭，那截未燃完的菸在他掌中捏碎。記憶中的刀傷永遠不能磨滅，更隨著他成長擴大了傷口。他咬牙切齒，一股森冷的氣流刺透他的背脊以及毫無防備的心房。他坐下來，鼻頭一放一縮，嘴角還是倔強地抿著。他緊抓頭髮，企圖擺脫糾纏他的那一幕：他聽到那把刺進阿爸胸膛的刀被左右旋轉卻抽不出直到「啪」斷裂的聲音，鮮血噴出，自他摯愛的阿爸軀體……他叫一聲：「幹！」一切幻滅，只剩無盡黑暗濃縮成一塊鉛塞進他的嘴巴硬是擠過食道壓入胃部。對面亮著路燈，燈芒照出微微雨絲，他平靜地站起來，削瘦的臉頰又恢復冷漠，過馬路，經過路燈下時，銀白光灑在那件破舊黑外套上，使他看起來彷彿披著白布一樣。

他走向黑三與落腳仔的租處。

今晚動手。

5.

「放心，一切包在我身上。等他過年回來，我勸勸他。我這個伯父看著他長大，我的話總要聽幾句吧。來，喝酒喝酒！」

老董舉杯，那張原本紅潤福相的臉被酒意染得更深，笑起來像彌勒佛的孿生兄弟，什麼煩惱都能在咧嘴一笑中灰飛煙滅。坐對面的是老朋友，這一對做了祖父母剛滿一年、尚未戒掉到處炫耀孫兒胖嘟嘟照片的夫婦，近來煩惱得要死，已有一個氣到心臟病發去掛急診；他們那個在大都市幹得不錯的兒子被豬油蒙糊了心，竟然搞上野妖精要跟媳婦離婚。

「唉，老哥，還是你好，沒成家，老了沒煩惱，清閒啊！你看看我們，乾脆氣死算了，偏偏又氣不死。」

「我還羨慕你們，有人讓你操心也是福氣啊！」

「老哥，不怕你笑話，我這是福個屁啊！」

老董是這家餐廳熟客，有個小包廂供他隨時與老友餐聚，等同自家廚房，無須看菜單，廚子都知道這位出手寬裕像家人般親切的貴客喜歡什麼。人老了求什麼？無非是銀行裡有個深不可測的財庫，平日有個懂腸胃與口味的廚師伺候著，幾個能共話國事家事天下事而不翻臉的老友，加上信得過的醫生等在邊上。這些他一向不缺，唯一缺點是屋子裡有一櫃人參卻沒半點人氣。

這一餐破例，陪苦惱的老友喝多也聊晚了，回到家已近十點。他讓計程車在路口停，刻意想吹一吹夜風醒醒酒，卻忽然感到頭暈。真不中用了嗎？他頗不服氣。大約是整晚聽老友抱怨家庭瑣事，雖然慶幸自己沒這些腥臊事纏身，可是又不免在杯酒間浮出欣羨心思，雖說在慈藹的笑容裡不至於讓人察覺這絲欣羨有多強韌，保存了一個富商晚年的自尊心，但自己騙得了自己嗎？才反常地用不成熟的方式提前下車走個路，要證明什麼？想證明自己還保有年輕時三更半夜應酬後小跑步回家發一身汗迎接天際微亮洗個澡小瞇兩小時又上班去的體能，還是證明八十靠邊的人管你有錢沒錢、英雄或狗熊都一個樣，沒用了。

他微喘著，停步休息一會兒，彎進暗巷，他的日式老宅位於巷底隱在幾棵老玉蘭樹間，獨門獨院是個幽靜所在。附近的老宅廢屋這幾年陸續被收光，正值開發潮，已蓋好、剛蓋好、未完工的大樓如新竹、嫩筍交錯，儼然是個熱鬧的大工地，他的老屋在這波翻騰的建設裡顯得格格不入。這一帶沒住幾戶人家，加上都是新住戶，平日雖然打過照面卻也不知道東家是長西家是短，鄰人與路人尚未分明。

老董開了朱紅大門，院落有一株還飄著香的老齡桂花樹，一排聖誕紅綻著大紅苞葉，點綴歲末節氣，牆上高高低低掛著幾盆從後院花房移來的蝴蝶蘭，喜氣地開著花。他今晚喝多了有點反胃，一直線開了兩道門直接進屋。

「真是老了。」

他沏一壺茶，屋內漫著俗稱報歲蘭的墨蘭幽香，但他混身酒氣聞不到。十點三刻，

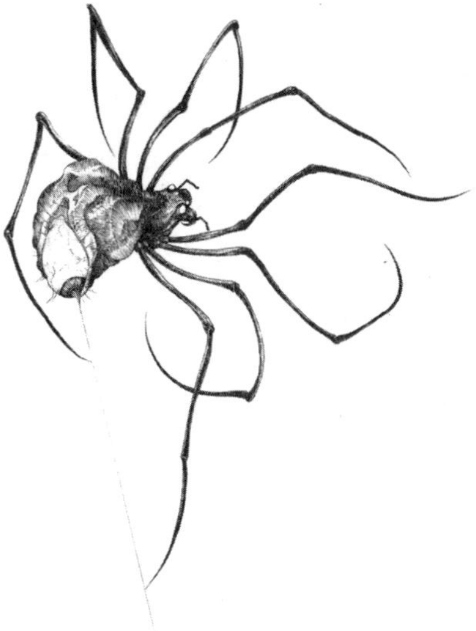

簡熙／圖

還沒半點睡意，不知接著該怎麼打發？想翻報紙，翻來翻去就是找不到今天的，也想不起擱哪兒去了？便覺得索然。開電視，沒像樣節目，僅僅只是貪圖那一點瘋言亂語的人聲及罐頭笑聲。心底那絲欣羨便鑽出來作怪了，想必老友回到家，夫婦間還有吐不完的苦惱可以整夜續著，不像他無牽無掛，一個人閉嘴就全家閉嘴。這種飄著年關歲末氛圍的冬夜，對不必為生活拚搏、沒有家累且無憂慮的獨居富豪來說，就是一臺豪華型冰箱。

在廁所取下假牙泡入杯裡，一陣頭暈令他差點腿軟，「真是老了。」不如去躺平。

他把床几上的電話聽筒拿下，怕被吵醒，十多年的老習慣，要是半夜被吵醒再也睡不著。關燈，靜靜地躺下，把被子拉好時，順勢歎了一口氣，好似歎給那些在背後羨慕他的人聽。

6.

電話亭裡。

「嘟嘟嘟……」通話中或電話沒掛好的聲音。

「睡了。」黑三放下電話，拉緊手套。他一身是黑，包括那頂毛線帽。落腳仔和阿郎也是同款打扮，從背後看，除了高矮胖瘦不同，實在分不清誰是誰。

「都記住了吧，我和落腳仔在工地那邊，阿郎你進去後，在門下閃三次手電筒，我和落腳仔再開車靠近，那隻老猴的保險箱沒我沒法度開。大家謹慎點，得手了一輩子不愁吃喝。阿郎，你記得，一進房間馬上塞他嘴巴再蒙眼睛，你身上的繩子夠你綁，必要的時候……」

當黑三說「必要的時候」時，遞來一柄尖刀，阿郎看一眼他們，收下。

其實原先的計畫是由黑三打頭陣，阿郎反對，他的理由是黑三塊頭大而他身形瘦巧適合鑽探，且在工地待過善於捆綁，不管是木頭還是石材，他捆過太多購屋者裝潢甜蜜的家所需的建材，必能在老頭清醒前綁妥。黑三覺得有理。

他們出發了。

阿郎靈活地鑽過那道半塌的鏽鐵門縫，進到後院，把門打開。黑暗中悄步移位，屏氣凝神穿過一個興起養蘭趣味的人搭建的小花房，不碰倒瓶瓶罐罐不踢翻花鏟花剪。他感謝今晚沒有月亮且夜風森冷，掩護一個走投無路的人初次犯案的壓力。早被他們鎖定的那扇被花架遮住、外人不易察覺的木頭窗戶，對當過木工的他是小菜一碟，他悄悄搬開堆放的花土花肥，卸下玻璃窗鑽入屋內的廁所，從廚房打開通後院的雕花鐵門，閃三次手電筒，至此他開始冒汗。

停了幾秒，他讓自己適應客廳那一種富麗的黑暗與陌生，摸索臥房方位。他的蒙面罩被呼吸弄溼了，不敢用力吸那快滴下的鼻水，手在棉手套裡浸了汗，伸手掏褲袋裡的大手帕，準備潛入臥室來個猛撲，將手帕塞進老頭嘴裡。他感到一陣沁冷，在應該全神貫注的此刻卻被腦中亂流沖擊，竟閃過憨弟夜間熟睡露出肚臍次日必定著涼、妹妹會不會被躲在樓梯間的流浪漢攻擊拖到暗處強暴、那年冬夜菅芒草邊的黑影，遂發抖、牙齒打顫，以致掏不出手帕。

總算掏出手帕，他摸到臥室門邊，門內，有一個他要制伏的富人，門內，有一臺沉甸甸的保險箱，箱子裡有一大疊明日太陽升起時將改變他們兄妹命運的鈔票。他左手輕輕握住門把，兩秒鐘停頓，右手捏著那團布，狠狠地吸一口氣，以一種連他自己都無暇思索的猛勁衝了進去。

「匡啷！」門撞倒門邊擱著的立體玻璃框飾物，這是獨居者不為人知的佈局。

「誰？」

阿郎猛衝過去，將老董按在床上欲塞住他的嘴，卻發現手帕不知掉落何處？老董趁機翻身，阿郎撲空，不偏不倚撞向床板，踉蹌跌倒，後腦勺撞到窗邊五斗櫃，一陣麻疼。阿郎掙扎要站起，老董更伶俐地把一床毯子抖開向他飛蓋過去，自己站在床上伸腰開燈，接著欲按壁上警鈴。身體這一延伸失去重心，像規畫好的完美動作一般筆直跌落在那一攤崩碎的玻璃框上，頭部正好對著框裡木雕關雲長拿著的那把青龍偃月刀。

蒼白燈色，血從面龐福態紅潤的老者額頭湧出，倏地沿眉眼流下。前襟也冒血，一塊鋒尖的玻璃刺進他的胸肉，米色睡衣迅速染血。阿郎嚇呆，他從未告訴任何人此生最害怕的是血，那埋入腦海深處的一幕像猛虎躍出，就在眼前，他看到一個斜躺在血泊中的男人，胸肉上插著凸出的斷刃，那漸漸逼近的臉孔使他眼前一黑幾乎暈倒。他臉色蒼白，胸口悶痛，半爬過去，全然沒感覺碎玻璃刺傷手掌，出聲叫他：「阿伯！」搖他肩膀，高聲叫：「阿伯！阿伯！」抓起地上那條手帕壓住他額頭的傷口。

黑三與落腳仔竄進來，見狀立即明白一分鐘前發生的事。

「怎麼辦？怎麼辦？」阿郎的聲音發抖。

「快！」黑三說。

阿郎以為他們要協力扶起老者送醫，立即恢復力氣，沒料到黑三要阿郎放下老者趁機搜括值錢之物，他與落腳仔直接撲向保險櫃，試圖合力搬走。

阿郎愣住不動，黑三見狀，朝他肩頭搥去一拳，斥責：「幹，你死人啊！」

阿郎瞬間無法思考，不能言語，忽然那悶痛的胸膛崩塌，接著以一種連自己都不知來自何處的力量抱起老者，朝門口快跑，衝進冬夜長巷，一邊朝醫院的方向飛奔一邊喊：「阿伯、阿伯……」

沒有人知道那老者倒下之前伸長的手指確實按到了警鈴，同樣，沒有人能在凌厲的風中聽明白這瀕臨崩潰的年輕人呼喊的是「阿伯」還是「阿爸」？

關於警鈴，很快地，大家都聽到警車呼嘯地趕來，當場逮到現行犯。而呼喊，只有年輕人自己心裡明白。

不，恐怕不明白，也不想弄明白。把老者交給急診室醫療人員後，他連夜叫醒弟妹打包行李，踏上清晨第一班開往遠方的自強號火車。

阿郎決心封鎖記憶，不再想起屬於冬夜的那兩個人。

管他叫阿伯，還是阿爸。

一天一夜和第二天早晨

1.

她下車，一個踉蹌差點跌倒。一手扶住路邊燈柱，一手壓著胸口，猛然一股酸刺從胃部噴泉似的湧上喉頭，五臟六腑都拉扯起來，攪得她渾身發軟，止不住嘔滿一嘴酸水。她忍住暈眩，勉強移動正在發冷的身子，趕緊從手提袋拉出幾張衛生紙摀緊嘴，跑到小巷拐角處，對準水溝，嘩啦啦大吐起來。

早餐吃下的麵包牛奶都化成一灘濁液瀉洪似的沖下。蹲在地上，身子又冷又軟，呆呆地望著溝裡濁黑的水映著亂髮及頭上那方破碎的天空，好一會兒才擦掉眼角淚水，嘴裡的腥酸卻怎麼也吐不掉，不死心地用力磨搓，把嘴唇都擦得乾白死灰，黏著衛生紙碎屑。她勉強撐起身，走了幾步又站住，拿不準要往哪兒走，眼睛來來回回兜圈，像兩隻迷途小鳥困在暴風雨中。

週一早晨，車輛人流特別洶湧，尤其是趕著上班的摩托車，紅燈尚未轉綠，連一秒鐘也要搶，一群饑餓鯊魚似的向前衝刺，尖銳聲劃破清晨最後的寧靜，留下漫天臭煙。城市的一天就這麼開始，任何一個沒睡飽的人站在路邊都會覺得前途渺茫、人生無望。公車站牌旁依例聚了一堆人，年輕的年老的，各等各的車。公車駛來，停下、開門，下來幾個吞進幾個，關門、開走，無情無義的樣子。這班開走，另一班駛來，一切都在沉默中進行，無須交談。除了一、兩班行經醫院學校市場的公車搭乘的人較多，難免在上車時出現推擠，其餘的看來還算平和，好像要去的地方都是不得已的，早到不如晚到，晚到不如不到，不到不如從來不知道。

她站在路口，也是一副不得已的樣子。附近陸續響起拉鐵門的聲音，打呵欠的年輕小店員拿著掃把揮掃，不知在掃垃圾還是殘夢。睜著像兩隻迷途小鳥的眼睛，她看著這些，尤其多看幾眼那個年齡與她相仿、披散一頭長髮的掃地小妹，猜測她應是剛到這家店沒多久，一面掃地還伸手巡看粉紅色指甲，生怕漂亮指甲被灰塵玷污般，模樣像憋一肚子悶氣心不甘情不願。要是老店員，凡事照規定，老闆怎麼說就怎麼做，別說掃地，就是叫你刷馬桶也得面帶笑容認命地刷，否則遭罵：「不甘願啊，查某嫺仔命不要給我擺大小姐臉，有才情去做少奶奶呀！」

她聽過老闆娘對一個挑剔工作分配不合理的女同事罵這種話，那人說要忍到拿了年終獎金才離開。她羨慕這個心不甘情不願的長髮小店員，看起來她的字典很小本而且沒有「忍」這個字，說不定今天要是老闆娘講話稍為不客氣，她翻個白眼立刻走人，邀朋友逛街看電影吃夜市，反正家裡不看她的薪水袋，自由自在。而她，現在最缺的就是自由。這陣子以來，覺得頭頂上有一團烏雲陰魂不散地罩著，厚雲越來越低快要變成鉛塊，非把她壓成肉餅不可。

紅燈亮起。她站在路旁，不自覺地拉了拉稍嫌厚重的格子毛料外套，這是同事穿不下給她的；便宜的東西畢竟不耐洗，格子上結出拈也拈不完的小毛球，猶如每一天看起來跟昨天沒什麼不同、其實暗地裡長出的新煩惱，加總起來就是一年份的撩亂。她拂著幾個月前燙的現在已炸開的鬈髮，重新把髮夾夾好，露出這陣子常常泡在淚水裡以致微腫的瓜子臉，剛才那陣大吐把原本素淨的臉逼得更蒼白，她忽然把髮夾拔掉，讓髮絲稍稍掩去半邊臉，好似現在掛起簾子，外頭的人看不到屋內祕密。綠燈亮了，她把外套往下拉直遮住肚子，雙手插進兩邊口袋，駝背走路，整個人透著不應該出現在剛過完二十歲生日的人身上的瑟縮與沉重。

對面馬路掛了一排爭先恐後的招牌：銀行、郵局、旅社、商店、理髮廳、平價自助餐店及小吃攤。至於招牌最大的還是那幾家私人診所；除了一家牙科，其他都是婦產科。這裡是滾滾煙塵的老商區，主街道內藏著一條長巷，走進去是寬闊的傳統市場，像產道與子宮的關聯。大馬路上貨車、摩托車忙碌進出，買菜的路過的辦事的看病的人川流不息，將一條舊舊髒髒具歷史風塵的老街道踩踏得更凌亂，但在這個把各種需求攤開於太陽下任君選擇的地方，亂才讓人有安全感。那些偌大的婦產科招牌懸在半空中，既嶄新又扎眼，那麼乾淨反倒讓人無法掩藏。

她第二次到這裡。有一回在自助餐廳吃飯，背後兩個大嗓門婦人嚼舌根，提到某個女人惹上感情麻煩事後來去「××街那邊的婦產科處理」。她記住街名，也記得她們講「處理」時壓低聲音的神祕感，好像那裡是下水道內蒙面人聚集施行妖法的地方，很忌諱，不可在光天化日下提。

現在，她站在招牌最老舊的「鍾婦產科診所」前，假裝在等車，其實她的回程車站牌還得再往前幾步才是。診所位在巷子口，過了巷子是一家「新星西點麵包店」，這是她選擇這家診所的唯一理由，不，唯二，老舊表示經驗豐富，處理過很多事不會拒絕人，而麵包店提供很好的掩飾，畢竟從外人看來，像她這樣的年輕女子去買麵包的需求大於進婦產科診所。還有，父親麵攤前面那條路叫新生路，同樣有個「新」字，而麵包麵條都跟麵粉有關，她心裡覺得一腳踏在家鄉路上，有個依靠。

不知何時，旁邊站著一個老頭，抽著菸，瞇眼邪邪地打量她。她臉上露著被窺視的緊張，彷彿自己是赤裸的，迴避地轉身，剛好瞥見診所門口那道墨色自動門映著自己的身影：湯短的頭髮包覆著臉，雙手插在口袋裡，黑長褲自顧自地直下，把上半身擠得好臃腫，像被丟棄在路邊的淹過水枕頭。她巡視左右，確定沒人看她，安心地退到牆邊斜靠，還把手提袋擱在前面，卻又忍不住瞄四周一眼，好像到處都有間諜監視。她的視線落在巷子口，正巧看到麵包店後門閃出一條年輕男子身影，將大包垃圾塞入桶內，背對著她抽起菸來。這麼冷的天只穿一件短袖，瘦瘦的身影有點眼熟，好像在哪裡見過，可那菸味讓她反感，年輕男子加上菸味的記憶像蛇盤繞腦海，她恨不得把頭砍下來像切除哈密瓜發爛部分把那塊記憶切掉。即使要死，也不要帶著爛記憶一起死。想到這，眼眶紅起來。

門「嗶」一聲開了，走出一位高䠷少婦，像小姐模樣，正往皮包擱下一包藥，走幾步，又拿出藥包一面走一面看，頭也沒抬，拐入巷子不見了。她有一點寬心感覺，注意到那小姐的洋裝顯出微微的半圓，大概跟自己一般年齡吧，只不過高了一些。

有一班車來，正是她前面站牌的車班，許多人上車，有人嫌擠，寧願等下一班。她想，不會有人注意她的。忽然走來一位婦人，腆著大肚子，走路搖搖晃晃地，一位瘦高男人攙著她一起進門，這次她瞧見門裡正好有個護士走過，趕緊過來攙扶那位婦人還招呼了幾句，這讓她覺得一下子鬆了口氣，好像人家招呼的是她。門關的剎那，她看到裡面有一個小窗口，寫著兩個紅色大字「掛號」。

「掛號」，這兩個字攫住她的腦子。她打開手提袋，摸著袋底的信封，厚厚地，早上又數過一次，臨出門又多放幾張進去，她想，應該夠的。可是又不免擔心，如果不夠怎麼辦？會不會被趕出來？想得心臟都撞得發疼，眉頭鎖得死緊，低低地歎氣，眼眶又溼了。抽出衛生紙擤了鼻水，揉在手裡不敢去丟，明明不遠處就擺著一個垃圾桶。

有個歐巴桑走到站牌旁，瞧了老半天，發現她，好大一聲：「小姐，借問一下……」沒等說完，她猛搖頭，人就躲開，本能地進了麵包店，把架上的吐司麵包糕點巡過幾遍差不多可以背出品項，才夾兩個菠蘿麵包結帳。也許真的餓了，咬一口竟覺得從頭香到腳，好像被誰緊緊擁抱，回到光天化日的世界來。她不好再杵在診所門口，慢慢地往前踱，走到該搭的回程公車站牌才停下。吃完一個麵包還想吃第二個，又怕吃多會吐，留待晚餐吃吧。那現在呢？正當她心裡七個水桶往婦產科診所盪、八個水桶往回家的路上晃時，卻見回程的那班公車駛來，怎麼辦？腦中一片空白，世界等著她做決定，一秒兩秒……忽地，一股力量推她上車，當司機關上門，她竟有解脫之感。

車開動，卻後悔。大老遠來買兩個菠蘿麵包，今天又白跑了。

一小時後，回到那間四、五坪小房間倒在床上哭起來，臉蒙入被子裡，咿咿嗚嗚一聲高過一聲，猛然一陣酸又湧上喉頭，跑到浴室去嘔，嘔到胃抽搐，乾咳一陣，眼淚、鼻水一起滾落。早上出門前鼓起的勇氣都消失了，如今又回復一團爛泥。她沉沉睡去之前喃喃自語：觀世音菩薩救苦救難，我求求祢，不要讓我醒來。

2.

「這房間不錯吧，看得到天空。」麗香說。

十個月前，大年初六開工日前一天，她提著一口舊皮箱隨麗香踏入繁華城市。麗香是遠房表親，大她四歲，介紹她到同一家成衣廠當作業員，還幫她找到這間除了漏水有霉味、嘈雜多油煙之外房租很公道的棲身處。

確實看得到一小片天空，有時鐵灰像被大鴿子展翅遮著，有時水藍好像家鄉的夏日海洋。她很滿足，能夠脫離麵攤生意到大城市賺錢，替父母分擔，讓她興起成就感。母親的廚藝不錯，礙著一條瘸腿不能久站，只能在家備料做滷味，全靠身體不佳的父親一人扛那小攤，料想弟妹們放學應會去幫忙，然而那畢竟是靠體力在風中雨裡、水中火裡討生活的艱苦事，父親總有撐不住的一天。一家擔子她挑定了，城市給她一條活路，窩在小床鋪上，想家的淚水多過悶熱天氣流的汗水，她很滿足，有時也做起買一棟四房兩廳兩衛房子的夢，雖說那條路在哪裡還不知道，但美夢不就是為了給不可能一巴掌叫它變成可能而存在的嗎？

窗口吹進冷流讓她醒過來，還活著，觀世音菩薩不救她。躺在床上瞪著天花板，那盞日光燈污黑得幾乎要掉下灰塵塊。天色陰沉，房間又暗，更覺得那盞燈彷彿要化做魑魅來攫她，一閉眼真的有一團黑影逼近，斥罵她是不要臉的人，幹出這種事來，對得起父母嗎？甩來兩個巴掌，是她自己的手！懼得她不敢再閉眼。塑膠衣櫥上那口舊皮箱裡面是空的，想到還有兩個月就過年，可以回家去，她還沒有回去過，從出來到現在。她曾想過給家人帶些禮物，把皮箱裝滿，那一定是很甜蜜的沉重，說不定重到把手扭傷，她甘願。但現在皮箱是空的，空得像一口棺材。

牆壁上掛了幾件毛線衣和一條老爺褲，不是她買的，是麗香的舊衣送給她。只有那條米黃色褶裙是她買的，這輩子第一次到百貨公司幫自己買衣服，感覺像地下室奴婢變成花園裡的時髦小姐。那是唯一一條像樣的裙子，她很喜歡穿它，只有穿那條褶裙時她才覺得自己是美麗的，可以在陽光下邊走邊唱歌。同事也說她皮膚白身材瘦，配上米黃色，更細緻嬌美。第一次穿去上班時，裁剪部的小王對她吹口哨：

「春如，水喔！」

麗香瞪了小王一眼，他倆是一對，大家都知道。

跟小王同組叫阿銘的，跑到她身邊笑嘻嘻地說：

「小如，晚上請妳吃飯！」

她們說，她打扮起來根本不像二十歲。她為此還去燙了一次頭，讓自己成熟些，好像運氣會變好。

她現在不喜歡那條裙子，甚至想撕碎它。那是她唯一喜歡的裙子，選了很久才決心買。上班、逛街都穿它，每一個重要的日子都穿，包括那一天。她恨恨地想撕碎它，撕碎那一天。

兩個月前，阿銘邀她：「我請大家吃飯，永和的涮羊肉妳一定沒吃過。中秋節連假，妳第一次在外頭過中秋吧？」

「你們去就好，我還是回去。」她對這個時常藉機在她面前晃的人保持戒心。

「有什麼關係？都是外地人，出門在外互相照顧，再說，我也把妳當妹妹看待，我妹妹都比妳大一歲。」

「不好啦，你們去就好了。」

「小王、麗香也要去，妳一個人回去啃月餅？」

「她也要去？」

「是啊，就我們四個人一起吃飯，團圓團圓。告訴妳一個祕密……」阿銘湊近她耳邊：「我打算做到月底，先別跟他們說。」

「團圓」這話打動她的心，出外人像浮萍，餐桌上冒煙的四菜一湯都是夢中的事，更何況他將離職，說什麼也該顧念這份情誼。

永和鬧市到處亮晃晃地像白天，把她撩得很興奮，走路像踩在雲端。她穿著那條米黃色褶裙跟在麗香後面，她也穿得很漂亮，還化了妝，高跟鞋叮叮地響著。

除了涮羊肉，還有海鮮。阿銘帶來一瓶洋酒，很漂亮的瓶子，她第一次看到。他們勸她喝一些，她不要。他們說不會醉，甜甜的，她還是不要。麗香說沒關係啦，過節嘛意思意思。小王弄來一瓶白葡萄汽水，讓她們摻著喝，說這樣後勁才不會那麼大。她看麗香喝，也就喝了。「乾杯！」兩個男人燦笑著，酒杯一舉高，節慶的感覺都出來了。她放心喝，甜膩帶點辛辣，喝第一口覺得甜，第二口開始有些扎喉嚨，等到她喝完那杯汽水摻酒，打一個響嗝以後，全身便熱烘烘起來，甚至火燒似的燙。

她說：「是不是地震？好暈喲。」他們大笑。屋子開始旋轉，她想舀湯喝，沒舀到。她被攙著站起來，圍著圍裙的老闆娘臉好大，街道彎彎曲曲地，好像一條大蟒蛇，而且是凹凸不平的大蟒蛇，每走一步就踩進一個窟窿。朦朧中，好像回到老家，那次鄰居阿嫂坐月子，她去送禮，母親吩咐她：「阿婆若端麻油雞給妳吃，妳要吃光，阿婆下次才會抱男孫……」她喝光，回到家倒在床上睡到天黑。母親的話、阿婆的笑容，麗香的聲音、阿銘的話語，在她腦海交疊追逐，牽著她一下子往天邊盪去一下子跌落地面，她記得自己吐了，吐完說想睡覺，彷彿被塞進一個密閉箱子，掉入大窟窿不斷地墜落，菸味濃濁，是火燒嗎？黝黑的影子緊緊包圍她，有個東西重重地壓著她的頭、胸口、手和腳……她迷迷糊糊地感應到火燒後的虛脫與疼痛卻無力判讀，只要躺平就好，沉甸甸地便什麼感覺都停止了。

醒來，已是第二天下午。宿醉像身體遭小偷，一陣暈眩攪得她頭痛欲裂、渾身無力，待坐起，怎麼有散不去的菸味？到浴室洗澡，陰部不尋常的悶痛敲醒她的腦袋，她看到內褲沾著鐵鏽色血污，全身被電擊般驚跳起來，這不是生理期提早來，恐怕是被……她奮力抵擋那個強烈的念頭襲來卻無效，跌坐地上前腦子被「強暴」這兩個字狠狠地敲了一棍。

她打電話給麗香，問昨晚怎麼了。

「妳啊，我會被妳氣死，吐得跟豬一樣。」

她是不能喝酒的，吃帶酒的東西都會暈。

「我跟小王要去看電影，只好叫阿銘送妳回去。妳要謝謝阿銘，好好一頓飯沒吃完就結帳，白花錢。」

她縮在床上，一直發抖。

連假後，阿銘沒進工廠，離職了。

她問到他的租處電話，每晚到樓下打公共電話，沒人接就是沒人接。有一天終於通了，接電話的人說，這人已經不住這裡，妳別再打。她不死心，去人事室謊稱欠阿銘錢要寄還他，查到他家住址。高雄縣鄉下，那是什麼地方？就算她有膽拿刀子也殺不到那麼遠的地方！

該拿刀子是一個半月後的事，生理期遲遲不來。顧麵攤時最恨生理期，常搞得狼狽。她從沒像現時那麼渴望看到經血，一滴就好。恐懼襲來，她是翅膀被反摺的鳥，頭頂上一條繩子繫一把刀，落下就是砍頭。牆上掛著那條米黃褶裙，她沒再穿過，褶線都爆了，縐得很厲害。她扯下褶裙，使命地撕，用盡全身力氣撕，連手都顫抖，卻怎麼也撕不破。像一根針扎進帶血帶肉的腦心，她使命地搥床，痛哭起來，猛然一個翻身，拿枕頭扔牆上褶裙，連棉被也扯起來丟，半杯水也一起飛拋，水把褶裙潑溼一角，像那天的血污，抓起梳子再丟，把木板牆打得像要潰倒。一切靜止，大事定了。

跑去西藥房買瀉藥吃，她天真地以為只要讓肚子裡的東西全部瀉下便會沒事。瀉了好久，在廁所坐到腳軟，一面誦唸觀世音菩薩救苦救難。一整天沒吃東西，想站起來沒半絲力氣，幾乎爬著上床。她撫摸腹部，似乎不再那麼凸，嘴角露一線微笑，喘息著任時間在她的暈眩中流逝。

熬了一個多禮拜，每天向觀世音菩薩祈求，這一帶的宮廟也求了，月經依舊沒來。她想起女人們進進出出的婦產科診所，害怕到牙齒打顫，她想：「人家會說我是一個無

簡熙／圖

恥的賤女人！可是我沒有錯，我被欺負了，被欺負也是我的錯嗎？」

「妳最近怎麼搞的，老出錯。」麗香板著臉把她交上去的貨退回，叫她重新車線。

她虛弱得頭昏眼花，低頭拆線重車，什麼事都不能讓麗香知道，她一知道，整個親戚圈全知道，叫媽媽的臉往哪裡擺？她一想到媽媽跛著腿在廚房盤麵條、炒油蔥酥、滷黑白切，從早到晚走不出那間酷熱小廚房，心就揪緊，把湧到喉頭的話語像吞石頭一樣吞下去，就算吞刀子也要吞，沒別的選擇。

饑餓撥醒她的理智，剩下的那個菠蘿麵包三兩口吃了，止不了饑。冬冷天氣，讓人特別想喝點熱騰騰的湯。

此刻應是父親最忙的時候，四張桌子一定都滿座，她恨不得飛回去接手，讓父親喘口氣。如果有一間自己的店面，這是父母的夢想，如果有一間自己的店，不必餐風淋雨跟人家搶地盤該有多好。

她出門覓食，一路這麼想，遙遠的夢想讓她移開注意力，似乎也灌進來不一樣的心思。進麵館點了陽春麵，麵端來，她一眼就知道這碗麵除了燙，其他的都不及格，她遺傳母親的廚藝本能，一眼一嚐就能抓到八、九分，只是沒有立足的半寸地。

一個穿小學制服的小女生提花籃進來兜售夜來香、玉蘭花，傻笑著招徠，說出來的話像一團麻糬不清不楚，是個可憐孩子，沒人理她。她想起家鄉路邊常有玉蘭樹，開出一陣香風，此刻看到玉蘭花竟有莫名的感動，好像有人帶訊息給她，是什麼？她還不知道，大概跟未來有關吧。她不忍她空手，買了一串。這種天氣還在外討生活的人要的不多，不過是想活下去而已。她帶著一串玉蘭花回去的路上下定決心：「我要的也不多，活下來而已。」彷彿自言自語又像說給肚子裡的某個存在聽：「做人很艱苦，不要來做人。我沒有能力生你，對不起！」

她打電話給主管，明後兩天還要請假；同意要請、不同意也要請，要把她開除也沒關係，工作再找就有，要做牛不怕沒犁可拖。

明天，太陽下山的時候，她發誓：「我也要翻過這一頁。」

3.

搭同樣的車，還是在那一站下。同樣是昨天那套衣服，好像時間暫停，只不過她去攀了一趟懸崖，等她回來，時間繼續往前走。

她站在「鍾婦產科」門口，九點才看診，還有半個鐘頭。等車的人不多，她比較放心些。那道墨色自動門被鐵捲門遮住，一動也不動，安靜得像永遠也不會開似的。她盯著地上那塊鬃毛擦板，已經磨禿了，佈滿灰塵泥土，不知有多少女人的鞋印踏過？今天，她也要踩上去，用力擦鞋底，把過去擦乾淨。

既然需等待，她本能地往「新星麵包店」逛去，怕暈車今早還沒吃東西，也許還是

簡熙／圖

買一個最愛的菠蘿麵包吧，把它當作唯一知情的好朋友，躲在胃裡給她力量，陪她度過這一關。

她推開玻璃門，門上小掛鈴響起，叮咚叮叮咚，響得特別清脆。

店內沒人看著，正在遲疑間，從櫃檯後面的烘焙間走出一個瘦高男子，穿短袖、圍著圍裙，第一眼看起來嚴肅，好像笑容是很昂貴的東西，不可以輕易拿給人看。

但第二眼，他臉上有塊紅胎記連結到不算遠、但必須翻山越嶺的過往時光，他倆臉部表情同時牽動、盪開，眼睛睜得大大地盯著對方，嘴角不自主地綻出昂貴的笑，同時翻山越嶺。

繫圍裙的麵包師傅笑著說：「幹，妳不是麵攤那個春如嗎？妳跑來這裡做什麼？」

「我跑來這裡做什麼？是喔，我跑來這裡做什麼？」她笑著重複他的問話兩遍，像個傻瓜，記起這個常常跟朋友來吃麵要不就是帶弟弟妹妹來、每次都點炸醬麵配貢丸湯的人。

「你就是那個阿郎對不對！」春如高聲指認，叫出他的名字。時間在這時亂掉了，竄成漩渦。

她打算告訴他為什麼在這裡，才一開口，話還沒說，眼淚先流下來。

阿郎站在她面前，問：「發生什麼事？」

時間漩出一朵水淋淋的紅花，九點整。

待續

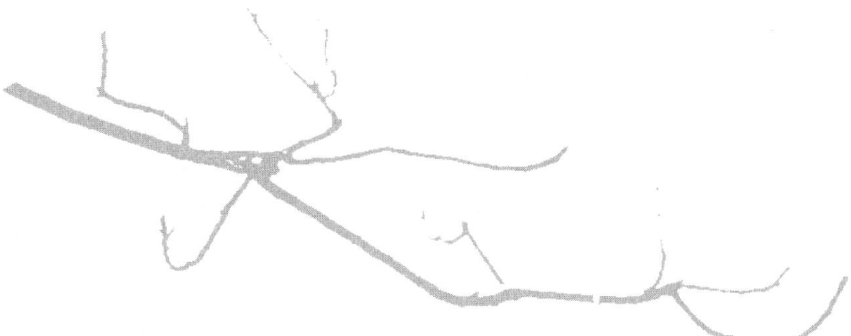

1.

任荷總是想到死亡。

那是一種微暈的搖晃，獨立於死亡證明書、訃聞與葬儀社估價單之外的。彷彿轟轟烈烈遷入精心裝潢的新居首夜，賀客的餘音與酒餚香氣混雜在新屋特有的油漆味裡，形成一種搖晃；或是歡愛之後，身旁的伴侶規律地發出均勻的鼾濤，只剩她留在淺眠的夜晚迷路，忽而朝睡眠的沼澤下沉，忽而被莫名的力量打撈而浮升，接著發現床上流淌著曖昧的光，以為是棲息的月亮，認真看，赫然是騷動的、肥美的白蛆。她甚至缺乏驚慄的感覺，也不想喊醒背對著她而睡的伴侶，只是安靜地看著牠們繁殖，擁擠地、快樂地淹沒了她。

故事要求另一個故事以協助詮釋，形成記憶鎖鍊，連續地占據時間和空間，蠶食人的一生。而任荷幾乎無法逆溯最初的迷戀是從哪一個時空刻度開始的？她也不能詢問母親是否在子宮時期即已察覺她對生命的質疑，是否曾聽到腹部深處傳來胎兒以暗碼敲出「請結束」的哀求？海洋無法被取消，不管初始是以遊戲或是認真的意念踏上一艘不返航的海盜船，任荷不難想像，一個站在診所掛號櫃檯指揮護士、協助甫開業丈夫推動婦產科業務的強悍醫師娘，不可能聆聽她不想聽的話。

她嘗試用搜索來的知識與雜藝，梳理留在她腦海深處整個過度憂傷的孩提，是否來自畸型的家庭或暴力婚姻或被反鎖在衣櫥或性騷擾諸如此類具有統計意義的事件對兒童成長的致命影響，但任荷想不出哪一項適合用來解釋她對死亡迷戀的起源。她的父母一向很努力地在她與妹妹面前保持微笑，接近了做功德。她也不願意質疑這樁記憶，並且放縱它繼續發展細節；譬如，在碎花小陽傘的庇護下，一家四口到照相館拍全家福，母親特別允許她含著一顆糖，這項隆恩使得照片中的她看起來兩頰豐潤非常可愛。任荷願意盡一切努力保護這樁記憶的完整，多年之後，當她數次在生與滅的夾縫中喘息，或多或少從這樁記憶萃取靠岸的感覺而恢復流淚的能力，願意相信她的周圍還有愛。雖然少量但畢竟還有，這讓她覺得被季節放棄的枯木上也可能有小樹苗正在抽長，被另一個季節收留。她漸漸明白，小戶人家要經營出可讓外人讚揚的幸福不是一件容易的事；她總是想起斯文的父親蹲在地上拿著布，慢慢擦淨自郊外踏青遇雨回來一家四口皮鞋底泥巴的情景，而收音機裡流出輕快的鋼琴演奏，春天某個早晨蝴蝶繞著盛放的花朵的樣子。她後來才領悟，幸福藏在微小的事物裡，而且像麥芽糖自有其延展性，拉成絲即使像一條線也還是甜的。

2.

叫醒她的是小貨車的喇叭聲，「修理紗窗紗門換玻璃」，國臺語雙聲，從遠而近，看來大家的門窗都是嶄新的，沒人答理，又漸漸遠去了。

她躺在床上靜靜聽那聲音，猜測應是一個認分的中年男人錄製的，講「修理」加重語氣，好像他是為了修理東西才生而為人。這麼說來，一輩子低頭幹活也不會抱怨。這是個本領。因為低頭，大約也沒人真正看清楚他的長相，而他也不在乎別人用什麼眼光看他吧！

寫滿藍字的三百字稿紙蓋在胸口，剛剛她就是這麼睡過去的。不記得是第幾次重閱，稿紙上端正的藍色筆跡是她熟悉的；她在作業簿、補習班講義、考卷上看過這秀氣中帶著執著的字跡，那些參考書、考卷後來傳到她手上，她再怎麼作答都跳不出已寫下的藍筆跡答案，得分不是一百就是接近一百。文科申論題更是如此，她根本不必思考，直接背藍色答案。不管什麼題目都難不倒那枝藍筆。有人生來就是負責解答。

她記得那些藍色原子筆，筆頭被一個愛思考的人當成檳榔咬出鋸齒狀痕跡，好像什麼難題咬一咬就沒了。她讀過藍筆寫出〈那天，我見到人性的光輝〉、〈生於憂患死於安樂〉一篇篇洋洋灑灑總是博得高分的作文，但她從未見過「總是想到死亡」的句子，打死她也不相信藍筆會寫出這種在父母老師眼中是病毒的文字。這讓她掉入萬丈深淵，一切都是偽裝嗎？書寫者每天從藏身的纏繞著水草的深淵出來，穿上假面皮囊男裝，做一個乖兒子、好哥哥、資優模範生，卻在無人的時候化身為「總是想到死亡」、叫做「任荷」的女生。

她讀下去。

任荷不得不歸咎於宿慧，來自於上輩子的滄桑之感，像娘胎帶來的宿疾不易根治一樣。這種結論無從佐證卻不失為簡單有力的理由。能相信玄祕思想也是一種本領，而且不見得比相信其他定理律則省力。她似乎預見人世是怎麼回事，遂提早在童提階段確定性格基調，也提早設定整個人生的故事內容。她總是知道自己藏身的處所，時而在野獸麇集的熱帶草原，時而是酷雪覆蓋的岩洞，時而在媽祖廟簷下一隻遠方來的黑燕的羽翼裡，她不禁想像，如果曾經有那麼一次，只要一次就好，當她午睡醒來，摟著媽媽買給她的布娃娃，坐在通往一樓父親診所的樓梯轉角處，含著眼淚，看著候診的陌生女人們時，有個女人來到她面前，撫摸她的頭，彎腰問：「小朋友，妳剛剛夢中躲在燕子的翅膀裡不嫌黑嗎？」而不是：「小朋友，不要哭，哭會被妖怪抓走喔。」她的人生會不會轉彎？也許不會出現往後的發展：在時間的進程中頂著一顆過度沉重的頭顱及一具拒絕轉型的童話式的身軀，熟練地駕馭她所設計的各套應用軟體，走入白花花的人世街頭。也不會出現這樣的尷尬：人們依照她的指令來認識她，卻沒察覺每一套系統都是一種取消。

於是，她總在行路的某一瞬間回頭，彷彿看著自己歪著頭顱，坐在某一塊霓虹招牌頂端，覷著靉靆世間，也不微笑，也不皺眉，好像一隻擱淺在半空中的雲豹，忘了自己是誰。

待續。

她記得那張照片，哥哥四歲坐在媽媽腿上，她兩歲，嘴裡含著糖球由爸爸抱著。她太小，無從記憶拍照那日情景，即使後來從相簿上看到照片，也欠缺興致多看一眼。

她也記得以前住過的診所樓上，老式兩層樓透天屋，樓下是父親的診所，樓上住家。從父母的房間窗戶可以看見馬路對面的菜市場及隱在後面露出黃瓦屋頂的宮廟，年節時總會傳來鞭炮聲，打算把世界炸開似的。她不討厭硝煙味，比樓下樓上長年瀰漫的消毒水味、藥味好聞。往窗外探頭，可以看到「鍾婦產科」招牌，年終掃除時，眼皮下垂的阿桑會靠在窗邊，伸出拖把擦那招牌，狀似與纏棲在上面的鬼魅搏鬥，她曾壓低聲音說，招牌上有很多被打落胎、沒辦法出生做人的嬰靈爬來爬去，還拉她衣服到窗邊：「婷婷，看到沒有？喏喏，一個兩個三個……八個！」她嚇得尿褲子，再也不敢進爸媽房間。媽媽看到溼褲子，罵她，醫生的小孩怎麼膽小到像個廢物。

「我們這條路上的小孩，我家婷婷最膽小最醜。」她記得媽對鄰居說這話的表情。

她記得很多事情，包括那次午眠醒來坐在通往樓下診間的樓梯哭著喊媽媽。媽媽嚴格禁止他們下樓干擾診所運作，小孩冒出來喊爸喊媽，有損醫師、醫師娘的專業形象。二樓樓梯口設了一道門，平時鎖上，那日竟沒鎖。她記得自己抱著布娃娃，候診的陌生女人過來叫她不要哭，這讓她哭得更兇，後來是個胖護士過來哄她，帶她回房，接著把門給鎖上。她拍門繼續哭著喊媽媽，不多久，門開，龐大的身影像疾風中的獵鷹，展開雙翼捲起她的小身體，直接衝至房間，在她喊完「媽媽」後一把搶走布娃娃朝窗口丟去，接著一個火辣的巴掌打在臉上，大手掌摀住她的嘴，「不准哭！」

後來，診所的業務蒸蒸日上，需用到樓上，媽媽在巷內買新屋安家，新蓋大樓一層兩戶打通，共五個房間，她與自南部接來的中風阿嬤住左戶，右戶是爸媽主臥、哥房間及爸的書房。家變大，家人變多，也變散了。

記得很多事，但也只是記得而已。她的心像一顆按時間長大卻不會成熟的瓜，欠那麼一股迷人的清香。這叫什麼？「笨笨傻傻」的瓜。媽媽罵她的臺詞從「不用心」、「用點心」到「妳的心被狗吃啦」、「妳根本沒有心」、「妳賴在這裡做什麼」、「妳還要拖多久」，她覺得一針見血。被罵久了，也會生出抗體。

哥哥相反，他的細膩與敏銳近乎強迫症。小學時，媽媽檢查她的數學作業，錯得太離譜，氣得朝房門丟書，罵她：「妳要是有妳哥哥一半用功就好。」她哭，媽甩門而出，換哥哥進來，撿起作業簿查看錯在哪裡，雙手捧起她的臉，用手將她的臉頰往後繃緊，兩隻眼睛被綁成一條線，他說這方法可以快速止住眼淚。他試過，很有效。

「莫哭，士婷乖，莫哭，士承乖。」隔壁房間的阿嬤喃喃自語，唸經一般。

那或許是個分界點，她從此越來越不用心，而哥哥越來越用心，除了自己的還一肩擔起她的責任額；只要有人到資優班負責拿第一名就好，另一個人可以躲在普通班用彩色筆在課本上畫王子愛上又醜又膽小的公主。

「搞不懂妳的腦子裡裝什麼？」媽說，翻開被她畫滿童話人物的課本。

她與哥哥各自找到生存之道，這兩條路從此沒有交集，這是後來才知道的事。

哥哥毫不意外地上了明星男校資優班，目標清晰地朝向克紹箕裘的路走，名字裡有個「承」字，還能有什麼選擇？大家都覺得這麼漂亮的成績不當醫生簡直是個傻瓜，他也這麼想吧。

「不走醫，你以後要花多少力氣跟別人解釋？不是你考不上，是你沒填醫學系。」媽說。

爸不管事，這個家能動的、不能動的都歸媽管，她總是鏗鏘有力地分析事理，強迫別人服膺她的決定。要在這條號稱診所街存活豈是容易的，優秀只是基本配備，優異更是家常小菜，讓優秀、優異的人佩服，那才算一號人物。在媽眼中，只有人物才配活著，其他的都是來混吃賴活等死的。

她就是來混吃賴活等死的。不僅來到世上的時間出乎媽媽的計畫之外，據說，一度遲疑要不要讓爸爸用他的專業親手「中止妊娠」，但這傳出去豈不是讓那些等著抓把柄嚼舌根的人快樂死了，當他們餐桌上一整年的話題小菜。再者，連名字裡的「婷」字更出乎意外地阻擋媽媽往下的生育計畫，生了她之後兩度流產，診所業務一忙，漸漸冷了生育這個心。更糟的，長相複製鄉下阿嬤這邊，寬額寬臉，單眼皮眼睛一副勞動底層苦力沒睡飽的面相。她也算配合媽媽對她「沒出息」的論斷，只肯用部分精力穩住功課基本盤，其餘的沉浸在漫畫與小說中，每天晚上到升高中金榜保證班報到，無非是為了花費醫生爸爸的高收入，讓媽媽眼不見為淨省得嘔氣，也讓自己在擁擠的百人集中營裡吹冷氣安安靜靜地把小說看完，當作度假。沒出息的人，會自己找出口活下去。

「我腦子裡裝的，正好是你這種人要撲殺的東西。」

她把這句話寫在某本小說的最後一頁，看起來像讀後感。她知道有人會翻查她的筆記、日記，大概連內褲都會檢查，斷簡殘篇式的紀錄法適合用在獨裁統治的家庭。

「人們依照她的指令來認識她，卻沒察覺每一套系統都是一種取消。」

哥哥看透這一切。

3.

這個家有許多牆。

一牆之隔，阿嬤的房間常傳來半呻吟半呼喚的聲音，混雜在臺語流行戀歌與盛讚保健食品功效的收音機放送中。恐怕是這原因，媽媽才把她的房間安排在這裡；對一個「不上進」每天混日子的人來說，旁邊是哀嚎病人或是動工中的挖土機，沒什麼差別。她最擅長的本事是無動於衷，能在補習班集中營老師的麥克風激動聲中把小說看完的人，用她媽媽的話來說，根本就是個死人。收穫也是有的，每天練臺語，聽久了也懂，「聽眾朋友，下一首是桃園的阿娥點的，好聽的〈春花望露水〉……」當她正巧也躺在床上發呆時，恍惚以為「這一生，像黃昏等待回航的船，越頭只存冷冷的眠床，春花啊望露水，安慰一生的辛酸，操勞一生為子、兒孫」是唱給她這個等死的癱瘓老婦聽的，剎那間嚇得發顫，還好眨個眼回神，青春還在身上沒少斤兩。

「士婷喔，士承喔……今天幾號？」

起初，她會放下書本，到她面前回應。隔不久，聲音又響：

「士婷喔，士承喔……今天星期幾？」

她還是去回應，順便問她要不要喝水、尿布有沒有溼？不久，又響了：

「士婷喔，士承喔，我的金孫啊，現在幾點？」

她跟阿嬤不親，一場中風外掛多重慢性疾病正好讓獨居鄉下老厝的阿嬤合情合理地被送來與醫生兒子同住，其他子女鬆了好大一口氣，頓時對最有成就的大哥大嫂巴結起來，按季節宅配自種蔬果以表謝意。

「阿桑，妳拿回去吃。」媽用腳把剛寄達的蔬果箱踢到門口，拆都沒拆。

阿桑吃了這麼多箱蔬果，難免說溜嘴跟來探視阿嬤的「寄件人」稱讚並且請教種植之法，「寄件人」一聽就知道他寄的菜阿桑全吃過，反倒躺在床上的老母親沒吃過。那天他親手拎一袋臺農五十七號黃金地瓜加上剛採收的高麗菜、地瓜葉來，當下明白女主人眼裡看不上這些沾泥帶土的粗俗物，有錢醫生家欠兩把蔬菜三斤水果嗎？遂憮憮地自覺猥瑣不配在這間豪宅出入，從此不再寄，人也不來了。

「你這些兄弟輕鬆啦，把人丟在這裡什麼都不用管。以前還會寄菜，現在連菜也省了，當作人死了是不是。」她就是有這個本事，用最快速度讓周圍耳朵還聽得到聲音的人受傷。

每一句話，老人家都聽在耳朵裡；中風的人，垂手晃腳，偏偏聽力不僅沒受損似乎還升級。阿嬤是這個家的異鄉人。士婷漸漸發現擱淺在床上的她，用喃喃自語的方式返回稻田與菜園欣欣向榮的鄉間，在長長的喟歎中跟熟識的老鄰閒話家常、評議蔬果的豐收與價格，卻靠聽覺盪回這間在鄉人眼中有福報的人才能住的豪宅，呼來喚去兒子、兩個孫兒及看護阿桑的名字。爸爸偶爾在上班、睡前出現，停留時間以分鐘計，說的話多是短句，結束語不是「妳莫想太多」就是「妳好好休睏」。哥哥鮮少到這個「回收站」來，媽媽要是現身大多跟喉頭癢想罵人有關，阿桑需兼顧診所庶務，三餐時間才會出入。表面上整天人影飄來晃去，熱鬧若是拖著一條長長的等待的尾巴就叫做寂寞，會回應的只剩她。

阿嬤一聽到她回來的聲音，開始喊「士婷、士婷、士婷」，像臥床的古堡主人拉鈴喚地下室女僕，若不現身會繼續喊下去。她做不到不理會，又覺得煩，以後便躡手躡腳開門進房間，像小偷。這讓她無意間聽到阿嬤的評論，對來探視的不知哪個親戚悄聲評論兒子媳婦：

「太無閒啊，自早看到天黑，做醫生真辛苦，三頓，一頓久久兩頓相堵，身體都敗了……」

「她以為我聽無，她咒我：妳還要拖多久，妳賴在這裡做什麼？她以為了不起啊，罵天罵地罵老母罵老爸。」

她聽得毛骨悚然，不，暗中叫好。支耳往下聽，卻沒撈到聽者的回應，悄悄走到半掩的房門探望，房裡除了阿嬤，沒人，唯有的人聲來自收音機。她忽然覺得與阿嬤像落在波濤洶湧的暗夜海面上，各自浮浮沉沉，鯨魚、烏龜游來游去彷彿是路人甲乙丙。兩人恰好被浪濤沖在一起，不是伸手互拉一把，是評估對方離滅頂還有多遠。

她與哥哥也不親，他的存在證明了她的無能，這個結到國中才算解開——解得開的都不叫結，其實跟他也沒深仇大恨，幹麼拉著他的衣角死命地跟呢？

資優生的背影是重的，掛著沉重的書包。他的作息從小被家教、補習班填滿，她記得他那個念大學、具古典美的家教梅老師，教他國文與作文。她曾多次藉口去借文具，趁機問一、兩個問題，老師曾說她是「女子中有英氣的」，她以為是「陰氣」，媽說的陰陽怪氣，梅老師特別寫在紙上遞給她，她不懂什麼叫「英氣」，說難馴頑劣還好懂些，卻留著那張紙，收在抽屜裡。老師也看出兄妹之間的潛在矛盾，引了李白詩「天生我材必有用」之類的勵志話。這個臺階還不錯，被當作「朽木」當久了，也會摸索出「朽木雖不可雕，燒火可旺呢」的自我感覺良好心理。後來，梅老師上研究所辭了家教，他專心去補習班安頓。兄妹倆各上各的補習班，各回各的房間，一家人很少在那張夠坐十二人的昂貴柚木餐桌吃飯。

有一晚，她蹺補習班的課在速食店讀小說，從窗邊看到哥哥從另一家補習班出來，心生一計去跟蹤，離他四步左右，看這個呆鵝何時發現。直到一小時後回到家進電梯，他才發現被妹妹跟蹤，只有淡漠的兩個字：「無聊。」

她從不曾那麼專注地看哥哥這個人，一路上不眨眼地看身高一百七十五公分的十七歲少年行走的樣子，看他是否轉頭注意店面的陳設甚至興起好奇心進去逛逛？是否回頭多看一眼走過的漂亮女生像雄性賀爾蒙分泌旺盛的高中生？都沒有，他像被操縱的傀儡朝著一條熟悉的軌道前行，在站牌等車時仍拿著書本看，四周喧囂的人事物像落葉浮塵，一切都在書本裡，他活在裡面，這個軀殼只是包裝紙。

僅有一回，離他大考近了，她有點怪自己為何不用心記下那一日的所有細節，包括是否因為風太野把不知何處的鬼魅花香吹進他的房間，以致他放下書本鑽回軀殼變成有血有肉的人。

他來到這個失敗者居住的「流放之地」，進她房間，那時她正對著鏡子剪髮梢分岔，驚得本能地收起剪刀以為媽媽來了，看是他鬆了一口氣，「鍾士承你來幹麼？」脫口而出叫他名字，不是平日習慣叫「哥」。太久沒叫哥，當下記的是名字。

他從巷口「新星麵包店」買了三個蛋塔，先拿一個給隔壁房間的阿嬤，用不輪轉的臺語說很好吃，一個給她，自己墊著紙吃完一個，把紙揉成團以投籃姿勢拋向垃圾桶，一躍往床上躺下，「啊」一聲，摸出壓著的小說、漫畫、偶像歌星CD、一把梳子及半包沒吃完的王子麵。

「現在的蛋塔沒以前好吃，原來那個麵包師傅結婚了，跟太太在菜市場邊開麵店。」她說。

「喔。」他隨口答，翻著手塚治虫《怪醫黑傑克》漫畫，但顯然興趣不大，拋到一邊。「我去吃過，滿好吃的。她知道我們家，每次都送我一條滷海帶。阿桑說，那個老闆娘是爸爸的病人，在我們這裡做產檢，有個八卦，說是之前在這裡拿過小孩，現在回來做產檢，一定要在同個地方把小孩生回來，好執著喲。你以後也要跟爸一樣當婦產科醫生嗎？」

「不知道。」他翻另一本書，「原來妳們女生都愛看這個啊？愛在遠方……多遠？十公里、隔太平洋還是外太空？男生送的！」書的扉頁題了一行字，落款的是個男生名字。

她一把搶過來。

「他是誰？妳跟他約會了？在哪裡見面？」他顯然對這個突然冒出來的名字很感興趣，像問案，問得津津有味。

她說：「你很無聊。你來幹麼？」

「不要跟媽講。」她避開這個話題，他也不追殺，眉眼間少了睥睨頓時柔和起來，看著妹妹剪髮岔，咧嘴發出笑聲，與其說笑聲裡有不屑的意味，不如說發現了他從未想過的奇怪事物感到新奇。他的五官清明，鼻梁特別挺，框著高度近視加上散光的褐框眼鏡，卻掩不住炯炯有神的眼睛，掃描一下，十之八九皆在掌握中。

「難怪妳功課不好。」進房不到十分鐘，他已掃描出房間裡窩藏的違禁品不可能讓念中段學校的她考上頂尖大學，更確認他與她的腦袋就像兩個星球那麼遙遠。

「幫我剪一下。」他的頭髮天生自然鬈，柔細帶點棕色，頭頂髮旋處竄出一蓬亂髮，他真的低下頭，好似等著妹妹幫他砍頭。

她哪敢真的剪，意思意思修一下，看起來別那麼蓬亂，翻著翻著，發現髮旋邊有個圓禿。

「慘了，你有鬼剃頭，再禿下去以後交不到女朋友。」她大叫。

「多大？」

「十元大。」

「嗯，再一個就十全十美。」他摸了摸，似乎不在意。但對交不到女朋友這話起了不悅，一層迷霧落在眼神裡。

因為彎腰低頭，掃瞄到書架底層，他抽出一疊稿紙。

「這什麼？」他唸出第一句：「『她總是在想怎麼活下去？』不錯嘛……」

她趕緊奪回來，又被他搶去。

「妳寫小說啊？」

「不要讓媽知道，不然我慘了。」她哀求。

「我今天有來妳房間嗎？」他答得乾脆，「怎麼沒寫完？」

她招，小說看多了手癢，偷偷寫的，參加學校文學獎，落選，老師建議她重寫，沒時間，寫不下去，算了。

他忽然臉色一沉：「什麼叫沒時間？」

「沒時間就是沒時間，聽不懂啊？要注釋啊？」

他沒答腔。彷彿置身於蔥籠的樹林老藤草叢間，大時間中時間小時間，老時間新時間嫩芽時間，到處都是滿出來的綠色時間，而住這裡的人竟然喊沒時間。他活在的那個砂礫地，吃沙啃土，那叫什麼呢？忍不住回了：

「這叫沒時間？逃避。」他指了指鏡子與那把修髮小剪刀。

「你才該寫，文筆那麼好。反正你什麼都好，我就是沒才氣，怎樣？沒見過失敗者嗎？」她垮著臉說。

話裡有酸味也有棍棒，他被激怒，把那幾張稿紙捲成棍形，用力朝床上擲去。

「你吃錯藥了，忽冷忽熱，有病啊。」她不認識這個會丟東西的人，這個家誰都可以兇她，這讓她憤怒。

「對，我快要吃藥了。我們家每個人都該吃藥。」陰翳的天色籠上這一張俊逸的十七歲少年的臉，那臉因積累過重的知識與課業顯出深沉的質地，像漢白玉大理石欠缺一點紅潤，可那目光還未乾涸，能穿透礦脈石材，抵達不存在生機、他人看不見的地方。

「妳知道太陽系中坑洞最多的行星是哪一顆嗎？水星，謎樣的行星，」他撿回稿紙，重新攤開，用手掌熨平，「橢圓形軌道，距離太陽從七千萬到四千六百萬公里，溫度，白天攝氏四百三十二度，晚上零下一百七十二度。回答妳問的忽冷忽熱。」

他把稿紙疊好，像女生折疊手帕一樣，要把天地萬物都疊到適當的位置。

「不要讓別人決定妳是什麼，除非心甘情願。」

「那你呢，你心甘情願嗎？」

她被自己這具有挑釁意味的問話嚇住，立刻知道話語的背後是想要他留下來說說話不是要驅趕他。來不及，話太硬轉不了彎，他豈是能夠被質疑、批評的人，氣呼呼地轉身走了。

她本想寫字條道歉，但不知道要道什麼歉？失敗者要向勝利者道什麼歉？「很抱歉，我應該爭氣一點才能襯托你的獎盃超級可貴」，她覺得自己簡直是白痴第一名，把紙條揉成團擲入垃圾桶，道什麼歉！

幾週後，她起了一點興致想重看稿子，怎麼找都找不到，也沒真當一回事，反正找不到的東西太多不差這一項。她一向的口頭禪，算了。

後來才知道，沒法算了。

4.

即使擁有敏感度最高的偵察器，也不見得能偵測到任何異常。應該說，像失速貨車朝向山谷下墜，各色貨物隨機拋落，站在車上的人再怎麼身手矯捷也不可能接住所有。人過日子過習慣了失去警覺，怎料日子會反過來像虎頭蜂螫人一下。

那陣子，爸爸的身體有些疑慮排了一系列檢查，診所請朋友代診。阿嬤也湊熱鬧，發高燒住院去了，這是幾天後她才發覺的。從阿桑口中知道阿嬤還活著，家裡有個長期病號跟家裡開診所一樣，讓人對生老病死痲痺。

某日，她進門正要穿過客廳、餐廳往左邊房間走去，卻聽到主臥室傳來爭吵聲，她悄悄移近，關著的門關不住尖銳的女聲：

「什麼都丟給我，公平嗎？都死了嗎？你幹什麼好事以為我不知道，你為什麼這麼無能！」

「妳還要我怎樣，妳還要我怎樣……」頹喪帶著哀求的哽咽男聲，「可不可以讓我安靜，我只想過簡單的生活……」

她害怕再聽下去會聽到讓自己無法承受的事，潛回房間，輕聲鎖上門，衣服沒換，躲入棉被裡。才閉眼，兩行熱淚滾落。她以為自己已脫離垂淚年紀，那麼多小說漫畫音樂電影已經把她戰備化了，不流淚至少也算一種勝利，可能是她唯一擁有的勝利，沒想到還有脆弱的部分尚未進化，成長怎麼這麼慢這麼煩。她後來明白，是「死」、「安靜」這兩個關鍵字瞬間擊潰她的防線。

「去死吧，通通去死吧，死了就安靜了。」淚痕在臉上乾成薄膜，腦子像自山頂崩落的石塊，泥流奔下，裹挾著一顆無助的心墜落於黑暗的深淵。

生命本應是向著光的，何以長得離生這麼遠、離死這麼近？

次日，工人將阿嬤房間的床、櫃清走。她回家看到空蕩蕩房間恍然以為海嘯衝來把一切捲到天邊海角去。收音機擱在地上，厚厚的毛髮塵絮描出一個長方形，像床底曾有小動物做窩，不，描的是棺材形狀。

「阿嬤死了嗎？」她害怕起來，按下開關，仍是放送臺語歌的那頻道，「所愛的人今何在，望你永遠在我心內……」她關掉，眼淚流下。戴手套的阿桑提著水桶拖把進來，看出她臉上的疑惑，壓低聲音：

「哭什麼，妳阿嬤還沒『回去』啦，說是以後要送去那種地方。」接著比一個旋轉的手勢，像女巫做法，要讓與這房間相關的一切從地球上消失。

那房間很快變成儲藏室，堆滿醫療用品。插了鼻胃管與尿袋的阿嬤直接從醫院送到某座山邊的照護中心。她與哥哥沒去探過，「阿嬤」這兩個字從此變成禁忌，像天花板上的壁癌，斑斑剝剝要落不落，有人拿掃把鏟一遍，現在乾淨了，不怕頭上落灰。

「總算有人靠岸了，塵埃落定就好。」她在日記上寫：「原來塵埃是這個意思。」她把那臺收音機收到房間，放在書櫥頂上。風吹動窗口的小陶鈴，很像以前隔壁房間傳來：「士婷、士婷喔，現在幾點？」

父親休養後恢復看診，原來代診的醫生頗受病患讚譽，在母親邀請下也來駐診。診所業務加倍繁忙，母親心情不錯，甚至動念另找地段擴大經營。除此之外，一切照常。

唯一不尋常，一向被看好的哥哥竟在「學測」大考鎩羽，成績單寄來，上不了第一名校的第一名系，若要走醫路，落在私立學校。這事很快在學校尤其是虎視眈眈的家長圈傳開，固然有撫著胸口的媽媽痴呆般問：「怎麼可能？他怎麼會這樣？怎麼會這樣？」動用了彷彿聽到閨密的老公外遇般的一級驚嚇表情，卻也不乏因兒子少一個競爭對手心中放下大石頭的家長以修飾過的語氣來一段勵志的勸世文：「塞翁失馬焉知非福啊！」既然這麼有「福」，何不讓你家孩子敗一下。

媽媽兩眼冒火，逼問一晚，他全程沉默。

「勝利的滋味千百種，失敗的滋味只有一種。勝利，他人的眼神在你面前閃耀，失敗，那些目光變成背後的箭。」這是後來她從他留下的參考書空白頁上看到的最直白陳述，除此之外，他的沉默類似冰封。那陣子，她也避免碰到他，即使碰到，視線也不接觸。她後來嚴厲地逼問自己為何這麼冷酷，最真切的答案是「害怕」：一個匍匐的人看到壯漢摔倒，不知如何扶起他，又不知如何安慰他，當下竟害怕起來，轉向避開，保全他的一點自尊。除此之外，沒別的嗎？她不敢繼續逼問自己，看到常勝軍落敗，滋味如何？

沒別的選擇，他報名魔鬼衝刺班，剃了大光頭，參加夏天難度更高的考試。考完，沒人敢問「考得怎樣？」

有一晚，她坐在餐桌吃晚餐配漫畫，媽進來：「你哥呢？」她指了指房間。

不知何時起，他用個大碗裝飯菜進房間吃，狀似監獄裡的囚徒，如今考完了，仍然如此。媽去敲門，門是鎖的，叫他也不應。媽有點生氣，要她去找鑰匙，門一開，一股汗餿味撲來。屋裡是黑的，媽開燈。窗戶關著，沒開冷氣也沒開電風扇，他躺在床上身上還蓋著薄被。冷氣機上的溫度計顯示三十二。她看到書桌牆上貼著近幾年學校的放榜剪報，各組狀元露出笑容，記者採訪其讀書方法、致勝祕訣。

酷熱的豔陽沒有減威的跡象，用電量節節攀升，電視新聞恐嚇大家會有跳電危機。

倏然消瘦的他，把短袖短褲穿得像秋風中被遺忘在曬衣竿上的衣服，一顆冒著黑髮渣頭顱框上眼鏡，蒼白的臉沒有表情，像剃度後又還了俗，真實的喜怒哀樂不知哪裡去了。他走到哪兒，那裡就分成兩個世界，他夾在中間。大家避著他，不知該用什麼表情該說什麼話。她覺得沒差，一週跟他講的話不超過五句，反正在家的時間少了，夏令營、社團活動、暑期課輔，還要抽時間談一點起起伏伏的小戀愛，忙得很，現在換她只留一個殼放在家裡——稱做免費旅店可能比較貼切。

成績單寄來，沒考好，比原先的落點更差。

「打雷了打雷了，沒見過妳媽發那麼大脾氣，」阿桑煮好晚餐來叫她吃飯，把門掩了，低聲說：「叫你哥重考，她去補習班錢都繳了，你哥不要，妳媽罵他丟臉。」

「幹！」她啐了一字。

「妳女生跟人家罵什麼髒話，不死鬼喔，」阿桑口氣一轉：「你哥整天關在房間不行啦，這樣會破病。我跟妳媽講，她說不用理他，肚子餓就會出來。唉，其實噢，妳媽沒有她自己想的那麼能幹，什麼事都要管，說實在也很累啦，鐵打的都會生鏽，何況肉做的。」

她跑去敲他房門，一片死寂。她想找他的同學談談，一定有人跟他同樣遭遇，能在這當口相互寬慰，卻完全不知他有什麼朋友，既而一想，他一向獨來獨往，恐怕是個絕緣體。

她塞一張紙條進去，「要不要去吃市場邊那家麵店，滷海帶很好吃。」沒回音。那道貼著「春」字的木門上了鎖，在它對面父母的主臥門白天也是鎖上的，旁邊是父親的書房事關工作、研究更要上鎖。

她悶得慌，自己跑去吃榨菜肉絲麵，依然有一條免費的滷海帶。

老闆娘忙著煮麵，牆邊娃娃床上睡著幾個月大的小嬰兒。天花板上的風扇嗡嗡地轉著，像聲音渾厚的男低音，一面幹活一面哼歌。小娃忽然醒來，哭了，綁著花頭巾的老闆娘轉頭哄著：「乖喔，媽媽煮麵給你吃喔，爸爸呢，爸爸在哪裡？」

老闆從裡間出來，收錢、收拾兩桌碗筷，喊了他的不太靈光的弟弟來洗碗，接著牽起腰間圍裙擦了擦油手，抱起小孩，大手大腳地搖起來，搖到老闆娘身邊：「妳抱，我來弄。」

她偷偷看著這些，忽然被這店裡熱鬧、喧譁的聲音觸動而眼眶一熱。她不明白是什麼，既而理解，是冒煙的那種熱，是你喊我我叫你的那種嘈雜，是被現實抽鞭子必須沒日沒夜地幹活才能糊口，卻擁有一家人摟著、護著的那股熱以及嬰兒身上散發的叫做「希望」的氣息，是所有的門都開著的那種口無遮攔的感覺。這麼世俗卻這麼溫暖，一家人嘩啦啦地一起往前奔流。

她外帶兩條滷海帶回家，寫了條子塞進哥房門底。次晨，桌上的海帶原封不動，發黏，餿味像死了兩條小魚。

5.

秋老虎在天空揚威，大樓中庭種著一棵欒樹，綻放黃金碎花，風一吹，一陣黃金雨。某個週六早晨，開學前，爸爸載哥哥到外縣市學校安頓。談判與妥協的結果，他去那所大學報到入學取得學籍，一、兩個月後再辦理休學回臺北進醫學系保證班準備重考。沒人知道那個被用來當備胎的理學院科系是不是他喜歡的？這節骨眼，即使是他喜歡的，他也沒條件愛下去。

她幫忙提包，一起到地下室停車場。電梯裡，聞到哥身上散出多日未洗的髮垢味，那衣領也是一道黑污。父親打開後車廂，塞進兩口皮箱。她看到箱子上還留著小時候貼的眼睛會動的小叮噹貼紙；他們曾分別坐在打開的皮箱內，拿玩具鏟子當槳，假裝航海去找北海小英雄。短暫歡樂的童年無影無蹤，沉甸甸的箱子意味著旅途漫長且遙遠，這一去，何時能見？她想起小時候都叫他「葛葛」，什麼時候開始不這麼叫？也許因為長大了，這麼叫顯得稚氣可笑。她忽然迷惑，既然嫌孩提幼稚，人為何又會懷念童年呢？很想再這樣叫，跟他說話，騙自己還在童年，一下下也好，但他早早鑽進車後座，閉眼，把世界關在眼皮外。

她心冷，有點氣，硬著聲音叫：「哥，」原本要接的話：「你幹麼給我臉色看，我又沒得罪你。」話到嘴邊硬是和著一股酸澀吞下，換成低聲叮嚀：「不用回來，打電話給我。」

他忽然睜眼，看她，露出淺笑，雖然僵硬，畢竟是個難得的善意的笑。

她覺得好溫情，揮手，車子駛離。

這麼熱的秋天到底要熱死誰，她一身汗進門，嘀咕著。冷戰氣氛瀰漫整個暑假，媽媽把寬敞的室內凍成空蕩蕩的冰宮，正拿起茶几上一包切好的蘋果——她早上切的要給他們路上吃，顯然他們忘了拿——粗手粗腳地把水果往冰箱裡丟，撂了話：

「我這一生的努力全白費，你們每一個都讓我失望透頂，全丟到水溝裡！」

丟給誰看呀？「你們」，只有她一人在就該接球，她不客氣了：

「耍什麼脾氣，考不上臺大醫學系就是廢物嗎？那麼愛考妳不會自己去考，考考考，考，考個夠。」

「妳說什麼？」

她不理，直接進房，用力關門。驚覺自己第一次頂嘴，莫名地升起一股快感，突然又直覺自己說錯話，但一下子沒抓住哪裡錯？算了，按照她的習慣，解決問題最快的方式就是，算了。

一旦開學，日子運轉方式像遊樂場旋轉木馬，尖叫幾聲，雲層帶來雨水、東北季風吹來涼意，滿街商家換了佈置，一看到紅紅綠綠就知道已到歲末。

簡熙／圖

他沒辦休學，仍留在學校。媽也懶得追殺，放牛吃草。

聖誕節前，他寄信來。依然用藍色原子筆，寫在一張照片後面：「鄉間路上，遇到這棵枯樹，害蟲啃噬的傑作。我不回去了，痛苦到底要把人帶往哪裡？」

一棵以仰角拍得的枯樹樹影，瘦黑樹幹開展彎曲枝條，像小楷毛筆描出般，幾片枯葉掛著，更顯得空蕩，背景天色陰沉，如思考中的哲人額頭。信寄到學校，只寫年級沒寫班級，幸好她在社團還算活躍，但交到她手上已是隔週。

她特地蹺補習班的課去選聖誕卡，還買一條有節慶圖案的圍巾，雖然他所在的南境麗日多過冷天應該用不上，但不知怎地，覺得他那兒天寒地凍讓人哆嗦。

掏出賀卡與禮物正要包裝才發現漏買包裝紙，「真是個豬腦袋。」她敲敲頭，還得再跑一趟文具行。下雨的週末晚，她到樓下大門口正要撐傘，警察與幾位陌生人詢問管理員，管理員叫她：「妳爸媽在家嗎？妳哥出事了。」

「在，我哥怎麼了？」

沒人理她，誰都不把一個綁馬尾撐花傘的高中生放在眼裡。管理員帶那四、五人搭電梯上樓也不招呼她，門關上，她像被灌了石膏，腦中迴盪「妳哥出事了」，回神跑向樓梯直上八樓，心臟快要衝破胸口，聽到父親哭著喊：「小承啊，小承……」聽到母親喃喃自語：「怎麼會墜樓……」

竄入她腦中的第一個念頭居然是「要買黑色包裝紙」。多年之後每次想起這一刻，她深深以自己為恥。

6.

他們趕到醫院急診室已近子夜，病床被安排在最靠牆邊的單獨角落，簾幕拉密，醫療機械聲規律地運轉著，不，不是從那簾幕發出，是斜對方罩著氧氣沉睡的老人床邊，那簾幕後是靜止的，警方帶路只帶到簾邊，讓他們一家三口鑽進簾內相見。

媽見狀暈倒，她立刻扶住她，護理師撲來，有人拉來椅子讓她坐下，量血壓、測血氧。她站在背後扶她的頭，幫她揉太陽穴，感覺母親的臉高熱而自己的手指冰凍。父親身影遮住哥的上半身，恢復一個訓練有素的應有的冷靜醫生，聆聽急診室醫生說明致命傷及死亡時間，掀開染著血跡的被子察看傷口。隨後趕來的校方人員接著說明經過，事發地點在校園某棟樓，有人目擊，監視器影像已交給警方。

她的耳內有山崩地裂聲，年華一片片粉碎、記憶一截截撕毀。現在的時空人物是全新的，必須重新指認、決定、儲存，而過去的積累幫不了現在。她只能感知自己與這一群人同時存在，但彼此是什麼關係、何種牽連竟一片空白。此時此刻非常不真實，像在高速旋轉中只靠一絲蠶線理智懸吊在噩夢與黎明微光之間，底下是萬頭鑽動的魑魅魍魎，等著吞噬一切有血有肉的人。她害怕，想逃竄，想把這一切像摳貼紙一樣從腦中摳掉轉頭跑走，亂石崩塌、岩塊滾落的現場都交給他人，她不想待在這裡，不想面對不想記憶，沒有記憶就沒有回憶，沒有回憶就能無感地返回熟悉的日子裡吃喝玩樂，繼續往下走。

可是，感官不放過她；她看到床尾露出年輕男子的腳，陌生的蒼白的腳，應該不是哥的。這時候，「哥」這個概念回來了。忽然問自己：「他穿幾號鞋？」接著看到地上有鞋，一隻正著一隻倒扣，即使沾著髒泥與暗血她也認得這雙有品牌的休閒鞋，是他唯一愛穿的那款那色。可笑的人，居然靠鞋子指認親哥哥。她猝不及防舉起右手甩自己一巴掌，彷彿有個無名的幽靈指使那隻手這麼做，沒人聽見，因為母親發出憤怒且淒厲的哭聲掩蓋了巴掌聲。此時她清醒了，那些關係與牽連都繞到她身上，她讀到床上哥哥未止息的情愫，渾身起了疙瘩；他知道家人來了，渴望相認渴望擁抱渴望說話。她終究沒有逃，不知哪來的勇氣，牽起母親的手，拉向前，牽起哥下垂的大手，她感受那手的僵硬，讓兩隻手握著。母親半跪半蹲著，牽起那隻冰冷的手撫自己的臉，又張口咬著，恨不得吃下肚。她站在一旁把這一切收入眼裡，從另一個角度理解天葬的意義，高度的愛接近了恨，反之亦然。

她站在床尾，不停地不停地搓揉那隻年輕男子的腳，彷彿要搓回童年，打開兩口皮箱當作船的那日，哥哥說：「妹妹，我們來划船。」

拿到「死亡證明書」後，接下來的事情幾乎聽她安排；禮儀社載著遺體北返，爸媽隨車。電話裡房東說：「沒見過妳哥這種人，把房間收得乾乾淨淨，兩個皮箱，還留住址。妳順便來載，我在門口等妳。」她另外包車到租處運載行李回北。這個傷心地，不要再來。

離開醫院前，恢復理智的母親向醫生、護理師鞠躬：「辛苦您們了，謝謝。」撫著屍袋說：「兒子，媽媽帶你回家。」

7.

兩口皮箱幾乎是空的，除了重要證件及可堪再用的小家電，已無個人書籍衣物用品，連一雙襪子、一只牙刷的現實氣息、日常情分都不留。他整理行李的時候一定懷抱一顆要遠行的心，執行堅定的不再返回的計畫，斷了該斷、捨了該捨。多麼像他啊，從來就是這麼精準、周詳、明快。唯有一只牛皮紙袋，寫一個「妹」字，再無其他。裡面是她的那幾張沒寫完的小說原稿，不知何時被他拿走，以及一疊字跡還算端正的他的手稿，沒有題目，沒有說明，沒有署名。

沒有遺書，那麼這就是遺書了。看來是一篇小說草稿，有人用小說當遺書嗎？

她收起來，沒讓父母知道。他們浸泡在她不想進去的沉默、闃暗深淵，除了阿桑公然在她面前歎息流淚，他們三人很小心地不碰觸任何一條會觸及亡者的線索；他的房間保留原樣，連掛在牆上的高中書包、外套都在。而任何一個人，包括自認不被重視而離開的人，都低估了自己在家中留下的龐大訊息；她每天必須管控才能避免說出「哥」這個字，可是無須用語言發聲的意念裡，她無法克制地想到他寫在參考書上的話：「失敗，那些目光變成背後的箭。」背後插滿箭是什麼感覺？她有點懂卻也不太懂，從小習慣「失敗」的她，從未覺得背後插滿箭，這麼說來，梅老師說過的「英氣」大概可以理解成天生配備了盔甲以致能夠刀槍不入。她錯過了跟他「分享失敗」的重要時刻，然而她很快搖搖頭，來自一個習慣性失敗者的勸告根本就是個屁話，她錯過的是不曾認認真真地問他：「你認為什麼叫做成功？」

還有，錯過了問他：「你拿我這篇沒寫完的爛稿子做什麼？」

她鼓起勇氣讀他的手稿，讀到最後一頁最後一段只有兩個字「待續」，讀不懂，以為待續是正文。熟悉的是文中那些童年經驗是她原稿裡的，但靈魂不是她的，是他的嗎？她想起多個因社團活動而遲歸的夜，看到他的房門縫流出燈光，靜悄悄地。她從小認識的他只不過是門面上的，現在，這些文字透露靈魂的光色。

「待續」，是什麼意思？為什麼寫不下去？

第六日是個陰沉的冷天。在殯儀館提供給家屬做七的小室，一場近似只是一家四口到速食店吃早餐的告別式悄悄地辦了。

一位法師及兩位師姐誦經，十多位不知從何處得知消息的高中同學來送他一程，聽小，他們聚在室外低聲說話，如同下課十分鐘在教室外面討論功課、對考卷答案。

她雙手合掌，全心全意呼喚他。「痛苦到底要把人帶往哪裡？」她想起他信上寫的，隨即想到最後一面就是他離家那個秋日，她對他說：「不用回來」，原來說錯的是這句話。她無意間偵測到他的意念，他才給她一個天知地知妳知我知的笑容。

他去哪裡了？剛才出門前她再讀一遍手稿：「歪著頭顱，坐在某一塊霓虹招牌頂端，覷著霧靆世間，也不微笑，也不皺眉，好像一隻擱淺在半空中的雲豹。」今天他會以一隻雲豹的靈魂原形出現嗎？如果會，她能辨認嗎？環顧四周，沒看到豹影，卻看到坐在椅上摘下眼鏡頻頻拭淚的父親，現在她能看穿了：父親除了兩手兩腳還有血肉，頭顱身架已成骷髏。而一身黑衣的母親，除去平日淡妝畫眉閃著精銳眼神、佩戴首飾顯出威勢的樣貌，一夜間灰白了頭髮、慘白了素顏，現出小女孩形貌：不知被誰欺侮、一個人孤單地站在大操場啼哭，時間不理她，飛快地轉動，把身體撐大，可那小女孩還在原地哭，等著被發現、被擁抱、被安慰。她頓時明白，母親所有的憤怒來自於她是被遺忘的小女孩，而她之所以無法恨母親，是因為她必須負責拯救她。

封棺前，她放入聖誕卡與圍巾，卡上寫：「葛葛：冷的時候記得圍上圍巾。想你、永遠想當你的妹妹，士婷。」她原想把手稿也放入，卻在最後一刻縮手。她無法解釋那一瞬間的遲疑從何而來，可能是「待續」兩個字吧——帶著強烈的暗示，留在世上的要替離去的人活下去，活得驚天動地，活到愛盡恨消的地步。

同學們護送棺木到火化場，她從他們身上感受到旺盛的青春能量，每個人或許都是孤鳥，帶著祕密創傷在雨中孤獨地飛行。

一直飛，總會飛到棲身的地方吧。

她捧著骨灰罐出來時，雨，終於落下來。

8.

行李都整理好了，用他的皮箱裝，上面還貼著小叮噹貼紙。

不記得是第幾次重閱手稿，叫醒她的小發財車已走遠，她忽然莞爾，有時叫醒我們的是很微小的事物。

她似乎讀懂了，他在模擬她的形貌，同時試著釋放內在自我，把這兩部分搭在創造出來的人身上，以觀看他人故事的不涉入態度，藉以窺伺成長與傷害的軌跡。

這是一種療程嗎？為何他不能用尋常人理解的方式直面自己的困難，難道捆綁他的魔物竟剝奪了他面對自己的勇氣？為何封鎖任何一種可能的傾訴？她忽然領悟，他筆下的人是他們兩人的合體，「總是想到死亡」，想的是他們兄妹倆各自尋找的解脫。他把妹妹放在創造出來的成長模式裡，現在換她把他放入自己的成長模式內。

「待續」，是這個意思嗎？她將手稿收入袋內，連同空白稿紙放入皮箱。

她必須找個安靜的所在，思考、續寫那篇小說，不，不是小說，是人生。她後來想起那日他曾說謎樣的水星（Mercury），翻查看到在神話傳說中，這顆星對應的神是墨丘利，一個戴著有翅膀的頭盔、雙腳長有雙翼能健行如飛的信使，持著雙蛇纏繞的魔杖，自由進出冥界、穿越邊界的旅行者與商業之神。

這篇待續的手稿，是他傳遞給她的訊息：接著，換她必須傳遞下去。傳遞什麼？她還不知道，但總會找到的。

父親支持她離家的決定，幫她安排住處。至於母親，她管不了那麼多，讓她內在的小女孩在操場上再哭一會兒吧，時間到了，她會去拯救她。

次日清晨，晴朗的天氣適合離家。父親打開後車廂將皮箱放入，她正要鑽進車內，看到母親提一袋水果走來。

她伸手接了，走向車門。

停了兩秒，回過頭，主動抱她：

「媽，我會回來的。」

弱水三千

1.

趙聖宇拾著階梯，上了文學院二樓。

十月中旬，微雨天氣，秋意正酢，廊上窗外的欖仁樹葉色殷紅，經雨洗過，帶了幾分「濃睡不消殘酒」的淒清之美。趙聖宇看在眼裡，不免心惻。

他扶一扶眼鏡，依次看著每一間研究室門牌，整棟文學院繞過來彎過去找了好一會兒，還是不知道「中文系辦公室」在哪裡？自揣著，該去配眼鏡，高度近視大概又加深了。

一聲聲「空、空、空」的跫音從前頭傳來，趙聖宇抬頭，是一個高眺纖瘦女子；米色上衣配灰長裙，一條淺灰與粉紅雙織的圍巾繫在肩包上，膚色白皙，脂粉未施只搽了薄薄的口紅，秀髮垂肩遮去半張臉，從這樣陰沉無趣的秋日午後一聲聲走來，像隨身攜帶一座春天的空谷。趙聖宇不禁眼亮，甚是忘情地拿她瞧。她邊走邊翻閱手上的精裝厚書，神魂全在裡面，不理會九陌紅塵。

錯身剎那，趙聖宇瞄到那是古典中文書，忽然喚她：「請問您是梅運同學嗎？」

那女子從書中抬頭，一雙慧眼露出微驚，仔細地將眼前這人壯碩結實的身軀審了一遍；暗紅色長袖毛線背心，露出個白淨襯衫領子，加了件黑色外套及長褲，臉方耳大地，眉宇之間甚是厚實，乍一看覺得是大樹濃蔭，框上眼鏡，又顯得溫文儒雅，笑起來有「綠水逶迤、芳草長堤」之感，彷彿這一笑不打算收。她瞧了又瞧，看了又看，直要看透人家的身體髮膚似的。趙聖宇被她審得有些不安，說：

「您……在考據嗎？」

她卻不理會這話，兀自深思，倏然眉目一燦，說：

「您是趙聖宇同學！」

換他吃驚，忙點頭：「是。」被認得心脈俱熱。

這一回答，兩人竟不約而同問對方：「您怎麼知道我的名字？」

兩人都覺得好笑，先後笑出聲，這一笑抵過半生疏離，當下如故。梅運搶著道：「您先說。」

趙聖宇看她舉止很是落落大方又不失端莊，尤其笑起來音質輕柔親切，與她剛剛埋首書頁的用功樣大相逕庭，心下也就不拘泥，便又將她冰清玉潔的身姿記了一遍，說：

「覺得，您應該就叫梅運。」

梅運一笑：「好吧，不成理由的理由，暫時接受。」

「那您呢，我臉上可沒刻『趙聖宇』三字。」

「嗯……」她沉吟一會兒，深看他一眼，嘟著嘴抱一個怨：「我都辭窮了……」又不甘心，似乎要捕捉什麼奇妙的感覺，到最後輕歎一聲，逞了一個小口舌：

「您要不是您，您又能是誰啊？」

趙聖宇以為她要說什麼蛛絲馬跡，聽她這麼狡辯，直呼：「謬論，謬論。」

梅運一赧，隨即說道：「這名字贊天地之化育，就該是您這樣子。您怎麼遲到，都已經開始上課了。」

趙聖宇的臉上閃過一瞬黯然神色，扶正眼鏡之後支吾著：「因為……個人的一些私事，所以……」

梅運期待他把話說完，聽他斷斷續續，像在避什麼，以為他初來乍到難免認生，當下替他把話一截：

「所以，那一定是十分重大的私事。」不等他插嘴，輕溜溜轉了題：「補註冊了嗎？」

「尚未，」趙聖宇心下如釋重負，不免生出幾分謝意。「慚愧，我還不知道辦公室在哪裡？」

「這叫咫尺天涯，」梅運走在前頭帶路，偏過頭來笑著說：「喏，前面就是。」

「不勞梅同學您……」趙聖宇趕上一步，說：「我自己去辦。」

梅運停步，有點惱然：「叫名字就好。我們這一屆十個碩士班研究生裡頭，只有你一個是外校的，有朋自遠方來，大家等著認識您。您還沒有來，我們都老朋友似的急著要找您討教呢。」說完，撇著嘴學他剛才的話：「趙同學……」

趙聖宇不好意思地笑出來，心裡一脈溫暖汩汩而流。

「其實，跟您這個榜首比起來，我還得多討教。報考的時候，一個朋友說：『你不用考了，中研所只開出十個名額，他們系有個叫梅運的，連拿四年書卷獎，左手考都會第一名！』所以，對您早就久仰了！」

梅運豎著書，羞地半遮臉：「聽起來像壞事傳千里。我是拜專書之賜才上的，據說文字、聲韻您考得最好。」

「當兵時閒著沒事，抱著韻書啃，沒才情只能靠苦功夫。」

「這功夫才不得了呢。」梅運很認真地點頭稱讚，心裡對有人肯下這苦功而賞識不已。半晌，突然又想起什麼地抬頭問他：「您服過役？」

「是。」趙聖宇扶了扶眼鏡，腆然：「虛長幾歲，馬齒徒長，一事無成。」

梅運一笑，半鬧著玩兒說：「那我們得保持距離，有代溝呢！」說完自覺造次，初次見面鬧人家的年齡不成體統，這不是她的作風，奇怪是，怎麼跟這個人一見如故全無生分？

「我本將……」趙聖宇霎時住口，改回一句：「放心，我會設法把那個溝填平。」說完，也自覺這話是否輕佻了，有點懊惱，隨梅運往前直走。窗外的欖仁樹一路走一路更殘豔，雨打在麵包葉盤上，有意無意似琴弦。趙聖宇夙聞這兒杜鵑花好，不免留意看，季節不對，一叢叢杜鵑斂於雨中只剩老舊的枯枝空葉，看不出美。

梅運點頭一笑，轉身正待提步離開，回頭輕笑：「還有，我們別再『您』來『您』去，明明近在眼前，感覺遠在天邊。」接著，眼光從他臉上一移，水漾漾地把窗外的美景都攝入，臉龐清朗明亮，往外一指，對他說：「那就是杜鵑，花期短，開的時候酣暢得不像樣。」

趙聖宇看她那瘦姿清影，眼睛沒移開。

「那邊那棵，看到沒？那是流蘇樹，開的花像雪。」

「像血？」趙聖宇嚇一跳，尋她所指，乃瘦樹一棵。

「嗯，像雪花。」梅運兀自賞著：「風一吹就謝了。」

趙聖宇一下子有些昏頭，從杜鵑花到流蘇樹，從血到雪，跟不上她的語詞指向的幽林祕境，但聽到風吹花謝，不禁湧現李商隱的詩境：「簾外辛夷定已開，開時莫放豔陽回，年華若到經風雨，便是胡僧話劫灰。」當下心情為之憮然。

「到了。」梅運在系辦門口停下：「你找助教，他會幫你忙。」她叮嚀：「明天有高級英文課，雖然不計學分，但是必修，希望你來和大家見個面。再見！」

「謝謝您……妳，梅運。」趙聖宇誠意地說。

梅運踩著空空的跫音往樓梯行去，臨迴身，卻停住，回頭，隔一箭之遙，看見趙聖宇也還站在原地目送。這樣遠遠互望，彷彿心事未了，卻又似夢醒，舉手向對方揮別。

「我本將心托明月，奈何明月照溝渠。」她心中轉著他剛剛說出口立刻煞住的話，不禁抿嘴偷笑。她當然知道浸淫在古典世界久了，詩詞歌賦早已化成血液在體內奔流，常常因一字一事觸發而脫口引出，有時適切收一針見血之妙，有時反之，旁生歧義引人誤解。他剛剛猛然收口，一定是警覺對初次見面的人說這話太輕浮，由此看，應是個磐石心性之人。

「虧他收口，他要是不知輕重說出，看我怎麼收拾他。」梅運才動完這念頭，察覺自己在樂著，又自問：「若他真這麼說，我怎麼回？」腳步輕快，就這麼自顧自遐想，忽地停住，發覺自己跟他揮別了卻在心裡延續對話，不像這季節該有的現象。

她走了好一會兒，趙聖宇猶靠在窗邊遠眺鐵灰天色發呆，摘下眼鏡，揉眉沉吟：「梅運，梅……運……」嘴角浮起微笑。

這尋常午後相遇，不及一盞茶功夫，卻給他的人生犁開一道土堤，河水奔流而來。

2.

研究所的課不似大學部緊鑼密鼓，除了必修「高級英文」，必選「中國文學批評史」、「中國經學史」、「中國語文史」只要三選一，其餘是專書。研究生各自選修自己興趣的課，路徑各異，雖同在文學院上課，各自出沒的時間不定，碰面的機會反倒少。

趙聖宇有志於批評，梅運素愛文學，兩人選的課便甚少相干。趙聖宇連脫了兩次「高級英文課」，梅運再碰到他已是兩個星期後。

這天，五點鐘下課，教授走出後，同學們也陸續離去。只見趙聖宇站起來，攏了攏桌上書籍、筆記，走上講臺拾起板擦，把黑板上滿滿的字跡一一抹淨。梅運坐在下面，瞧他舉止從容，絲毫沒有時下青年的浮華，心裡先給他一評：「這人，倒還知書達禮。」

趙聖宇擦完黑板，洗過手，回身正要抱書走，發現梅運坐著不動，有點喜出望外，便問：「妳還沒走？」

梅運心神正千般忖度著他，被猛地一點，有些心虛，隨口掩飾：「把……把筆記整理一下。」

「那正好。」趙聖宇離開書，走向她：「有幾個問題請教梅同學。」許久未見她，他的話頭起得拘謹。

梅運聽他這麼稱呼，太拒人於千里的口氣，便低頭沙沙寫字，道：「梅同學走了！」

趙聖宇一愣，隨即赧然會意：「梅運在嗎？」

梅運還他一笑。

正說著，窗外傳來噹噹的鐘響，梅運語重心長地看他：

「文學院面對著傅鐘，真讓人覺得念中文系是任重道遠的事……」

趙聖宇知道她在問脫課之事，沉默半晌，闔書招來：

「我回南部兩趟，一趟搬家安頓自己，一趟安撫別人，主要是……」眼睛裡淨是匆匆行路風塵，漫漫一片。

梅運心想：「倒錯怪他了。」聽他遲遲不將話說明，便擱上一句：「說得出的或說不出的？」

趙聖宇一驚，定定看她面目，只是一臉體貼意，遂心凝神重道：「說不出。」兩眼瞪著廊下黑黑的天色看。

梅運默默點頭，表示尊重他，就此打住。一時提不出話頭，隨口扯了一問：「南部天氣好吧？」

趙聖宇回過神，答：「今年怪，比臺北冷。」說完，兩隻手掌奮力搓一搓，要搓掉什麼似的，抽出夾在左脅的厚書，打開，找了幾頁，指給她看：「這一段怎麼解法？」

梅運轉述諸註家說法，與他論了一回，兩人脣槍舌戰一番，談完學問話就越扯越遠。梅運一向是教授們公認的得意門生，對系上裡裡外外的風土人情知之甚詳，趙聖宇初來乍到恍如隔霧看花，梅運不免仔仔細細地為他提綱挈領：

「總之呢，方老師的戲唱得雖不怎麼很好，」梅運也為自己這串咬文嚼字逗笑：「但他十分愛護好學之徒，你只要帶瓶好酒去孝敬，他就『不惜歌者苦，但言知音稀』來一段兒給你聽啦！」說著，比了一個蓮花指，略略有些身段味兒，眉目傳神。

「聽起來很是『大人者，不失赤子之心』！」趙聖宇聽得暢然，看得酣然。

「而且而且……」梅運自己硬撐住笑：「他老人家最愛票『紅娘』，那扮相……」梅運撐不住，乾脆趴在桌上自個兒笑個痛快。趙聖宇隨她笑著，見她兩肩圓滾圓滾簌簌然動，竟有些「言在耳目之內，意在八荒之外」了。

「至於，王老師……」梅運吸一吸鼻子，慎重起來：「他是系上的瑰寶，學識淵博，自然沒話說。」梅運縷述他的生平軼事，最後，很認真地點點頭：「老師那份曠達超然的心胸，我們學得了一二，也就終生受用了。」

趙聖宇目不轉睛地看著她黑亮的眸子流漾流漾地，那裡面有許多慧黠、聰穎，還有誠心誠意讚歎世間美善的溫婉光輝。他心裡不禁一動：是怎樣的一個女子？

「你看，」梅運歉意一笑：「我說著說著就自我陶醉了，怎麼扯這麼遠呢？」

趙聖宇把書一闔，說：「走，我請妳吃晚飯，繼續扯。」

梅運看一看四周，乍然一驚：「啊，這麼快天黑了。」

窗外都闃暗得深，只剩文研教室兩盞微亮的燈。屋外，秋雨沛然且寒氣波湧。文研雖小，於此夜晚卻靜得安穩。梅運被這一霎時的寧謐吸引，忘我地重新看了看這秋天、這課堂、這夜晚，心裡有一種「相逢」的感覺。彷彿，千萬年可以渾渾噩噩過，唯這一刻須清清明明認取。

趙聖宇見她沉思不語，以為自己的邀請過於冒昧，便說：「如果需……」

「如果需回家晚餐？」梅運不假思索地接上他的話，一面伸手將長髮掠到耳後。

趙聖宇一驚，心忖：「她怎麼知道我要說這話？」

「我家在臺中，自己一個人住臺北的房子。」

兩人相視一笑，她便隨他走出文研。

雨中，他為她掌傘，竟有不知如何調適距離的苦惱，若即不是，若離也不是。梅運看他掌得這麼辛苦，說：「來，我幫你抱書，溼了不好。」

趙聖宇兩手空了，便專心打傘，誰知那把黑傘竟有一世風雨那般重，他空落落的左手更不知如何安措？才走幾步遠，梅運便站住，左手撥正他拿傘的右手，說：「別儘往我這兒偏，你看你淋的！」

趙聖宇挨這一罵，挨得心裡暖烘烘，頓然心頭怦怦動，臉色也燥熱及耳，這女子連他小小的呵護之心都知道。

「請放心，我姓梅，又是臘月生的，從小不怕冷。」

「對了，妳不提我倒忘了，早就想請教，『梅運』這名字怎麼來的？有沒有什麼典故之類？」趙聖宇追問，有點想知道她的一切。

「『天其運乎？地其處乎？』家父說，我出生時他正好圈點到《莊子．天運篇》，不問吉凶，就給我取個「運」字，作為他讀書的紀念碑。我上頭的哥哥，是《尚書》的『尚』，害他考運不佳，沒上、沒上嘛。我從小被叫霉運，好不到哪兒去。」

「伯父學問大，梅這姓不好取名。」

「好險，要是他念到《詩經．維天之命》，我豈不叫『梅命』？」

「哈哈，那我就得尊稱妳『小命』小姐！」趙聖宇心直口快，還橫來左手抱拳以為敬。傘一偏，雨正好淋了兩人。梅運笑彎腰，不假思索說：「你叫我『小命』，我豈不是要『死生相許』了！」

這無心的話一出，兩人登時心頭轟然一震，依稀彷彿，這話擱在心裡幾生幾世了，怎到今日才說得聽得？

「該死，羞死人，怎麼搞的今天！」梅運心裡嘀咕。

走著，尷尬地沉默。趙聖宇斜斜地往她偷覷，見她兩手緊抱著書，頭壓得猛低，幾綹長髮落在臉頰邊晃呀晃地，兩隻鞋越划越快，早溜出傘沿，雨水打溼她一頭秀髮。趙聖宇跟著半跑隨上，一輛腳踏車疾駛而來噴起積水，趙聖宇拉住她袖子喊：「小心水！」兩人便站住。

梅運也不答腔，只牽著袖子擦懷中書皮上的水，一遍又一遍。趙聖宇等她擦完書，其實是得了勢好好欣賞她。她這晚穿的仍是過膝長裙，深藍色越襯出她的腳白，雨天裡大概為了涉水沒穿絲襪，腳趾頭圓細粉白乖乖躺在露趾鞋子裡，唯獨那兩隻拇指，一個勁兒劃上劃下，和她一尊肅然模樣大不相同。趙聖宇見她羞成這樣子，打心底憐惜起來。雨越下越大，要打破傘似的，趙聖宇雙手掌穩風雨，挨她近些，說：「我們……找個地方坐，好不？」

梅運隨他走。趙聖宇存心要解她的窘，自告奮勇高聲說：「至於我的名字，嘿嘿，那來歷可大！」

梅運兀自淺笑著，撩起長髮，抬頭，破窘而嫣然：

「就是嘛，『聖宇』這兩個字頗具百官之首、宗廟之美，好像孔夫子住的萬仞宮牆。」梅運存心調侃他，話一轉，咯咯笑說：「好——大的聖人房子啊！」

「別挖苦我了。我家是大家族，當年老家大厝新居落成，席開三十桌，家母飯吃到一半羊水破了，上醫院，我當天晚上出娘胎趕來共襄盛舉。我是長男，老爺爺一高興就用這事為我命名。不過，名字取得太氣派往往事與願違，我這一生恐怕是茅茨土屋的命。」

「茅茨土屋也有茅茨土屋的安穩日子。陶淵明詩：『方宅十餘畝，草屋八九間。榆柳蔭後簷，桃李羅堂前。』這種生活也讓人嚮往。」梅運說。

趙聖宇若有所思，看看她雲鬢膚白的側影，深深吸一口秋雨的寒，卻管不住心頭竄出的熱，便說：「堂前應該種梅花，平時一樣窗前月，才有梅花便不同。」

梅運怎聽不出他話中有話，心內瞋也不是，怒也不是，轉著眼珠子瞪他一眼，卻連反駁的招勢都無，只在嘴裡嘀嘀咕咕：「越說越離譜啦。」

那晚回去，趙聖宇一夜難眠，才體會《詩經．關雎》：「悠哉悠哉，輾轉反側」的滋味乃如此這般。夜雨敲窗，他躺在床上，兩顆眼珠子滴溜溜如夜明珠，遂奮然躍起，找出《莊子》翻讀〈天運篇〉；天運者，天象運行不止，喻天地日月萬事萬物皆在變化之中，人不應墨守成規，應因時而變、順物而化。趙聖宇見此文意彷彿得到天啟，不免心思放蕩，喜不自勝。他平日以練字修心養性兼自娛，此時情急，裁紙、開筆、研墨，三更半夜濡墨暢書，寫得一會兒喜、一會兒猶豫，又一會兒苦甘皆俱。寫罷，把燈扭到最亮，烘乾墨汁，又嫌太慢，雙手支住桌沿，提口氣呼呼地吹。

也不顧更深夜寒，撐把傘摸黑出門，要把字寄給她，卻站在郵筒前猶豫不決。綠色郵筒上有兩個口，「本地」與「外埠」，兩個都開著大大的口，趙聖宇就著路燈把信送進「本地」那個口，連手掌都進去半截了，還在猶疑要不要放下；放，自己心內一局棋要翻了，不放，卻有說不清的依戀，彷彿錯過最好的時光。眼睛歉然地瞪著「外埠」看，直到雨打溼他的長褲，冷得背脊都鎖緊，才不顧一切地放手，聽到信落筒內「空」地一聲，連忙哈口氣暖一暖手，自言自語：「好冷！」

隔天，梅運收到，待要展開，發覺有一角緊緊咬住，她又想快看是誰又想存個完膚，伸來一指濡些舌上唾沫，輕輕去解墨，張開一覽，見一手行雲流水的好字，便心撞如羚鹿：

「竟日尋春不見春，芒鞋踏破嶺頭雲；歸來偶把梅花嗅，春在枝頭已十分。」

上款落款皆無。梅運竟動容了，她懂，這是你知我知的意思。

3.

流年易過，乾坤正長。農曆年過後，便是研一下學期了。趙聖宇與梅運平日見面的機會少，又各自忙於專題研究，不是上文圖、總圖、研圖找資料鑽研，要不就跑國家圖書館與書為伍，兩人難得有並肩閒步的心情，就算有，一盞茶一頓飯之間所談，也是義理多兒女少，談興大開之際也免不了燃起爭論的火花。然則，靈犀往來，本不限於時間；恩義情緣，也不由空間作主。何況書信深交，更勝於言詮。兩人偶有魚雁往返，梅運越賞愛他穩若泰山、以學術為終生志業的懷抱。趙聖宇則敬佩她筆頭千字胸中萬卷，如師亦友了。

元宵節將至，梅運特地約了幾位碩班同學一起到家裡喝下午茶、吃湯圓，自然也包含趙聖宇。雖說君子之交淡如水，但他們不約而同以淡然護著濃郁，每一步都在人群中，卻又於人群中目遇成情、靈犀互通。論交以來，梅運第一次請他上家裡，箇中意義自是深厚。

那日下午，梅運早已齊備待客的吃食，水果、甜點擺了滿桌。湯圓更不用說了，芝麻、花生、豆沙餡兒都有。諸事俱備，只等東風吹來。

門鈴響起。

梅運應門，一開，沒人影，卻人身也似的站著兩盆盛開的梅花，枝椏扶疏宛若舞袖；

一紅一白，一綺麗一澡雪，都開得喜孜孜地。

梅運驚叫一聲，問：

「誰呀？——簡直——」

無人回應。

「誰嘛？」梅運急得跺腳，又氣不見人，又感動至極。

「我。」

是趙聖宇。

「你，來就來，這是做什麼？」過年後梅運第一次見到他，心裡亦嗔亦嬌，罵起他來，別存一番秀媚。

趙聖宇亦深情望她，隔著花，說：「送妳。」

「你怎麼扛來的？好大盆呀。」

「學校對面夜市巷口有個賣花的老先生，」趙聖宇說：「我跟他訂的，這老先生有趣，算熟了，今年我還給他寫春聯呢，剛剛他幫我用車拉過來。」

「你給他寫什麼？」

「家門口貼的一般，放花的地方是他的工作室，有個門，歐陽修寫西湖的那十闋〈采桑子〉，有一句『人在舟中便是仙』，我把舟改成花，人在花中便是仙。他很樂。」

「你怎麼知道我家放得下？」梅運狐疑。

「先探過了。看到前院這個小魚池荒廢了，積水招蚊蟲不好，正好可以種樹。」趙聖宇說實話。

梅運看花，有說不出的愛，看他，有說不出的嗔怪，聽他字句，又是說不出的惜。千萬言語在嘴邊都成多餘，就心領不說了。見他穿戴整齊，頭髮梳得妥貼，鬍子也刮得乾淨，越顯得一表人才。只是外套上沾了一塊灰白，大約是剛才抱梅花盆沾上的，梅運瞧見，伸手替他拍去，順便調侃他：「招女婿去呀？穿這麼漂亮？」

趙聖宇聽這話，眼眸子一瞬間刷暗，隨即柳暗花明，清澈澈映出她那一身倩影，回說：「就差進門而已！」

梅運聽他這麼一語雙關，鼓著嘴歪了幾歪，瞪他一下，說：「你這人真是，還不進來！」

老公寓一樓，有前庭後院是個鬧中取靜的好居處。趙聖宇搬了兩趟，將花送進來，進屋，舒口氣打量著，說：「一看就知道是梅運住的。」

三十坪見方，客廳即是書房；三壁環書，分經史子集、西洋現代入櫃，書桌靠著窗邊，桌上堆了幾落書稿、一筒各色用筆。見得出獨居息遊，客廳的功能不彰，只有一條花梨木長椅配著小木几，可堪稍坐。又自天花板懸下一盞紙糊方燈，上書「清風明月」，顯然是親自鋪設的。另一面牆掛一幅字，錄蘇東坡〈念怒嬌——赤壁懷古〉，落款處一枚篆印，正是「梅運」二字。

趙聖宇是寫字的人，一面賞一面舉起右手運著虛筆臨摹，歎：「不好寫，東坡這詞字字是奇景奇情，飽含蒼茫與力道，妳的字柔中傳神，寫出千古興亡那份悲壯。」

「亂寫罷了，別理它。」梅運遞來一杯烏龍茶。

「『清風明月』，在哪裡看過……」趙聖宇思索道。

「《南史・謝譓傳》。」梅運提醒他。

趙聖宇恍然擊掌，笑道：「入吾室者，但有清風；對吾飲者，惟當明月。」

梅運頻頻頷首而笑，脈脈看他，引為知己。

待兩人坐下，梅運看鐘：

「奇怪，他們是不是迷路了，怎麼還沒來？」

趙聖宇拿起一塊鳳梨酥正要吃，聽她一問，擱著，偈偈促促說：「忘了說，他們都……都被我騙走了！」

梅運不解，凝住一潭秋水如鏡，照得趙聖宇更是不安：「我跟他們說，妳臨時回臺中……取消。」

「你……」梅運氣得臉都紅：「我的事要你作主？你作得了主？」走到電話旁，找出同學的電話要打去。

趙聖宇自知理虧，眼盯著滿桌子餚果發直，不敢看她：「只是想單獨和妳過節，就不計後果，妳罵吧。」

梅運撥到一半，放下電話。

「其實，」趙聖宇語重心長一歎，聲音放低：「作得了主的就是作不了主。」兩眼茫茫不知所以，許多無奈。

梅運聽他語意悽惻，看他一臉痴迷惝恍，好像無限委屈，氣他的心登時軟了，念他也是一片真誠，就饒他這次「情有可原」，自顧自去把各種餚果收拾，一人有一人的招待法，不需鋪張。

趙聖宇見她走來走去不發一語，更覺如坐針氈，乾脆走到院子賞梅，見不遠處有建案正在興土建屋，旁邊的接待處貌似待拆，綠茵花臺都將作廢，突然福至心靈，匆匆出去了。

梅運聽到帶門聲，出來一看，鞋子果然不見了，打開門看，也沒，以為自己悶走他，又悔又惱，在屋子裡踱過來想過去，覺得空洞得快塌下來。

不一會兒，門鈴響，開門，見趙聖宇抱著兩大袋沙土進來。

「你，又……幹什麼嘛你這人！」

「先別問，快來幫忙。」

趙聖宇脫下外套，好自然地交給梅運。捲起兩袖，蹲下察看那口廢池，見排水良好，抓除殘枝落葉後，砌磚圈堤，將梅花脫了盆依著距離姿態調好，倒土掩上，兩手推推捧捧堆成一個小丘，兩株梅樹像土裡長出的更添天韻。趙聖宇退後端詳，很是滿意。突然又劈啪出門去，這次鏟了茉莉花與草皮來，又抄起院落一只水桶往返幾趟去裝土，一一鋪成。頓時，小小院子逸趣橫生，不似人間。

「如何？」趙聖宇摘下眼鏡往衣服上一擦再戴上，看花的眼神流露著戀意。

「你，衣服都髒了……」梅運疼惜地說，看他手上、指縫、鞋沿全是土，很為他這一磚一瓦的苦心感動。

「不管它，如何？」趙聖宇忘情地看她。

「沒想到你通園藝。」

「我家花園有人打理，看久了，略懂皮毛。」

梅運點頭一笑，挨著他而立，一起看花賞花疼花，心裡有一份暖暖的平安。屋子裡暈黃的燈光從窗口透來，點亮這將暗的冬日黃昏。梅運想到《詩經》：「之子于歸，宜其家室」句，大約就是「一燈如豆」的室家幸福了。想著想著，眼潤鼻塞，恨不能拿住乾坤換此一刻永遠停留。

「養梅的學問我一點兒也不懂，你送我這麼漂亮的梅，叫我怎麼照顧？」

「剪枝施肥，都還是形而下的……」趙聖宇深情地說。

梅運怎不會意，瞪他一眼，說：「你這人，怎有那麼多說法？」卻同意這話，提水來，曲掌如瓢，輕輕潑灑。梅幹帶露、梅蕊含羞，水珠紛紛落下，被土吮入。梅運聽這珠落土含款款之聲，料想天地亦應為之語塞吧。

趙聖宇蹲下，就著桶內洗手一邊想道：「這……梅丘已經被張大千用走了，梅嶺……」

「不好，太粗氣，還不如『振衣千仞崗』的『崗』字。」

「妳記不記得東坡有一句『半壕春水一城花，煙雨暗千家』。」

梅運打開書櫥抽出《東坡樂府箋》一翻，說：「〈望江南〉。」便輕輕盈盈吟給他聽：「春未老，風細柳斜斜，試上超然臺上看，半壕春水一城花，煙雨暗千家……」

趙聖宇接過書，看了下半闋，心頭有些冷凜，隨即開顏，大聲唸出：「……且將新火試新茶，詩酒趁年華。」正是〈望江南〉最後兩句。

梅運知他心意，微笑地引了李後主的一句詞算是回答：「天教長少年。」願這年華天長地久。

「所以，我們就叫『梅壕』。」趙聖宇別有含意地說著：「對蘇東坡的『松崗』。」〈江城子〉：「料得年年腸斷處，明月夜，短松崗。」是東坡懷念愛妻王弗之作。趙聖宇拿「梅壕」來配它，隱含夫妻之意且是死生相許了。梅運一羞，抱著半拳向他搥去，可是，心裡頭卻另有一股莫名的暗鬱；「松崗」是亡妻墓瑩，「梅壕」有「落花流水」之傷，當下心頭埋了一個疙瘩，但沒說。

花事畢，已近晚餐時刻。梅運還在意趙聖宇支開同學一事，趙聖宇既得了數小時與她共處，又能為她栽花，已是心滿意足，便提議這缺口由他來補，選日不如撞日，請梅運致電那幾位同學，改到餐廳聚餐，由他作東。當晚大家歡聚，沒人看得出他二人已偷天換日過了。

那晚，趙聖宇一路踩著腳踏車回住處，歌聲口哨不斷，到了門口鎖好車，得意忘形地雙手一比，學那京劇身段闊步一圈，頓住，頭往後乍時一偏，做一個驚喜神色，唱：「驀——然回首，那——人，卻在燈——火——闌珊處，呀啊哈——哈——哈！」

可不是，燈火雖然闌珊，那女子卻千真萬確來到眼前。

4.

四月正是春深，陽氣萌萌然動，杜鵑鬧得正熱，流蘇也綻放積雪。這日週六，趙聖宇與梅運依然上圖書館，不期然相遇，便對坐而讀。清晨霧茫茫，空氣芳香。趙聖宇望向窗外：「難得的好天氣。」

「是啊，」梅運深深吸一口花香說：「花開得真好！」

「可惜，梅雨一來就完了。」趙聖宇隨意脫口而出。

「化作春泥更護花不好嗎？」梅運忽有興致：「喂，我們看海去好不好？難得這天氣。」

趙聖宇燦笑：「當然好。」

海邊人少浪卻高，天藍得很薄，海風有些厚。大海鑲著一圈白花花的浪，看來有些飄飄然。

「多美的浪，剛出嫁的一匹紗。」梅運指著說。

「妳這念古典中文的，倒做起現代詩。」趙聖宇笑她。

「神來之筆嘛。」梅運不好意思道。

兩人挨著沙岸坐。趙聖宇摘下眼鏡，用手揉一揉刺著的眼，說：「近來念了點淵明的東西，有些感觸……」

「哦，說說看心得。」梅運頗感興趣，她一向愛淵明。

「至少……」趙聖宇戴上眼鏡，看著遙遠的海：「至少，『結廬在人境，而無車馬喧』……很難，尤其『心遠地自偏』，怎麼個『遠』法？」

「我想，」梅運用一指在沙上寫著「遠」，說：「既不是『對待遠』，亦不是『滅絕遠』，」她沉思一會兒，若有所悟：「應是『超越遠』！」

趙聖宇吃驚看她：「是這麼解？」

梅運想了想，說：「要不，怎麼能『採菊東籬下，悠然見南山』？」

趙聖宇吟哦著：「採菊東籬下，悠然見南山。」

「其實，」梅運又層層剝落：「這兩句詩仍有高下的，『採菊東籬下』雖是怡然自得，畢竟還是著了相。」

「悠然見南山，」趙聖宇痴痴地唸了一會兒，搖搖頭：「很難，很難。」

梅運聽他這樣語重心長、神色黯淡，猜想他必有難解之事，絕不是拉她談學問、做注解，便試探：「家裡一向好嗎？」

趙聖宇長長一頓，答：「都還好，就是爺爺奶奶年事高，身體大不如前，尤其老爺爺一年來進出醫院多次，最近又住院了。我屬大房，又是長子獨孫，難免掛心。」

「你還有弟妹嗎？」

「有個妹妹，」趙聖宇心思遠颺，好一會兒才澀著臉面對梅運：「訂過婚了，她未婚夫在美國留學，近來不大回她的信了，怕是有變。我認為他們的婚約過於倉促，需要再考慮……妳對這種問題看法如何？就男方來講。」

梅運想了又想，說：「訂婚就是承諾，既是承諾就該履行。」

趙聖宇沒想到她會這麼說，呆了一晌，很努力地辯：「可是，於法無據。」兩隻手掌攤得開開的，眉目都鎖。

「君子重然諾，」梅運認真說：「就算『情有可原』，也應該『義無反顧』，是不是？」

「難道無解？」

「解也是有的，解鈴還須繫鈴人，除非兩人都有意解除。」

趙聖宇渾身無力，轟然欲暈，躺在沙灘上閉目不語。梅運不敢躺下，自然看不到他的神情，只得欣賞眼前海天一色，哼她的歌，哼了一曲又一曲，看他猶臥著，再也忍不住，拉他手說：「別偷懶，散散步吧。」

梅運一面走，一面側著頭編了一條長辮子擱在肩上。趙聖宇走在後頭，看她那浪中裙裾之影，越走腳步越重，就著淺灘捲褲管，自個兒歎道：

「滄海之水濁兮！」

梅運聽到了，回頭招呼他：「誰說濁？清得很呢。」

趙聖宇趕上她，往浪深處探去，梅運果然合掌掬了一捧水給他看，說：

「是不是很清？」

趙聖宇點頭，梅運樂得什麼似的，說：「還可以喝呢。」

說著，果真喝了一口，趙聖宇要阻止，她早飲了，還咂咂嘴說：「嗯，這玉液瓊漿……好鹹。」

趙聖宇的眉頭都替她鹹起來了。梅運大笑，又捧了水遞上，說：「你喝！」趙聖宇作了一個逃勢說：「絕不上當！」閃了幾閃，梅運追他不著，雙手插入浪裡，往他一潑，落得他滿身衣溼，梅運捧腹大笑：「算你喝過了。」

水潑上臉面，進了唇舌，果然死鹹。

到傍晚，兩人走累了，隨意找一家小店吃麵。梅運先吃完，看老闆娘背著小娃一個人忙，便去幫她端麵給客人。趙聖宇一邊看報紙一邊吃大碗紅燒牛肉麵，辣得滲汗。小孩醒了，啼哭，梅運要老闆娘解下背巾，她抱著，邊踱邊搖。小孩被搖得舒服了便不哭，水藍藍的眼睛友善地看她，她一樂，香了小孩的嫩臉蛋兒，要抱給趙聖宇看。趙聖宇吃得呼嚕呼嚕正滿頭大汗，梅運走到他背後，突然起了一個促狹兒念頭，悄悄將嬰兒抱向他，挪開兩隻小腿往他脖子肩頭一坐，低聲說：「喏，你兒子！」

小孩骨軟，一身肥嘟嘟都壓在他肩頭，趙聖宇突如其來一驚，又聽得這句話，一口麵吞岔了，辣汁滲入氣管，一時嗆住，咳到淚流。梅運趕忙拍他背說：「不咳，不咳！」向老闆娘討杯水給他喝，趙聖宇一咕嚕喝下，麵吃不下了，付錢出來。

走到外頭，梅運問：「還難受嗎？」

「喝了水，好多了。」趙聖宇猶抹鼻涕擦眼淚，自我解嘲：「差點死在麵碗裡，這太壯烈了！」

梅運站住，歉然道：「對不起，對不起。」

這一說，趙聖宇辛淚又出，忍不住一把摟得她緊緊地，斷斷續續說：

「……是我對不起……」他一臉糾纏，許多話說不出般，千辛萬苦開口：「天，叫我早認識妳多……多好！」咬住唇說不下去。

梅運在他懷裡偎得厚實，心如溫酒，淚似清茶，許多溫柔心思都絲絲縷縷牽動，自顧自想的是：「今夕何夕，見此良人！」歎的是：「子兮子兮，如此良人何！」心裡更加綢繆。又想到《詩經》裡這詩乃是「新婚夜」，不免一羞，長髮一甩，拉他的手說：

「我們坐渡船去。」

趙聖宇看錶，說：「晚了，早收了。」

晚上送梅運回家，趙聖宇扛著心事回住處，顧不得梳洗，坐下來想寫信給她，正思索間，電話大響，妹妹哭著要他速回，爺爺怕是過不了今晚。

趙聖宇頓覺天坼地裂，如遭雷殛，火速整裝搭夜車南下。窗外，白日的鮮翠春景已融成一脈黑汪汪的惡水，他是行吟澤畔的人，彷彿一滑，將跌入萬丈深淵。

第二日起，綿綿春雨下了數日，奼紫嫣紅都在水裡凋落。

5.

直到六月，梅運一直未見到趙聖宇。打了兩次電話沒人接，寫了短箋沒回。甫伸枝展葉的情愫速地回縮，縮到只剩一截佈著芽點的枝幹，在流轉的季節中靜默。她猜想他要不是回家閉關寫報告，就是有意冷卻彼此剛燒起來的熱流，因此細想認識以來兩人之間的話語，自覺是自己先涉水撩動天光雲影的，如今岸邊人無意，轉身而去，一場鏡花水月戛然而止，她也該上岸，整頓這一團既羞慚又失落的情緒。她本不是一個會纏人的人，對事對人常抱著來自來、去自去的態度，有老莊之風，加上課業繁重需訂定學術方向，更無閒暇於兒女之情，專心趕自己的報告要緊。

只是，每日到學校，行走間還是有所期待，花徑上、迴廊前、樓梯間、課室裡，盼著一點點風吹草動，那人影飄來眼前。

終究不見人影。

等她繳上這學期最後一篇報告，研一算是結束了。這天，梅運照例參加系上的學術研討會。會後，大夥兒談興仍濃、論戰方酣，便說好一起吃飯，餐桌上續戰。走過佈告欄，幾個人湊著看消息，一位同學指著一張「學術研討例會研究生缺席名單」說：

「趙兄怎麼搞的？好幾次沒參加例會。」

「他呀，」另一位說：「小登科都來不及了，哪裡有空。」

梅運一驚，不信，陰慘慘地問：「你說他怎麼了？」

「結婚啊。我隔壁寢室有個人跟他是同校還是鄰居，消息自然不假。聽說，他爺爺過世，依照『乘孝娶』習俗需在百日內完婚，否則就得等一年後。」

梅運腦子裡轟然都是霹靂聲。

「梅運，」這人拍拍她肩：「妳平日跟趙兄挺熟的，沒聽他說要結婚啊？」話中頗有試探意。

梅運深吸一口氣，硬是擠出一聲輕笑：「還沒熟到問終身大事。」話出口，自覺有雙關意，趕緊支開：「是何方佳人？」

「是他的高中同學，也算青梅竹馬了。女方在中學教書。」

她想起「梅壕」，死死瞪著「趙聖宇」三個字看。

「聽說去年考上研究所暑假訂的婚，為了沖他爺爺八九大劫，今年老人家往生，順理成章就結了。」

「我不懂，這有什麼關聯？」有位同學不以為然。

「你懂什麼？他們家是望族，大家族繁文縟節，處處都是規矩，他們很在乎喪禮上有沒有子孫滿堂，快快完婚，有孫媳婦為他戴孝跪拜就是不同，告慰老爺爺。」

「封建，封建！」這同學直搖頭，頗不服。

「你幹麼這麼激動，又不是要你娶。」

這頓飯吃得粒粒辛苦，撐了一晚上，進了家門，雙眼一閉，淚溢滿腮，心肉被一根一根的刺扎，痛得徹骨。見滿壁經史子集都在，可是，哪一本能教她這人間的道理？她一顆心掉入五慾六塵的泥沼裡不能自拔，人癱坐椅上，淒淒地哭，把眼睛都哭濁、哭腫了，也還不肯相信那些話是真的。如果是真的，那她深藏的「芒鞋踏破嶺頭雲」的知遇便是假，那「梅壕」的知音也是假，那「詩酒趁年華」的知情也是假，這天地間還有哪樁是真的？若連「一燈如豆」的下午那栽花男子也是假，這乾坤流年、聖賢詩書、學問道理豈不都騙她騙得好苦。

梅運哭到無力，才收拾涕淚，誰知，抬頭看到牆上自己寫的「……多情應笑，我，早生華髮。人生如夢，一尊還酹江月。」又觸目驚心地哀慟起來，這一哭，年歲月日都斷了線，紛然跌落，從此，日不日、月不月、分分秒秒如年了。

梅運不忍再待這屋子，看到梅幹空餘恨就覺得無所逃遁。理一理行裝，回臺中去。在家裡待得抑鬱，心中的苦結了痂，刮不掉也說不出，成天關在書房裡藉苦讀度日，讀得病懨懨地。

有一天，窗外兩隻鴿子停在花架上，梅運定睛看牠們的剪影，看得心頭不似以前的緊，自忖著：「也許，該去看看溪頭的雪鴿飛的樣子。」遂稟了家人一聲，自個兒去住幾天。誰知，第一處就不該擇溪頭，那兒不安不靜不清不幽，暑假人多，十分嘈雜，鴿子都不來。好不容易，一天清晨，梅運等著鴿子都下地來了，一一將鴿米撒給牠們吃，嘴裡正嗞嗞哄牠們快來啄，看那一地雪白亮麗的雲朵在走動，她心裡正興致，突然，一個聲音喊住她：「小姐，麻煩妳幫我們照張相。」

梅運抬頭，一對男女手挽著手向她遞來一臺拍立得相機，是新婚蜜月的模樣，腳步聲把一地的鴿子驚得四處逃竄無影。梅運從鏡頭裡望出去，一對璧人依偎著。她的指頭抖得兇，心重重地沉，按好久才捉住人家夫妻的笑。彩色照片出來了，梅運拿在手上，看普天下男子，淒淒然問：「這就是你嗎？這就是你！」對方拿過照片，謝了她，雙雙走了。

她看那儷影，才體會兩千多年前唱「宴爾新婚，如兄如弟」那位婦人心中滅絕之苦。她捂著臉不願看那些蜜月人群，一個人越跑越遠，像谷裡一陣習習的陰風苦雨，登天難，行路更難。

下山車上，她看著車窗外蓊鬱山色化成層層綠波，想著與他論交同遊的日子裡，日日良辰、處處美景，微小事物也有不可思議的歡美，只是短暫。她自省，是否因為太貪心了，要求「天教長少年」，才叫不可測的蒼天收回這一切？

下山來，情意理智漸次恢復齊全，以《鎖麟囊》薛湘靈所唱：「休戀逝水，苦海回身，早悟蘭因。」自勵，藉筆墨敷情傷，苦讀之後寫完一篇論文。秋意漸濃時節，提早北返準備開學。積了兩個月的信件堆裡有一封寄自南部的厚信，字跡分外眼熟，看郵戳，已寄來一個多月了。

是他，拆還是不拆？

她沒拆，不想聽任何解釋。把信裝入大信封，臨封口，在白紙上引了蘇東坡的兩句詩放入，寫上原址，寄還。

「世事一場大夢，人生幾度新涼。」

她想，他會懂的。

6.

雲，怎可能永遠避開湖泊而不落雨。新學期開始，終究要見面。

兩人不約而同調整到同窗情誼刻度，不淡不濃，不冷不熱，不遠不近。學文學的，大多是心思縝密、觀察敏銳、直覺警醒之人，或有懷疑他們曾過從甚密的人欲捕捉蛛絲馬跡，亦找不到破綻。他們落落大方地在研討會談論學問，筵席時曾被不知是無意還是蓄意地排在鄰座，彼此也親切地勸菜、敬酒、說謝謝，就算師長於酒酣耳熱之際拿他的早婚開玩笑，要他傳授同學成家立業之道以提高本系的結婚率，她也掩口而笑，站在等著看他發窘的這一方毫不出手救援。大家放心了，那些八卦看來是窮其無聊之人編的。只有趙聖宇知道，梅運對他豎起一道隱形的屏障，即使坐她旁邊，他也別想越過屏障遞給她一碗湯；有一回系上宴客，餐廳經理特來說明這湯如此這般熬了一日夜，請大家趁熱享用，他起身為她盛一碗，放她面前，她點頭說謝謝，卻從頭到尾不動那碗湯。他懂了，這女子分是分、寸是寸，盡在不言中。

碩班畢業之後，梅運與趙聖宇雙雙以優異成績攻上博班，畢業後皆獲留系任教，彼此井水不犯河水。除了隱隱約約聽說趙先生有弄璋弄瓦之喜，遙遙遠遠看見梅先生走過杜鵑花叢的倩影之外，身在黌宮，皓首窮經，彼此的日子各有彼此的晴雨，參商不見。卻不巧，後來系上重新規畫使用空間，他倆被安排在二樓鄰近的研究室，相隔一間，說遠不遠，聽得到腳步聲及年久失修的木門呻吟聲，要說近嘛也聽不到彼此的歎息。梅運自此幾乎不去研究室，趙聖宇也知道她不會來。

雖則如此，兩人靈犀互通的地方卻是有的。海報街上貼出通報：「趙聖宇教授主講：談兩首安身立命的詩。某室某月某日晚上七時。」梅運特地叫學生去聽聽趙教授如何個安身立命法？自己正好路過，隨興地聽那渾厚磁性的聲音誦著：「結廬在人境，而無車馬喧；問君何能爾，心遠地自偏。採菊東籬下，悠然見南山。山氣日夕佳，飛鳥相與還；此中有真意，欲辯已忘言。」梅運聽得頻頻點頭，想起他說過自己是茅茨土屋，想必對聖途、俗世已有體悟與安頓，立時昇起禮敬。

公佈欄又寫道：「梅運教授主講：杜詩三吏三別賞析。某室某月某日晚上七時。」趙聖宇看到，也叫他的學生通通去聽，自己故意路過，站在旁邊賞聽那珠圓玉潤的聲音朗誦史詩，讚歎她識見之深、胸懷之遠，暗地擊掌相應，無比敬愛，卻又不免動念：三吏三別，還要加上妳對我這種「近在眼前，遠在天邊」的冷漠別。

這天，是個春暖花開、柳密藏雀的週六，梅運因約了一位有情緒問題的導生談話，顧及隱私，不得不進研究室密談。學生走後，她關窗鎖門正要走，才轉身，卻看見趙聖宇帶著一兒一女朝這兒走來。

躲也躲不掉。

「梅先生，好久不見！」他全是驚喜，一臉的笑。

「好久不見，趙先生。」梅運亦笑著看他。見他髮色微霜，便知這些年該是日夜拚搏，不得喘息。黌宮似海裡行舟，豈無風浪？學也無涯，更是案頭嘔心瀝血的事業。梅運對人際較為疏淡，趙聖宇相反，出身大家族的他一向人情練達、不辭其繁冗，對系務參與較深，頗獲倚重，更添疲累了。她自忖，年華似水流，看過彼此年輕的樣子，接著要看老去的面貌了。

「快叫梅阿姨！」趙聖宇吩咐道，又對她說：「雙胞胎，四歲。」

四歲小孩正當聰穎可愛，齊聲叫：「梅阿姨好。」她被叫得心喜，摸摸孩子的臉蛋，握握他們胖嘟嘟的小手，越看越愛，她本就喜歡小孩，臉上原本的肅顏退去，笑逐顏開，有如赤子。

趙聖宇定睛看她，這是那年元宵節趙聖宇記得的樣子。

「恭喜梅先生高升了。」趙聖宇知道她順利升等，是他們這一輩中最快升等的。

「也恭喜您，學報收到您的論文了，好精采。」梅運今年接任學報的編務。

「我擔心又會被梅先生退稿。」這是玩笑話，論文審查自有程序，不是個人能作主。趙聖宇說完就發現這話說快了，「又」字太敏感，此話一被說出口即自行跑馬，指向當年她退信一事，氣氛為之尷尬，彷彿天外砸來石塊，正在半空中，兩人即將受傷。既然，跑馬跑到往事上，趙聖宇壯了膽，歎口氣，渾厚低磁的聲音軟了下來：

「梅運，我欠妳一個解釋，這些年一直放在心裡，很苦。」

梅運沒料到他這是哪壺不開提哪壺，一時語塞，眼睛往窗外飄了一圈又回來，想要四兩撥千斤，可又不知那四兩在哪裡？她完全沒想到有一天會面對面談往事，又有兩個稚子在側，笑臉也不是、苦臉也不是，不知怎麼辦，硬生生轉了話題：

「要謝謝你，那兩棵梅樹與茉莉長得好呢，後來我找人把池子敲掉，鋪上一車土老老實實種好，現在每年都開花，真的如你說，人在花中便是仙。」

說完，蹲下來，拉拉兩小兒的手，對趙聖宇說：

「多可愛的孩子呀，這就是最好的解釋。」

又問孩子：「告訴阿姨，叫什麼名字呀？」

女孩說：「我叫趙思梅。」

男孩說：「我叫趙思運。」

她「轟」然欲暈，幾乎承受不住，眼裡有淚光，抬頭悠然望他。

悠然見南山。

他攙扶她起來，兩人都望進對方深邃的靈魂深淵去，那裡面不須言、不須語，苦也無、甜也無，喜也無、怨也無，有的，只是「明月松間照，清泉石上流。」

梅運別過頭，窗外，天藍著，欖仁樹舒開翠綠新葉，杜鵑鬧著，流蘇初積嫩雪，雀鳥輕啼。年年都看的風景，怎麼今日如此不同？

梅運看他，兩人相視一笑，春天真美啊！

「謝靈運說，天下良辰、美景、賞心、樂事，四者難并。今天，你讓我四者皆并了。謝謝你，聖宇啊，保重，再見。」

「梅運，妳也保重，再見。」

她聽到自己的跫音「空、空、空」響著，也聽到弱水三千浩浩湯湯地流著。年華青春走過了，恩情悲喜嘗過了，漾漾三千弱水也一瓢飲過了，所有的滋味留下來，都那麼美那麼好。她的心在這一刻頂禮天地，合掌萬事萬物世間有情。她不禁喜悅，停住，回首，見趙聖宇與一兒一女仍在目送。

她自心深處綻出一朵燦笑，舉手，向他們揮別。

依稀彷彿，在她揮別的手勢裡，一世姻緣已過。

她臉上漾著溫婉的光輝及一個深情女子無憾的笑容，輕快地走入等著她的春天的花叢裡。

花

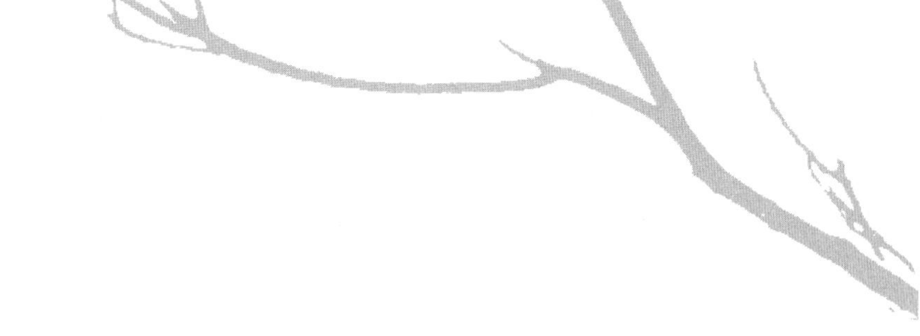

1.

夜市巷口一把矮凳上，沈昌明坐著，不動。

這幾天碰上寒流，比入冬來的任何一天冷。人都不出門，街道上原本川流的車輛在冷寒中也縮頭縮尾起來，偶爾一、兩輛車疾馳而過，把街心的破報紙、塑膠袋吹得漫天翻滾，更見冷清。只有機車劃過時才顯得活絡些，不過，那呼嘯的尖鳴聲，在冷得半死的冬天聽起來像閻王殿奔出來的厲鬼。

對南區這個歷史悠久的夜市來說，情況好些，不只見得到人，而且還擠得很。才下午四點多，紅磚人行道上已有兩排大大小小的塑膠布鋪著，都是占位置等著開賣的。有一、兩條塑膠布被吹到馬路上，立刻有人跑去撿回，不知哪來的磚塊就這樣鎮下去，接著小貨車運來一大捆衣物，往上面攤開，不用拉鐵門放音樂，一喊，路人靠過來，挑好、包起來，一手交錢一手交貨，走了一個又來一雙，人潮越來越多。年關近了，否則這麼冷的天，實在不適合拋頭露面。又有人從小發財車拖出一包鼓鼓的貨物到路旁來，才轉眼，賣鞋、包包、衣服、飾物的，把路都占滿，只留中間一條縫，叫行人排隊前進，順便趕一場夜市博覽會。管它颳風下雨，就算飄雪下刀子，生意還是要做，年關近了，現金才是王道。

人行道邊岔進去是一條窄巷，原本散著亂七八糟的違建戶，後來被建商收拾乾淨，巷子變寬，接著搭起工寮，圈起一道圍籬豎起看板，轟轟烈烈大興土木，打出廣告要蓋驚天動地的頂級大廈。可不知怎地，挖土機、大卡車、工人進進出出大半年，突然間安靜下來，都睡著似的，遲遲不見大廈冒出來。消息靈通人士解釋，建商財務出問題，公司高層這個掏空、那個訛詐，這個失聯、那個出國，買預售屋的人去鬧，永遠只有工讀生出來接待，只好組自救會聘律師尋法律途徑解決。大樓沒冒筍，工地成了野鳥戲水的生態池。既然售屋、買屋兩造都忙管不到這兒來，於是就有人加以利用：沿著圍籬擺上各色鮮活花卉、盆栽，齊齊整整地，菊花一排，馬拉巴栗樹擺在一塊兒，萬年青一截一截地養在水桶內，仙客來、海棠開得奇豔，靠近巷口人行道的是梅花、水仙，擺在青瓷淺盤裡的水仙莖上紮了圈紅紙，年的感覺就這樣張揚起來。這一隊花樹活潑地從巷子往路口延伸，小花園似的，路過的人總要停下腳步欣賞一番。想買花的，左看右看沒見著人，扯喉嚨叫：「老闆，老闆？」

沈昌明蹺著腿，凳子矮，蹺腿的姿勢有些下陷，雙手交握，擱在膝頭，棕色鴨舌帽壓得極低，像在沉思又像在盤算什麼？那模樣讓人想到間諜片電影，下一秒應該交換情報而不是把你要的花包起來。聽到有人叫，他慢悠悠地站起來，藏青色雨衣上佈了泥印，乾了就像貓爪花紋，好像歲月是一隻有攻擊性的野貓，在他身上抓了又抓。寬大領子被風吹得翻動，像兩把荷葉扇，把風扇進頸子裡去。他朝喊叫的人走去，步履緩慢，好像剛走了十里路那麼累。

「老闆，這水仙怎麼賣？」很花稍的一位胖婦人蹲下來看，淺盆裡養著二十多株水仙，每一株都被她拉起來數過花苞了。

他伸出三根指頭。

「這麼貴？那邊才二十。」

「我的花好。」低啞的聲音，慢條斯理地，帶著習慣性的冷靜。

那女人托著蒜頭似的花端詳，用手指捏了捏又拉了拉，一副買菜的架勢。沈昌明看在眼裡，冒了火苗，但他今天不想吵架，便忍住。胖婦挑了許久，每個花苞都被她的手指蹂躪過了，末了，彈了彈指縫間的泥屑，很委屈地說：

「好不到哪兒嘛。」哼一聲，走了。

他把水仙花重新理好，手勢溫柔像安慰受委屈的人。回到老位子撩起褲管，取出一塊痠痛貼布貼在左膝頭，兩手在胸前交叉，又不動了。

沈昌明原本擺攤的地方在另一條窄巷，人流稀疏，移到這裡開闊些，但吵鬧。在他前面人行道上有兩個攤，一攤賣睡衣，另一攤賣大衣——一根鐵條上掛滿大衣，生怕別人不識貨，掛了一件全白的雨衣在樹上，朱紅的字：「海關充公，外銷日本大衣，亡命大拍賣!!」那兩個驚歎號尤其驚人，風颼颼地，白衣一晃，像吊死鬼長長的舌頭。一到黃昏，擠滿各式各樣的女人，倒不是白衣血字的效果，而是禁不起兩個大男人手持一截竹竿敲打硬紙板，命案似的嘶喊：「先生小姐小弟小妹，盡量看、仔細看，破產大拍賣，通通九百塊，買到像撿到——好，包起來！」腰帶上繫了一包塑膠袋，懷個怪胎似鼓在腿側，像要臨盆。鈔票當然塞在另一側，也像個瘤。

睡衣的生意也不差，跟大衣打擂臺。那邊的女人買了大衣，自然要過來瞧瞧睡衣。「純棉的啦，一律兩百八。」沒有人規定穿了大衣可以免穿睡衣，白天穿大衣出去風風光光，到晚上脫光光，總得找件睡衣穿。有些女人身上的衣服裹得太厚拿不準尺寸，便一件一件地脫，脫到適可而止，抓一件睡衣往頭上套下來。

「哎呀，老闆，太薄了，你看你看。」

「不會啦不會啦，家裡穿的，薄才好哇。」

有些話一語雙關，當街更衣的女人自然懂。

那兩攤搶去不少鋒頭，相對地，他的花就冷落了。

沈昌明一向做整天生意，除了補貨到下午才賣之外，颳小風下毛毛雨都準時坐在那把凳子上。白天，地攤沒出來，自然他的花最受人注目，所以，他也習慣七、八點鐘就收攤。不過快過年了，晚上人特別多，他也想趁年節多做些生意，總要熬到十點多才肯收。偏偏最近一連幾天寒流——太冷太熱都不是買花天，熱得要死，拿著花累贅，冷得半死，手躲入口袋取暖也不宜拿花——生意清淡，看看沒什麼人，乾脆早點收攤。

他從巷底拉出車，這車是向做回收的鄰居頂的——病了做不動，半賣半送給他——

雖然舊，載花倒很方便。他一盆一盆地把花搬上車，長花園突然變成方塊，總有些不習慣，尤其今天賣得不多就顯擠了。他把掛在廢工寮牆上的花肥連牆角的塑膠花盆一併收上去，最後把凳子也收了。家離這兒不遠，來回需運兩趟，路人都規矩，沒人偷花。

他踩著車，一上一下地頗吃重。夜市的喧囂在他後面沸騰著，不斷地干擾他卻又與他無關的樣子。他的世界都在小車上，花卉像他的親族，每一盆都經過他親手整理，只差沒幫它們取名字報戶口。這當中有不少是他私心喜愛的，當然留不住也不能留，要是賣花人捨不得花，還做什麼生意？這種兩難情境他習慣了。起初，他過不了這個檻，花費心力把盆栽整理得千姿百態，明明知道第二天最有機會賣出的就是這盆，基於賞愛多留它在身邊一天，但多一天又能怎樣？後來，他變成看人賣花，他賞愛的盆景價格因人而定，若是舉止溫文、言談有味，他自動降價還附送花肥，要是看不順眼，就說這盆已經被訂了。賣花兼看人，好像在市儈江湖裡尋覓知音，美則美矣，然而有人這樣做生意嗎？擺明著跟錢過不去，果然，賺得溫飽沒問題，要想致富，門兒都沒有。

家離這裡不遠，老舊社區靠小山丘邊有一塊閒置空地，被沒公德心的人堆滿廢棄物，沈昌明花錢整頓成花房，放置花卉盆栽，也成了忘憂解悶的處所——一般男人在外拼搏，本就應該有個小基地喘息，更何況是他——開了門，把花卉盆景一一搬置妥當，鎖上花房的門，門上貼著春聯「人在花中便是仙」，他每見一回就伸手撫平一回。那是前年一個向他買盆景的中文系研究所男學生寫給他的，這七個字寫進他的心坎彎彎曲曲處，給他無比的滋潤。總想著最近要是能再碰到，央他再寫張新的，這張貼久了被雨打糊。

鎖好車，把雨衣、帽子擱在車把上，家就在拐彎處一樓。推門進去，室內漆黑，他開燈，客廳燈管一閃一閃地刺眼，關了，改開餐桌上頭的燈。

餐桌上蓋著綠色紗罩，底下有飯鍋和兩盤菜。兩把椅子像吵過架，東一把西一把，另兩把在沙發旁，剛好補了缺。三人座咖啡色塑膠皮沙發，最右邊破了洞，彈簧露一半在外邊。沙發上一堆未疊的衣服，衣架上夾子都還咬著。茶几底下堆著報紙和水電費收據之類的紙張，茶几上散著電視遙控器、沒吃完的零食、玩具及一瓶裝著奶的奶瓶。大大小小的拖鞋像街上結集的黑幫人，這裡一群，那裡一堆。

沈昌明喜歡整齊乾淨，每次踏進家門，第一眼看到客廳餐廳的景象總要歎一口氣。廚房也盡量不進，一整天的鍋碗瓢盆都積到睡前才洗。但看久了也習慣，對改變不了的事，除了改變自己沒別的選擇。

他掀紗罩坐下來，嚼著冷飯菜。真的太冷了，是吃滾燙麻辣火鍋的天氣。去廚房探，奢望看到爐臺上有一鍋湯，不敢奢想香菇雞湯，青菜豆腐湯就滿足。當然沒有。燈下，早禿的頭顱顯得油亮，前庭飽滿，卻也刻上幾刀頗深的皺紋。他的外貌跑得比年齡還快，才中年就有一張老臉。鵝蛋臉型，因為黑瘦，顴骨突出，像個有山有谷的人。嘴動著，下巴的花白鬍渣也跟著動，疏疏地，像一根一根小針刺進針包。

扒完飯，撳了一碗熱開水正要喝，太太拖著三歲女兒一進門直往浴室衝，紗門「啪噠啪噠」地打了來回。

「等一下，褲子還沒脫，哎呀——」那聲音好似破喇叭般地響著。

他聽到鋁盆「匡啷」掉地、水龍頭被扭鬆「嘩啦啦」瀉下的水聲。他慢慢噓溫那碗開水，一口一口喝，看著浮在水面上的油花，覷眼，也可以想成好天氣時一個旅人往山裡湖泊垂釣時看到的天光雲影。他這樣想，更加刻意地慢喝，一小口一小口，好像捨不得把好日子喝完。浴室傳來脆響的拍打聲，使他不得不仰面喝最後一大口，因為小孩光著屁股尖哭，跑到他面前叫：「爸爸，爸爸！」太太跟著跑出來，從腋下架起小孩：「進來洗，笨死了，還不進來！」

沈昌明坐在沙發上核帳，戴上老花眼鏡。太太拖著女兒也來坐著，從那堆衣服中找女兒的褲子，像菜裡挑蟲似的怎麼也沒找到，後來發現被他坐著，欠身過來拖，他移一下，頭抬也沒抬。

「吃過了？」太太偏著頭問，小指頭勾著鼻孔挖鼻屎，挖了又挖，挖出來看一眼往身上抹。

「燈管呢？妳沒買？」早上出門時，他要太太買燈管與啟動器，型號、瓦數都寫在紙片上，顯然沒買。

「哦，你有叫我買啊？」

沈昌明沒吭聲。

她去收桌上的碗盤，發福的身材讓背影像水鴨左右晃動。

「沒吃完哪。」她面對他，肚子擱在桌沿。

「菜沒爛。」他低頭記帳，聲音低沉。已經懶得再說一遍，苦瓜不能大火快炒要小火燜才會爛。人生的苦也是如此，爛在肚子裡久了，慢慢就淡了。

「我吃的時候是爛的咧。」她不相信，拾起他用過的筷子，桌上頓一下，夾了一口嚐。

「有爛啊，有爛啊。」她面向他，嚼著說。他沒答腔，她以為自己沒嚐準，又夾一口，大嚼著，把話說了三遍。他仍是不理。她便乾脆坐下來，把那盤小魚乾炒苦瓜吃完，嚼得喀吱喀吱地。

「明天起，中午、晚上不回來吃。」

「喔，不回來吃，那你吃什麼？」她轉著嘴，好讓聲音有個縫出來。

「妳不會提來給我吃？」

沈昌明一拐一拐地進房去。幹園藝這行，搬泥土運盆栽，腰椎滑脫、膝關節半月板磨損，帶的傷只會越來越重。每到冬天就發痛的左腳，習慣了，也覺得像個沒忘記他的老朋友準時來看他。

2.

活到快五十，沈昌明沒後悔過什麼事。

應該說，像他們這種出身的人沒權利談昂貴的後不後悔。他父親是老兵，當年離開窮得活不下去的家鄉跟著國民黨軍隊跑，跑到孤島上來，一撒，就像油麻菜籽。再怎麼孤零零的島都有肥沃的跟貧瘠的部分，有辦法會鑽能蹭的人走到哪裡都能吃上好肉，他父親不識幾個大字，口不善言、個性比石頭還硬，幹的都是山區開路墾荒、菜園掘地果園噴藥的粗活。唯一幸運是娶了部落姑娘，生下他，但老天給窮人家的好日子一向不長，母親懷第二胎，卻在臨盆時母子死在產檯上。他父親繼續幹粗活把他帶大到國中畢業，好像仗終於打完，可以解散，失蹤數日，後來在山區產業道路被發現，是不是失足落崖只有天知道。父親與母親及弟弟葬在一起，他們算一家團圓了。

父親沒了，沈昌明十五歲當了孤漢，之後一路往北部流浪，幹的也是體力活，直到十多年前走入景觀園藝業，後來得了機會擺花攤自己做生意，總算有個定局。孤漢的路上哪有什麼後不後悔的，唯獨娶阿嬌這一件事讓他後悔好久。

他和阿嬌是一個向他買盆栽的婦人撮合的。他後來一直怪自己，相親的時候怎沒瞧清楚。其實瞧清楚又怎樣？好端端一個白淨圓臉女人穿得整整齊齊坐在他面前笑容滿面，旁邊圍著她的兄弟也是有說有笑，年齡雖然稍大，但哪裡瞧得出來腦子不靈光？

婚後不到一個月，他路上遇見那婦人，當街和她爭執，沒想到反而被挖苦，而且挖得夠深夠徹底：

「笑話，你有什麼不滿意？不照照鏡子自己是個什麼人才？人家一棟房子一批嫁妝給你還不滿意啊，娶了別人，你還找不到地方圓房咧，笑話！」

他著實把家具搗得一塌糊塗，出去逛三天兩夜才回來——沒錯，他回東部他母親的家鄉轉了一圈，而且有一夜是抱著歡場女人睡的——回來一進門，她娘家兩個哥哥一個姐姐虎著臉等他，說的話有硬有軟，硬的是：「睡也睡過了，不然要怎樣？我們家人面闊，流氓也認識幾尾，有什麼事大哥家離這裡騎摩托車只要五分鐘。」軟的話是最後進門在雜誌社做記者的弟弟輝信說的：「姐夫，辛苦您了，我姐憨憨的，您就多包涵。」胳臂一勾，把他拉去路邊攤吃熱炒喝酒，三杯下肚，他掏心掏肺連那夜跑去抱女人花多少錢都說，小舅子拍拍他的肩，意有所指：「姐夫，以後這種男人的事不必說。」

婚後，都是沈昌明燒飯、洗衣，她啥事也不會做，連下雨也不曉得收衣服。他一個大男人蹲在地上洗女人衣褲，簡直窩囊到家，更別說提鍋揮鏟。後來他像開家事訓練班，一步步教她下廚做家務；從鹽巴、白糖怎麼分，醬油、黑醋怎麼放，三遍不會第四遍總該會了吧。

日子就這麼往下過，他也看開，連肝火都懶得動，免得她一把鼻涕一把眼淚奔回家告狀。娘家什麼都沒教她，單單這一點教得異常成功。好在出外擺攤的時間長，回家還有花房讓他透透氣，關起門放鄧麗君、蔡琴、費玉清的老歌，享受一人份的孤獨。最愛聽文章的〈三百六十五里路〉，對歌詞特別有感，坐在矮凳上閉目時，腦海裡盤旋：「多年飄泊日夜餐風露宿，為了理想我寧願忍受寂寞，飲盡那份孤獨。」

日子不順人的意，躲遠一點總可以吧。他想。

後來，她懷了孩子，他有些驚喜，巴望有個兒子傳香火，對她備加體貼和耐心，誰知生了女兒，他的心涼去半截。日子就這麼過，漸漸不痛不癢。他也到哀樂中年，再不敢巴望什麼，也曉得什麼都巴望不來的。每天搬上搬下地賣花，日子也是能過的。

當了媽，她倒清明許多，在家帶小孩，也會四處走動。大概娘家嫂嫂教她一些訣竅，孩子倒還聽她話。她也懂得生氣和打罵，罵女兒：「笨死了，笨死了」，他聽得刺耳，後來想，一定是從小被這樣罵才只會這一句，心裡也會替她酸一下。有時當著他的面，持拖鞋猛抽小孩屁股，蓬散的頭髮一扇一扇地，產後臃腫的身軀扭來扭去，他猛一抬頭，又霎時不認識這個人是誰。

還好女兒一切正常，會說會笑，會吵會鬧，他漸漸疼起這個女兒，心想：他與女兒這輩子注定要與她綁在一起，對女兒的同情更深一些。有時被太太激怒，氣極悶在心裡不說話，想：女兒有這樣的媽，跟他從小沒了媽，哪個慘？但沈昌明很快斥責自己這樣想不是個男人，不管怎麼說，每個人都需要一個「家」，她把小孩顧得緊緊地，也算對這個家有功。

他寬慰自己，花，帶來一個家，像他這樣比孤魂野鬼好不了多少的人，還有什麼不滿意？

3.

第二天竟然出太陽，難得的意外。巷子人家紛紛把棉被扛出來打曬，連他的花都照得分外嬌美。他只穿一件白色衛生衣，帽子也摘下，挨著花坐著，臉色卻不是很和悅，眼睛儘往前面瞪。

他的正前面人行道上新來一攤「糖炒栗子」，正好堵在巷口。

這裡本是流動地盤，誰也管不了誰，因此，他心裡有些不痛快。更糟的是，那炒鍋拚命冒臭煙，把他的花香都吞了。那推車又特別寬，要不注意，誰也不曉得車後面還有花攤。當然，坐在矮凳上的他也被擋了。整個上午，沈昌明的心情沒好過。

中午，阿嬌背著小孩提飯盒來，看到他換到巷內工寮牆邊坐著，離巷口七、八步距離。

「吃飯了。」

沈昌明沒答理，站起來把靠裡邊的菊花一盆盆搬到人行道來，就放在糖炒栗子那輛推車的左邊，整整齊齊地一半大黃、一半大紫，嫵媚鮮活極了。那炒著栗子的女人看了一眼，低下頭，明白他為何這麼做。得空時，把推車移開一點，但也只能移一步而已。

「吃飯啦。」阿嬌又叫他，不明白他搬那些花幹麼。

女兒在背後扯阿嬌的頭髮，她氣得嘴裡咕嚕罵，一面反手去掰她的手，女兒越扯越緊，她簡直全身都氣動了，用力搖背上的女兒，兩坨大奶也左搖右晃起來。女兒手是放了，卻哇地哭出來。她罵：「笨死了，笨死了」，在巷子裡走來走去反掌拍著女兒屁股，她還是哭。沒辦法，從口袋掏錢，走到那女人面前買一包栗子塞給小孩才不哭。

沈昌明一面吃飯，眼睛瞪得像牛眼。

「那個女的好咧，給阿妹吃，不用錢。」她一面剝栗子殼，一面笑嘻嘻。

「呸！」他把嘴裡的一口飯噴到地上，放下筷子：「收回去！」

「不吃了？沒吃完哪。」尚有半盒飯菜。

「誰叫妳蚵仔炒甜的？」

「甜啊？」她拾起筷子，嘗了又嘗：「不甜啊，不甜啊，我只有放一點點糖而已。」

她沒再說什麼，很疑惑地嘟著嘴，收了收要回家。到巷口，跟那女人打招呼，重新掏出鈔票，這次真的買了。飯盒用袋子裝著掛在手上，兩母女一面剝栗子殼一面吃。

那天晚上回去，沈昌明的衣服全是油煙味，連花也是。

夜市越來越喧囂，警察也巡得越緊。附近居民對大量流動攤販霸占騎樓、人行道造成出入不便已經忍無可忍，給民意代表壓力，民意代表當然給警方壓力，巡邏、取締、開罰玩真的。沈昌明不用怕，他的花在巷子裡不礙路。那兩攤賣衣服的躲得才兇，一有風吹草動，從顧客手上把衣服搶回，背起布包就跑，那衣架推來推去，「軋軋」地響，如在戰場。吊在樹上的白雨衣沒來得及收，成了標準的吊屍。等警察走遠，老鼠們又出來了，衣架推回、燈泡一亮，驚天動地重新喊價，人潮又圍上來，啥也沒發生似的。

沈昌明看「糖炒栗子」那女人應該是個生手，慌慌張張地不知該把車子推到哪邊才好，也不及把燈泡捻熄，當場就是個現行犯，被帶走。

沈昌明看著空出來的巷口，只牽動一下喉頭。沒了臭煙味，空氣清新許多，把凳子移回老位置，坐佛似的繼續看眼前這貓追老鼠的浮生。

三天沒看見她。

第四天，那輛車出現了，只是揮動鏟子的是個壯得接近胖的大漢。

沈昌明也只能牽動一下喉頭，還能怎樣？都是討生活的人。他坐的位置不免會看見那男人的臉，滿嘴粗話，嚼著檳榔，檳榔汁在唇角蓄動，「呸」一聲連汁帶痰射在地上，還穿著夾腳拖鞋去壓塗；肚子圓渾，皮帶只能圈在肚臍下，一動一動地，讓人擔心褲子會掉落。嚼完檳榔掏出菸來抽，噴得到處是煙霧。沈昌明歎口氣，又把凳子搬回巷內牆角，眼不見為淨，但遠遠地聽到男人罵：

「幹伊娘，不買算了，妳嫌東嫌西嫌個屁！」搶回老太太手裡那包栗子，把錢往地上丟。

老太太拾起錢：「你這個人怎麼這樣兇，做什麼生意，我跟你講，囂俳（傲慢）沒落魄久！」

吵得很兇。落魄，這兩個字在這裡是忌諱，每個人都有一本活該或不應該的落魄史。他靜靜坐著，偶爾起身巡一巡花樹盆景，招呼客人。江湖裡到處都是風波，拿刀子出來比劃的場面都見過了，這種嚷嚷不足為奇。大家生意照做，一聲高過一聲叫賣：

「一百五，一百五，通通一百五！」

「小姐看看，毛衣、外套、太空衣，最新款式。」

「三百賣一百，三百賣一百，明天就沒有了，啊——看看哪——」

「玩具狗熊大減價，四百賣三百，好啦，算你兩百五，百貨公司賣七百呢，謝謝，再來啊！」

小嚷嚷不曉得什麼時候停的。沈昌明聽見那男人扯喉叫賣：「糖炒栗子，現炒、燒的啦——」被他一喊，幾個人圍過來，見有人圍著，後來的人也停下腳步觀望，群眾都會不自覺地盲從，所以有些攤會顧人冒充群眾挑貨誘引路人圍過來。他一面包栗子一面繼續高聲叫喊，生意滾燙起來。擺攤的都有個小心思，如果碰到「奧客」觸霉頭，立刻要設法做成生意把霉運去掉，那男人大概基於此才格外賣力叫喊吧。

一個粗壯的人，聲音宏亮，吵得能把人推到懸崖邊。

沈昌明踱來踱去，乾脆去超商買菸——他從不在花攤抽菸，免得污染了花——今天竟破例，抽了一根又抽一根。搞不懂自己幹麼心浮氣躁起來，樣樣不順眼，這是從來沒有過的事。不到七點乾脆收攤，腿疼又犯了，最主要是不想跟那個男人同一處，聽他大聲吆喝，奇怪，他喊整天怎麼不累呢？

然而，只因那粗魯的男人嗎？像是又像不是，沈昌明的心情從懸崖邊往下墜，掉到谷底。

4.

意外地，幾天後，那女人又出現。

那天下著微雨，白天人少。她在車上撐起一把大傘，站在傘下炒栗子。她的側影瘦瘦地，燙過的頭髮夾在一邊，臉面收拾得乾乾淨淨，穿著淺色毛衣，配暗紅色七分褲，身上圍著圍裙，一抬手提鏟子，毛衣一上一下動，有時會滑出白皙的肩頭，露出米色的內衣肩帶。栗子和砂炒動的聲音一波波像海浪拍岸，她專心炒著，不時揮汗。他有時起來走動，在她的斜後方看著，倒像她的傘裡傘外都在飄雨般。

她的生意還過得去。一個白天炒了三鍋，那隻膀子恐怕要塌了。難得她還撐到晚上，換了左手繼續炒。偶爾和顧客說幾句話，除此之外並不和人閒言閒語。他聽過她的聲音，細細地，帶一點柔。

他又搬回巷口老地方，招呼生意方便，離她也近了些。

那晚，他到十點才收。路上都冷清了，滿地的紙袋、垃圾。他習慣性地拿枝竹掃帚把人行道、巷口掃一掃，順便把垃圾運走——正是因為不計較，攤販們對他都客氣——她忙不迭地把車子推開讓他掃，直說對不起、謝謝之類的話。他這才正眼看了她，秀氣的臉堆著笑容，眼窩很深，一臉和氣，大約四十靠邊了。他掃到路口，她幫忙把大塑膠袋撐開，讓他倒垃圾進來。沈昌明左腿抽了一下筋，強忍著把車子拉出來，搬妥花卉，一跨上去，腿竟踩不下去，卡著不動。她連忙過來，幫他推車，直推到大馬路上。

他說了謝，問她怎麼還不收？她說：「等我先生。」

他問她貴姓，她說先生姓蔡、她姓李，他想了兩秒鐘叫她「李小姐」，禮貌性地掏出一張名片給她，上面寫：「人在花中便是仙。專營園藝景觀設計施作。花籃、花材、盆景。沈昌明，聯絡電話……」這也是那個研究生幫他設計的，他很喜歡這名片，像是隨身攜帶的小屋給他踏實感。她拿著名片一直看，好像裡面有座花園，沿徑賞花。

他簡單交代自己的花攤，她也簡單說明炒栗子實在不是她擅長的；本來在雜糧批發行做事，店收了，失業，一個常叫貨、賣糖炒栗子的熟客介紹她這個能很快上手的小本生意，其他還好就是吃力氣。沈昌明趁機告訴她這一帶的生態以及跑警察技巧，指點她可以把車推到巷子內，他會清一個地方給她。沈昌明本不是多話的人，不知怎地，隨口問：「之前有個男的，是妳先生嗎？」也不知怎地，她避開：「我再幫你推一下，你比較好踩。」沒回答他的問題。

這是他第一次和她說話。那晚，沈昌明無法成眠，起來坐在沙發上揉膝蓋，一面漫不經心地抽菸。

第二天，他起得特別早，在花房準備一對花籃；當記者的小舅子常有需送花的婚喪喜慶，都交代他辦。他騎摩托車把花籃送到殯儀館，回來才出門擺攤。

她見了他，點頭道：「沈大哥今天來晚了。」還露出微笑。他從沒被喚過大哥，有些心跳。發現她的牙齒很白，鼻子也挺，說不定跟他母親一樣是原住民。

一連幾天，彼此都客客氣氣地招呼，若需去附近菜市場上廁所，也會幫忙看顧一下。沒客人時，她過來欣賞花攤，一盆盆看、問花名，甚至蹲下來聞花香。她顯然是喜歡花的人，說了不止一次曾在陽臺養一株九重葛，花開得看不見葉子，可惜搬家，不知現在怎樣了。

他注意到她用「養」不用「種」，這個字讓他對她的好感度迅速提升，他才發覺自己對待花也是用「養」的。喜歡植物跟喜歡動物是很不同的兩類人。閒談間，他隨口問她先生做哪一行？她淡淡地答：「跟朋友合作。」話說得像斷枝殘葉，他知道分寸在這裡，不可再往前踏一步。

有一天，她來晚，後面跟一個十歲左右的男孩，幫她推車。

「叫伯伯。」她對兒子說。

男孩羞澀地叫了一聲。他笑開，稱讚孩子有禮貌，教得好。午餐時間，她叫男孩去買包子，也給沈昌明帶上兩個菜肉包，他掏錢要付，她說什麼也不拿，兩人四隻手推來推去。吃過後，男孩要回家，沈昌明裝了三株花苞頗多的水仙送他：

「養在水裡就會開花。」

「怎麼好意思呢，這樣，算我買吧！」她趕忙掏錢。

「別別別，我送小孩，妳看他這麼乖，過年嘛討個吉利。」

「沈大哥這麼好，做你的家人很幸福啊。」她摸兒子的頭，要他道謝。

「謝謝沈伯伯，伯伯再見。」

孩子提著花走了。下午生意好起來，她沒再和他面對面。他倒是從來沒有過地愉快著，有時會不經意地瞧她幾眼，不相信四十歲的女人還能這樣禮貌、細緻。心情好，生意順遂許多，竟例外地和顧客談起養花絕竅，說要把花當作人，跟它說話，放著聲音夾了笑語，還破天荒地打了折。

收攤時刻，她包一袋栗子遞給他，也說給小孩。他接過來，熱熱地，似乎她捧過的地方特別熱。這當然是他的想法，因而有一霎的暖流竄進心頭。他從背包拿出一長片貼布，告訴她這款「一條根貼布」治痠痛效果不錯，皮膚不會過敏發癢。她收下，臉上掠過感激的神色。

回到家，阿嬌正在哄小孩睡。他把那包栗子給她，自去盥洗，待他進房，見她將紙袋撕開墊著栗子，攤在床上正在剝咬。燈下，栗子看來油亮小巧，他瞧著栗子在床上顫動，不由得想起栗子的主人及她瘦瘦的側影，心裡竟有一股溫情盪出來，只是沒一會兒，栗子全被咬爛了。

他關燈躺下，也不知是怎樣的心情點燃了小火苗，轉身去剝阿嬌的衣服，自己的也褪了，跨過來壓在她身上抽送起來，火苗燒旺了，比往常都激烈。她一向都依他，而他的心緒今晚卻起了漣漪，飄忽飄忽地，盪到他從未去過的地方，領受從未享過的舒暢。

半夜醒來，其實是被阿嬌的鼾聲吵醒，坐在床頭，看身邊這女人睡得天寬地闊無憂無慮，攤著肢體，每呼一聲，肚子便隨之起伏。

「阿嬌。」他叫她：「阿嬌。」

據說叫打鼾的人名字會止住鼾聲，這招管用。

鼾聲止了，他卻睡不著。到客廳抽菸，黑暗中，很疲憊卻又清醒。他乾脆抱枕頭棉被睡沙發上，用椅墊遮住那個爆開的彈簧，把自己裹得緊緊地，一人份的孤獨裡也是天寬地闊的，只是腦子裡轉啊轉，有個模模糊糊的影像，想理又理不出來，最後只回音一般跑出一句：「做你的家人很幸福啊。」

5.

隔天，她沒來。

到中午，仍舊沒出現。

他已經習慣那輛車的存在，突然空出一大塊位置，令他很不習慣。

他看著自己穿上當年為相親而買的酒紅色套頭毛衣，還穿了皮鞋，今早臨時換上，襪子也很新。他想想很可笑，為一個不相干的人打點這些，後來又推翻這個想法，今天下午必須送花籃去五星級飯店的會議廳，不能太邋遢，還有，天氣太冷的緣故才穿的，左腿不能再凍了。

偏偏中午阿嬌送飯來，哪壺不開提哪壺。

「她沒來賣啊，我想買咧，阿妹要吃。」

他沒說話。

「啊，可惜哩，她真的不會來？」

他「啪」地蓋上飯盒。

「吃飽了？」她問，覺得吃得太快了。

他去整理花土，不答腔。

「她晚上會來吧？」偏偏她又問這一句。

「晚上不必送飯來。」
「啊？」她疑惑極了。
他自顧自去栽花。她呆站著，等他說話。他一抬頭，發現她還在，莫名地動了肝火：
「還不回去啊！」
他一整天都有莫名的脾氣，熬到晚上十點多，不得不收了。持竹掃帚一拐一拐地掃那風中的紙屑，他突然感覺到自己的老態與不中用。風把他的鴨舌帽吹掉，他杖著掃把，彎腰去拾，頭皮馬上吃了一片涼，舉起手習慣地往頭上一劃，才醒覺自己早就禿了，緊緊地扣上帽，那兩隻沾著乾泥的手竟停在空中不知舉措。他早就禿了，只是從來不像今晚這樣令他難受，他的歲月哪裡去了？童年、少年還有飄泊的、寂寞的青春，都哪裡去了？手上沾泥巴的人有資格問這些嗎？路燈下，鞋面清清楚楚地罩了一層灰，他心底的悲涼就像地上的紙袋，掃了，總被風吹回一、兩個。
回到家，問阿嬌：「有沒有人打電話找我？」
「沒有啊，沒有啊。」
還有幾天就過年，夜市最熱鬧的時刻。扯破喉嚨的叫賣聲此起彼落，人潮更擁擠，甚至擠到馬路上。
他的花色比以往更多，應景的花卉與吊著小飾物的發財樹、萬年青很受歡迎，每隔一天就得補貨。除夕當天，他直到晚上七點才收攤，還是阿嬌來喊他該回家圍爐了。從來不曾在年節做到這麼晚，從來不曾有過地賺了一大筆。

年假期間，阿嬌帶女兒回娘家住幾天，他推說腿不舒服，一人在家修理門窗換燈具，還把沙發上那個不安分的彈簧塞回去，補牢破洞。更花了幾天整頓花房，給自己清出可以放躺椅及泡茶的空間。門上，被雨打糊的「人在花中便是仙」撕下，人海浮浮沉沉，要碰到那個研究生不知何年何月，乾脆買了毛筆墨汁紅紙，依樣寫一張，大年初六開工拜拜那天貼上去。

直到元宵節後，沈昌明才恢復擺攤。還是戴那頂棕色鴨舌帽，穿那件藏青色雨衣。什麼都沒改變，夜市的喧嚷，車輛的呼嘯，討價還價的流水客。圍籬邊，依舊一排花草盆景從巷子往路口延伸，花色做了調整，以各種平價草花為主，春天到了，人們喜歡在陽臺種幾盆花，萬壽菊、非洲鳳仙花、海棠……沾一點春天氣息，雖然只有一季，總比什麼都沒有好。

糖炒栗子攤一直沒來，很快地，那位置被賣麻糬的占去，像機器鳥每隔幾分鐘扯喉嚨喊：「三個十元，只有今天。」

只有今天。什麼都只有今天，沒有明天。

沈昌明把矮凳搬到牆角邊去，不再挨著巷口坐。依舊蹺著腿，雙手交握擱在膝頭上。一動也不動。客人叫，才起身招呼做生意，大多時候坐著，閉上眼睛什麼也不看。

可不是嗎？什麼也留不住。

他早就習慣人來人往、潮起潮落的日子，任憑歲月在他眼前把冬天帶走、春天送來。閉著眼，看開也原諒，惡作劇的歲月曾經像一隻野貓撲向他，留下花一般的泥巴印。

回

1.

米雪不肯說，昨晚，她去哪裡？

今天也是個狗屎天，從進門開始就不順。她從皮包掏出鑰匙打開鐵門，「啪」一聲，關門時鑰匙掉落瓷磚上，把自己嚇一跳，一抬頭，看到陳輝信坐在沙發上，隔著紗門，也看見他背後牆上的陶藝大鐘——三點四十五分。這應是他上班時間，當然，也應是米雪的上班時間。對上班族而言，下午三點四十五分，除了喝一杯提神咖啡擊退倦怠感之外，不具任何意義，鐘面上的一個表情罷了。但從昨天下午六點三十分起，米雪算是撕掉「上班族」外膜了，這時刻顯得前不著村後不著店，用來做什麼都可以，不做什麼也沒罪。雖說如此，心是浮的。

米雪穿了雙黑灰雙色的新高跟鞋回來，舊的扔給皮鞋店。昨天搭計程車至餐廳赴約，下車地點正好是鞋店，還有五分鐘空檔，對一個心情盪到谷底急需被拯救的女人而言，五分鐘不能挽回頹勢，但拿來買一雙鞋綽綽有餘。試穿後才買，新鞋卻咬腳，好像鞋也跟她作對不願被她穿，腳後跟磨破皮，每走一步就痛，穿新鞋也要像馴野馬一樣嗎？這讓她厭煩。

米雪想起有一次被新鞋磨腳，抱怨「穿鞋是人類最愚蠢的發明」時，陳輝信看都不看，「嗯嗯」兩聲清老煙槍喉嚨，來一段隔岸觀火的評論：「妳大可不穿，人類社會只管妳的『頭』不管妳的『腳』。又愛買又要抱怨。」他沒這煩惱，一年四季大多靠一雙勃肯羅馬鞋打發，鞋底滑了換底，久穿不爛。

他說的沒錯，女人就愛逛鞋店，不買鞋不是個正常女人，鞋櫃裡都是米雪的鞋，四、五十雙。有一回他把溼答答的塑膠雨靴塞進鞋櫃，米雪氣得跟他冷戰三天。

「好好好，我的鞋不放鞋櫃可以吧。」從此更沒煩惱，鞋散放地上差不多是畜牧業風景；拖鞋、球鞋、涼鞋、雨鞋，總還要一雙可以穿去正式場合的皮鞋吧，風吹草低見牛羊，一出門不小心會被他的豬狗牛羊絆倒。米雪愛買鞋不代表她不管鞋，最恨不把鞋子兩腳併好的人，她有個怪癖，從散放的左右隻鞋用一枝虛擬的筆把主人的肢體狀態勾出來，一地的陳輝信的鞋，在她看來就是立法院主席臺前正在扭打的政客們的蠢樣。

米雪坐在陽臺長椅上脫鞋，裹著絲襪的腳板重新踏上瓷磚時，一股舒暢的涼意從腳底上升，腳後跟一片腫紅。這個問題應該辯證地看，愚蠢的不是發明鞋子的人，是穿鞋的人。

屋子非常靜，靜得可以聽到電風扇擺動的聲音，或者應該反過來說，風扇太吵，吞噬了靜巷該有的寧靜。隔著紗門看他，事實上看不清楚，煙霧太瀰漫——說了多少遍不要在室內抽菸，他有個該被鐵鎚敲死的壞習慣，邊走邊抽菸，三十坪房子能有多大，哪禁得起噴，立刻變成毒氣室，連廁所都是菸味。她在家時，他克制些，跑到陽臺抽，她不在家，可美了，以為自己躺在無人海灘般自由。他說過，眾多手足中的老么從小口腔期不滿足需要自我補償，妳就不能忍一忍嗎？

她聽到他吐煙的鼻息，聲音也有表情，比臉部表情還瞞不了人，那濃濁的鼻息裏藏歎氣。新鞋的皮面溼了，照說應該塞些紙巾除溼，但她此刻沒這心情。看天色這雨還不到收尾時候。這幾日，梅雨季剛過，又有移動性鋒面掠過北部海面，雲系發展迅速，帶來連續數日的陣雨與雷雨，空氣中散佈著潮溼，走到哪兒都拖泥帶水，連他的歎氣也溼漉漉地。忽然，樓下響起煩躁的摩托車聲，不熄火的騷擾，郵差按門鈴喊叫：「吳雪子掛號！」無人回應，不耐煩地再揿一次：「吳——雪——子掛號！」一蓬黑煙自排氣管冒出，三樓高，還聞得到臭味。

叫魂啊？這麼兇！米雪猜測住二樓的房東雪子與她的老媽媽應該不在，朝下喊：「你等一下，我幫她收。」套上拖鞋奔下去，立刻感受脫下磨腳跟的高跟鞋竟如此輕快。郵差認得她，抱怨這一家老是不在。米雪猜測她們可能上醫院去了，沒說，對一個煩躁的郵差不需要讓他知道太多；每個人單調且平凡的日常事件對他人而言是風中殘葉，告訴不耐煩的人只是玷污這事件僅有的一點苦惱人生的光澤而已。米雪告訴他，下次碰到這種情況按三樓門鈴，若她在家可幫忙代收。進鐵門，把掛號信放在鞋櫃上，提醒自己記得晚上拿下去。米雪沒把握會記得，頭從昨天下午開始痛，腦內積存各種新鮮的、腐敗的事項，像六級地震後超市貨架傾倒、貨品散落地上，不大可能二十秒後還記得那封信，更何況要持續到晚上。

手機響了，米雪拉開提包拉鍊，不是她的手機是屋內的，她因此看到皮包裡那張寫了字的杯墊，昨晚那家餐廳叫「回」，杯墊上的回字做成外圓內方象徵俗稱孔方兄的古幣造型，頗具設計感。「回」上下添了字，米雪又看一遍，笑著，收好。陳輝信按熄菸起身去接，講了一會兒，聲音放軟還挾著呵護式的輕笑，故意笑給她聽的嗎？聽不出跟誰，不像公事，應該是個女的。米雪很早就發現陳輝信的聲調會變，一隻聲音的變色龍，跟男性講電話的調子像吹軍樂曲法國號，跟女性是拉小提琴。雜誌社女生都叫他「信哥」，說他是帶來和平的「信鴿」，噁心一點的叫他「信葛葛」，還拖尾音。一個被叫葛葛的大男人怎麼兇得起來？自然聲音放軟放鬆放傻，任人宰割。這是聲音的厚黑學，她叫不出來，雖說他長她一歲，叫哥當然，她還是叫他「信」或「陳輝信」，公事公辦的感覺。來電的一定是女生，米雪的音感很靈，判斷十之八九正確，而且是個不尋常的女生，因為她聽到他說：「好好，老地方見。」米雪問自己：「何必在乎誰來電。說好的，就算外面天塌下來，誰也不要管誰。」

米雪蹲下來把散放的拖鞋、皮鞋依大小一隻隻歸隊排好，好像家族聚餐。溼了的新鞋放在陽臺鐵架上吹風，架上好幾盆盆栽都是他那賣花的姐夫送的，缺照顧，乾的乾、枯的枯，看不出原來是什麼花，可見萬事萬物枯了就一個樣。都說該找時間清一清，說完就了事，擱下去看能不能擱到殘花舊盆自動粉碎那就省事了。

米雪推開紗門，進去。

「回來了。」他把雙腳擱在那張樟木荷葉形矮凳上，左腳拇指的灰指甲看得特別清楚。

「嗯。」米雪看著他的腳，不發一語。那矮凳是平日她放杯子的小茶几，放吃喝的，不是放腳，奇怪，這兩者很難分別嗎？昨天下午，這把矮凳在她的辦公室生涯最後一小時扮演了關鍵角色，怎麼，現在還要再扮一次嗎？

「買新鞋了？」

「嗯。」

「說好我陪妳去買鞋的。」

「有嗎？」

她聽到打火機「嘩」響，菸絲著火的「嘶嘶」聲。他不避了，當她的面在室內抽菸。「妳就不能忍一忍嗎？」想起他說過的，好，忍，忍一件跟忍兩件沒差別，逕往臥室去，一床混亂，他蓋的薄被像鍋裡煎壞的蛋皮，她的被子疊得方正卻掉到地上。米雪此刻需要洗浴，她聞到衣服上沾染太多冤親債主般的難聞氣味，渴望站在瀑布下讓水柱沖洗，順道把腦內兩條蛇一般蠕動的痛感沖掉。

米雪看到浴缸裡有一大束捧花；十朵白色與十朵粉紅玫瑰，用深綠淺綠雙色紙包著，繫以金色蕾絲帶。看來像被他丟入浴缸，包裝紙溼了，有幾朵花萎了。

米雪先把整束花放入花瓶，打算洗過澡再整理。

「這誰的？」

「跟我姐夫拿的。」陳輝信答，眼睛看著體育頻道，NBA 總決賽。

「昨晚去哪裡？」

米雪沒答腔。

「昨晚去哪裡？」連續問兩遍，這不尋常，意味著他非要到答案不可。

「沒去哪裡。」米雪不想說時就會給一個空信封般的答案：「我要洗澡。可不可以請你不要把腳放在凳子上？」

他反射式地把腳縮回來，還沒縮全，又放回去，這下擱得更直，附送一句：「我出錢買的，需要妳同意嗎？」

「不需要。」米雪覺得好累，呼吸累，說話累，思考累，吵架更累。

其實，一個人若狠了心要做什麼，哪需要誰同意？「老巫婆」要開鍘就開鍘，也沒經過她同意。

2.

昨天下午，企劃部經理室的小祕書 call 她，經理找。一進門，經理示意她關門。米雪心中閃過不祥，動物的本能直覺告訴自己這個殺戮叢林裡的母獅子今天會對她展開無情的攻擊。

「我們需要徹底談一談，敞開心胸。」背後被叫老巫婆的經理直接開場。

敞開心胸！敞多開？米雪閃過大人物受邀在球季開打時開球，都要在興奮的觀眾面前做做樣子再丟球，這巫婆今天連樣子都不做直接切入，未免太直接。不然要怎樣？兩秒內米雪在腦海繞一圈覺得老巫婆至少應該做做樣子問她：二度中風的爸爸死了沒？月經都正常嗎？跟男朋友的性關係還滿意嗎？米雪總在山雨欲來的關鍵時刻露出只有自己知道的那顆尖牙，精神上嘲弄自己諷刺別人，傷不了人，非常沒出息。

「坐。」巫婆說。

米雪穿一身黑色嫘縈洋裝，繫紫茄色藤編皮腰帶，坐下前本能地調整腰帶，這動作依照潛意識理論應是恨不得抽出腰帶賞對方一鞭。好吧，來就來，無胸可敞，心不可能為妳開。米雪準備好了。

「妳自己有沒有發現，今年以來妳在工作上帶給同事不少困擾，很多人跟我反應。我們一起來面對這個事。」

太直接了，妳何不乾脆從抽屜拿槍把我斃了，來一場動作片。米雪想。她的心跳加快，好像有個鉛罩罩下來打到頭，就是從那刻開始頭痛的。巫婆拉開抽屜，取出檔案夾，打開，開始誦唸米雪的業務缺失——這算什麼，清算鬥爭嗎？到底是哪個王八蛋幫她彙整打字的？米雪腦中閃過一個名字，同部門另一組的大姐頭，跟米雪領軍的這一組在業務上既有密切合作又有殘酷競爭的關係，此人視米雪為升遷途中的眼中釘人盡皆知。巫婆當然知道，但她不作聲，放任她們倆去鬥，這是她的領導統御術，底下的人一旦對峙，前面立即岔開兩條路：一途進入爭寵模式，爭寵需獻出忠誠，忠誠則鞏固她的統治威權。另一條路凶險，升高為對主管的挑戰，這就要走上「篡位」路子了。

去年底高層放出消息，喜歡畫組織架構圖的大老闆要在企劃部經理下加設創意總監一職，將行政、預算之管理與創意、開發之拓展分開，以利推展業務，邁向「更有戰鬥性的未來」——大老闆要是不知道說什麼就搬出這臺詞，立刻打迷幻藥似的充滿力量。企劃部各組的主任有能力角逐的只有米雪與大姐頭。米雪心理有數，她不是大姐頭的對手，跟能力無關，與忠誠度有關；米雪沒辦法獻出下班時間去做巫婆的佞臣，更沒辦法讓自己的死鴨子嘴硬昧著良心甜言蜜語——一旦坐上高階主管椅子，耳朵不知泡了哪種動物的尿，只想聽軟爛好話、甜香迷湯，禁不起一句質疑，好像會崩壞他的命。米雪不擅長軟的路數，她無意去篡誰的位，但她一副公事公辦、我行我素的死樣子讓人覺得她一定暗地裡秣馬厲兵等待起義，簡單講，誰叫她長得一副天生敵人的樣子。

唸到「上班時間不定」，這條米雪承認，中風的父親是不定時炸彈，總有不可測的狀況必須跑醫院。但對她唸這條難道不怕嘴腫，她確實沒有準時上班過，可也從來沒有準時下班過，甚至週六日也在工作。米雪心理有數，挖她的上班時間意味著她別想活著踏出這個門。

罪狀最後一條：「妳在公私方面的分寸拿捏，尤其是錢，嗯，讓我非常擔心。」

「錢？」米雪都沒吭聲，聽到錢，忍不住了。她的業務範圍處處摸得到明的、暗的錢，她要是手腳不乾淨，別說肥肉，臘肉都不知曬多少條了，她對這個有潔癖，同事、廠商都知道。

老巫婆用她那搽了酒紅色指甲油的手指抽出一張計程車報帳收據遞給她，兩個月前某場活動結束後與兩個年輕同事坐計程車回公司報的車費，四百六十元。單據上寫明申請人、時間、事由、起迄路名。申請人與主管簽名欄都有米雪的簽名，她是申請人也是主管。

「我特地從起點到終點——也就是我們公司——坐一趟計程車，我不想冤枉妳，妳跟我做事這麼久應該知道我是一個很公正的人，冤枉妳我會很難受，妳在我心中比我自己還重要。好，從這條路到公司，八個紅綠燈，就算全碰到紅燈，每個紅燈平均停三十秒，我問過司機，也不超過三百元。妳報了四百六十元，妳能解釋嗎？」

不能解釋。米雪看著那張收據，頭脹痛，有人在她腦袋裡吹氣球，快逼近氣炸邊緣。她努力回想兩個月前那一趟車程發生了什麼事？她不擅長記憶小事，更何況是兩個月前的事叫她怎麼撈啊？或許是沉默時間過久，老巫婆的手指敲著桌面敲到不耐煩，給一個提示：

「妳是不是彎到哪裡去了?」

米雪想起來,那天下雨且已過下班時間,路上大塞車,她乾脆要司機改道去一家古董家具行,之前她與陳輝信路過那店進去逛,訂了一張荷葉形樟木矮凳,這天可取。米雪沒多想,貪圖這個方便,取了凳子讓計程車順道開到兩個街口外的她家,下車時,拿五百元給要坐回公司的同事付車費。活動整個結案後,負責管帳的同事把所有她代墊的錢清給她,她沒細看那疊申請單,一筆順溜全簽了,其中包括這筆她原本要自付的車費。

對一個每年負責辦二十多場大大小小活動、企劃資歷近十年、業績年年創新高的高手而言,一張車費收據怎變成貪污舞弊的證據?被出賣了,她這個主任統管七個人,誰是內鬼?一張張臉掠過,但她失去那根敏銳的探針,無法判讀是誰踩著她的頭顱往上爬。

米雪腦內有挖土機在響,刨根挖墳。她用手機拍下收據,老巫婆沒料到她這麼做,愣了一下。

「什麼時候發現的?」米雪想知道她們圖謀多久了。

「一個月前。」

「怎麼不立刻處理呢?」

「我在給妳機會。」

機會?米雪一算,一個月前正是一件關係今年業績能否達標的大案子進入提案階段，案子過了，上週正式簽約也吃過慶祝飯，現在沒利用價值，可以宰了。宰掉米雪，業績正好落在接創意總監的大姐頭身上讓她割稻尾、立戰功。果然是天大的機會！

米雪想起老巫婆曾分享「叉白煮蛋理論」，去殼的白煮蛋滑溜滑溜的，想用叉子叉起來，怎麼叉它怎麼滾，一定要斜著下手，先用叉子一齒輕輕固定，手勢擺對了一用力就逮到了。她說人事之妙盡在其中。當時米雪覺得她大概蛋吃太多沒消化才有這種歪理，此刻一想，原來她早就成為白水煮蛋，人家把殼都剝好等在那兒，今天剛剛好下叉。

老巫婆摘下眼鏡，瞪著畫了過濃眼影的眼睛，說：

「這事呢可大可小，不過呢天底下的事什麼叫大什麼叫小，大事見大，小事能見人品，那更大。我跟總經理報告過了，他也認同妳是個人才，將來公司說不定用得上，眼前妳需要去歷練歷練，老總批了，把妳調到人事處擔任首席顧問。我覺得妳要是能把握這個機會沉澱沉澱，對妳也是不錯的出路，開發新潛力嘛，將來用得上。來，講一講妳有什麼想法沒有。」

米雪站起來，把那張收據遞回去，手微微抖。頭不痛了——其實是壓下來，戰士準備戰鬥時身體會失去痛覺——指著愛穿香奈兒套裝、掛一條俗氣無比的鍍金鏈條形項鍊的老巫婆開砲：

「妳這種下三濫手段，三歲小孩都看不起，四十六萬都入不了我的眼，還四百六十塊！妳跟妳那個愛將使什麼陰謀我清楚得很，正好證明妳們根本沒創意，連要拔掉我這個眼中釘都使不出招，好歹尊敬一下敵人，用真功夫讓我死得痛快死得心服口服。妳能當經理，果然如傳言靠裙帶關係。順便告訴妳，妳愛將在背後叫妳老巫婆、死老太婆叫得可順溜，我等著看哪一天妳死在她手裡連灰都沒！」

站起來的米雪，頭不痛了，僵硬地轉身，朝門口走，微微抖著的手握著門把，回頭拋一句：「妳會收到我的辭呈，如妳所願。」

從頭到尾二十分鐘，米雪只說了「錢？」「什麼時候發現的？」「怎麼不立刻處理呢？」及最後這句。那一串痛快的罵詞沒說出口，存檔在轟隆隆腦子裡九拐十八彎不知哪個洞穴，米雪不是潑婦的料，狠毒的話罵不了口，那些氣話只會爛在肚子裡，沒出息到了典範的地步。

碰！她甩門而出。門口的小祕書怯怯地望著她。

米雪直接衝進廁所坐在馬桶蓋上喘息，什麼叫把握機會沉澱沉澱開發新潛力，叫米其林三星廚師去修水電能叫開發新潛力嗎？擺明要逼走她。說到底也不過是一份工作一筆薪水，需要弄得像動物頻道血淋淋嗎？

要不要反擊？真的要辭職嗎？這江山有大片是她打下的，這口氣怎麼嚥？

手機響，陌生號碼，米雪不想接，按掉。又響，再按掉。居然還響，或許是業務急事，這時候還管業務死活幹什麼，幫老闆賺錢最後被捅一刀死前還要把業務做好，我是爛命還是賤命？米雪深吸一口氣，接了。

「喂，我是米雪。」

「雪兒……」

陌生又熟悉的聲音，這世上會這麼叫她的只有一個人。米雪遲疑：「是你嗎？」

「是我，以寬。」低沉的男人聲音，好像從遙遠山裡傳來墜谷者的呼喚：「雪兒，聽到妳的聲音好高興，妳在哪裡？」

米雪聽到熟人聲音，忍不住流淚，鼻塞，聲音泡在水裡，哽咽著：「我在地獄……」

「哎，」以寬歎氣：「我也在地獄，妳在哪一區？我去找妳。」

米雪破涕為笑，適才的怒氣消了些，忍不住低聲喚：「以寬以寬以寬……」

這一叫，地動山搖。

「雪兒，我需要妳救我，一起晚餐好嗎？如果妳不方便，我也可以理解。今天糟透了，不知道怎麼搞的，碰到最好跟最壞的時候第一個想到妳。妳在地獄有沒有想到我？」

「沒有。」米雪答。

兩人同時笑出來。當一個男人開口說我需要妳救我時，女人很少會拒絕。米雪答應晚餐，但要先給她時間處理公事。

方以寬不早不晚的電話順水推舟給了她一種感覺——傷痕累累，被鋪天蓋地的累攫住，不想鏖戰了。

回到辦公室，米雪掃過年輕同事們的臉立刻知道老巫婆已經先下手為強把消息放出來，給米雪造一個回不了頭的勢面。兩位年輕同事站起來迎她，糾著眉：「頭兒……」米雪答：「現在開始不要跟我講話。」

往下一小時，她以迅雷速度打好辭呈越過企劃部經理直接寄給總經理、做出職務清單及交接表、發電郵給重要的合作對象，最後用十分鐘召集組員告知辭職決定。她叮囑每個人要做好手邊的工作，強調她仍會關注正在提案的案子，有任何問題可以找她協助，因為這些關乎他們的業績與獎金。

「平常心，大家都在江湖轉，遲早會碰到。」米雪對他們說。

3.

六點五十五分，米雪進一家鞋店，買了一雙高跟鞋，穿著新鞋去見舊人。試鞋時，米雪一度膽怯，按了電話號碼想取消。米雪無法思考到底是他需要她去拯救，還是即將滅頂的自己需要抓住一根稻草？見吧，當作去見一個好久不見、未曾好好說再見的老朋友，今天夠糟了，還能更糟嗎？

在一家叫「回」的餐廳，方以寬先到。兩年不見，除了頭髮變長，仍是老樣子，穿著細藍條紋襯衫捲起袖子——米雪喜歡看男人穿細條紋襯衫，當年在一起時幫他買過幾件——黑長褲，西裝外套搭在椅背上，還是那副公司負責人該有的簡約、權威又不失親和的外貌。看到米雪，彈簧似的站起來，展開雙臂直接擁抱她，全然不顧慮分手兩年的舊情人是否應該先禮貌地詢問對方的意願。

「很想妳！」

十秒鐘緊緊地擁抱，好像一年那麼長，好像這一抱就不想放手。

「怎麼回事？我要從哪裡開始救起？」才坐正，米雪問。

「這裡。」以寬捂著心，深深望著她：「別管了，還不是家族老問題，可能免不了走司法途徑。雪兒，妳臉色不好，怎麼回事？」

米雪的火氣竄升快燒到天花板了，把今天下午的情節說一遍。

「她還有臉說：妳在我心中比我自己還重要。」

「她怎麼搶了我的臺詞。」以寬含笑。

米雪瞪他一眼。

以寬畢竟比她長五歲且是個經營者，說：

「老闆不會付高薪請一個沒用處的經理，她能在五分鐘內激怒妳，二十分鐘內讓妳自動辭職，這本事可大，把她的電話給我，我想請她當首席顧問，幫我把一個麻煩人物處理掉。」

米雪瞪得更大：「天下的老闆都一個樣，你們這些萬惡的資本家。」

以寬意識到說錯話，立刻道歉。他沒忘記當年兩人之間的矛盾之一是，一個習慣性從經營者角度思考，一個永遠站在勞方。

「說個笑話，」以寬有意滅火，「有個人被聘為顧問，找印刷行印名片，送來一看，印錯了，印成『顧門』，打電話跟老闆說，你印錯了，少了『口』，老闆說抱歉抱歉立刻給您重印，送來一看，印成『顧門口』。」

兩人大笑，差點打翻水杯。米雪浮現自己坐在椅子上「顧門口」的樣子，更覺得逗趣，一個人能自嘲表示站在比事件還高的位置，這事就傷不了他。

以寬說：「小池塘，容易功高震主。」指著自己的心臟位置，聲音放軟：「辭職也好，這裡需要妳顧。」

米雪抹了抹眼角的笑淚看著他，這男人現在安的是什麼心啊？

「顧不動了，你的心太大，說不定也太擠。」

「大是大，不擠，人口管制。就怕妳還要顧別人。」

米雪沒吭聲，抿著嘴笑。熟悉的言談韻律感回來了，他喜歡迂迴側進，而她善於迷宮藏芳蹤。好像兩年之隔只是打翻一杯水、擦乾桌面的時間而已，非舊情人見面應有的距離與禮節，這不是好現象。

4.

泡在添了薰衣草香氛沐浴鹽的浴缸裡，米雪全身仍無法放鬆，頭不那麼痛，卻是盲目且茫然地亂轉；兩週沒回去看癱瘓的父親了，一擔子丟給住在家裡沒上班的姐姐照看，雖然請了外籍看護，姐妹倆已瀕臨破裂邊緣；今天沒進辦公室，想必流言四竄，被扣上貪污舞弊的帽子，不摘掉，哪家公司敢要她？昨晚，以寬重新進入她的生活，往日被冰封的最甜美的部分都回來了，但現在甜美變成煩惱。

此刻，他正在客廳關注NBA總決賽，他是寇比・布萊恩的鐵粉，湖人隊今天戰況不佳，守著電視觀戰的他不時哀聲連連。更重要地，剛剛問她兩遍「昨晚去哪裡？」

能告訴他昨晚發生的事嗎？

米雪不想說謊——感情世界一旦需要說謊，意味著戰爭快來了——米雪厭惡別人欺騙她，也要求自己不可當一個「說謊犯」，若是，就算對方未察覺，但自己知道在形上層次踐踏了人家，就有罪。當她沉默，通常就是對他方猜中情況的默認。

浴室地上掉了兩片花瓣，米雪拾起，用沐浴精打出泡泡堆，將花辦放在上面，吹著玩，花瓣吹落。這麼無邊無際的午後應該來點特別的，一杯特調酒，像昨晚，或是帶著日曬果香與花朵風情的耶加雪菲咖啡在舌尖迴盪，把感官帶進陽光燦爛的花園，她因此憶起那家文藝氣息濃厚的咖啡小店「牧神的午後」。

德布西〈牧神的午後〉曲子，創發自馬拉美的詩〈牧神的午後〉：

「在一個燠熱慵懶的夏日午後，

半人半神的牧神從蜷臥的濃蔭底下悠悠醒來，

他輕緩地吹著蘆笛，

思覺流入現實與夢境交織的燐光中……」

兩年前，她與陳輝信第二次聚，店裡放的就是這曲子。

他是同校同系學長，在校時知道彼此但不熟，在一次米雪公司承辦的大型公益活動中，雜誌社要陳輝信做專題報導，米雪極力協助，學長學妹關係在職場上特別好用，但他倆不僅於此，米雪與以寬分手不久，傷得太重以致過度投入工作，這讓陳輝信欠她好大一筆人情。

欠人情要還，第一次還，陳輝信請她吃飯，餐廳是她選的，就在三個月前她與以寬決裂那天的用餐地點。

三個月前，她與以寬在這兒晚餐，忽然走來兩位穿著講究的女士，以寬站起來，喊：「媽，李阿姨，妳們也來啊，這麼巧。」米雪站起來，點頭：「伯母、李阿姨。」以寬母親以一雙銳利的眼睛給米雪做了媳婦候選人斷層掃描，旁邊是她的牌搭子，這婦人堆著笑容看米雪，以寬在慌亂中做了最糟的介紹：「這是米雪，我女人。」

「什麼我女人！」米雪瞪他一眼。

李阿姨笑得更曖昧：「什麼時候請喝喜酒哇？先上車後補票最好，現在女孩子開放，大家都能接受。像我們那時候呀真不行，人家會講話。」

以寬媽拾起以寬的筷子，翻了蒸籠裡的花素蒸餃：「誰點的？這家花素蒸餃真難吃。」一放下筷子，補一句：「我們家的飯也不好吃。」

「我們家的飯好吃。」米雪低聲說，臉垮下來。

「不會呀，你們家娃蒂菜越燒越好咧。」婦人說。

「我們走啦。」以寬媽說。把米雪當空氣。

以寬從他媽媽手上拿過帳單，送她們去搭電梯，途中，媽媽停步說了什麼，高大的以寬低著頭聽，接著雙手環抱胸前點頭。進電梯前，米雪想，如果她現在回頭對我揮手，那就是友好的意思。電梯關門，以寬媽沒回頭。

米雪懂，她不是她的媳婦菜。米雪有個死穴，受不了別人當眾給她洗臉，以寬媽第一次見面就把她的臉洗得發白，洗得皮開肉綻。

以寬回座，他們之間的沉默開始往死裡去，原說好飯後去烏來洗溫泉過夜，全毀了。離開餐廳，在他的「奧迪」車裡，怒火炸了鍋，不得不路邊停下。

「我被你媽羞辱，你高興了吧。」

「我高什麼興？我媽就這樣，什麼話都先說出口再來道歉。」

「她道過歉沒？」

「沒。」

「你們家的飯不好吃，我再窮也不必靠懷你的小孩鑽到你家當闊太太討飯吃。」

「我倒希望有那一天。」以寬微笑，他摘的是懷他的孩子這段有甜味的話，伸手要攬她的肩。米雪對準的是她窮的這句，以為以寬希望看到她窮苦潦倒，他這個坐擁金山銀礦的人再笑著出來收留乞丐。

這是羞辱。米雪心死，用力撥掉他的手，手往方向盤敲去，敲得不輕。

「妳無理取鬧，我有什麼辦法，女朋友能換，媽媽能換嗎？」以寬也怒了。

米雪沒哭，她盛怒的時候不會哭。三分鐘靜默，夠看到心碎裂的過程。米雪悟到這個極度寵溺她的男人是活在銅牆鐵壁裡的，他既不能把她寵成小寵物抱進那個銅牆鐵壁的豪門做他一輩子的乖順女人，也無法拆了富商家族的琉璃瓦跟她建立兩個人的小愛巢。更重要的是，她不是做男人懷裡乖順女人的料。

米雪沒看他一眼，開門下車前，冷冷地丟下一句：「那簡單，換女朋友。」

那天，米雪先到餐廳，選同樣位子等陳輝信。

她沒對陳輝信說為何選這家蘇杭菜系餐廳，只有自己心裡明白，她想看看自己能不能事隔三個月後再次踏進那餐廳，點同樣菜色，用新記憶蓋掉發炎的舊記憶，就像一本書封面毀了、書頁亂翹，用另一本書壓住它，壓久就服貼。

陳輝信來了，米雪問：「叫花素蒸餃好嗎？」

「當然好，聽說這家的花素蒸餃很有名，叫來吃吃，餓死了。」陳輝信不知不覺進入新劇情，從路人甲搖身變成優異的男主角，以致有了喝咖啡的機會。

第二次還人情，就在「牧神的午後」請喝咖啡。

前一次談話還繞著公務時事，這次一起回憶校園系館；那家鬆餅還在不在、冰果店換老闆沒，總有幾個老師、同學成為回憶機裡必點的歌曲、笑話，咖啡越喝越像還在校園的學長學妹，續了杯，還發痛的傷口自然而然露出來；一個正在療治情傷，一個離婚未滿週年，竟有同是天涯淪落人的相憐感。牧神的午後，無限可能。黃昏了，他說：「走走走，上山去土雞城吃飯。」

說走就走，這是陳輝信的風格。他騎摩托車載她上陽明山吃土雞、野菜看夜景，凌晨往指南山看日出，一路唱歌，風灌進衣服，他一面反手牽她的手抱緊一點，一面唱，歌喉不錯，天地同遊。米雪在臺北住二十多年，從沒像那晚從北到南跑遍臺北盆地，吹一夜野風，最後躺在河堤草坡上，吃燒餅油條豆漿還有一杯 7-11 熱拿鐵，看著旭日東升染亮天空。

陳輝信說，臺北非常適合流浪，生活機能這麼方便，簡直就是流浪漢天堂。米雪第一次碰到一個破格的人，條條框框都碎了，風趣隨興，她嘗到自由。這人是為了喚醒她的自由而來的。

七點半，米雪打了呵欠，陳輝信說：「帶妳去一個地方。」不到十分鐘，停在他家樓下。陳輝信剛租下這屋不久，家具未齊，床墊直接放在地上連床架都還沒買，但這不妨礙兩個洗浴乾淨的人躺下來看著天花板一起回味昨夜陽明山的星空。陳輝信親吻米雪的耳朵，一隻強壯的手臂鏟起她、另一手環抱過來，把她的身體當做一片芭蕉葉完整地覆蓋在自己身上，他兩手兩腳交疊把她鎖住了。

「有沒有吃飽？」他問。

「吃飽了。」

「我沒吃飽。」

兩個人像嘴饞的孩子在野地尋找食物，從床上滾到地上又從地上滾回床上，從山峰到叢林，掘井取水，一路貪婪地像兩個不知餓了多久的饑民。白花花的陽光自窗戶照來，這是上班時間，外面不時響起摩托車聲，他倆像農夫村婦，躲在無人知曉的樹蔭下賣力幹活，交纏時嬌喘，煞不住的頂撞時求饒，彼此認領新的臉龐、新的身體、新的體位、新的節奏、新的聲浪，最後一哩路，陳輝信帶她到狂風掃落葉的峰頂，抵達之時，埋藏在米雪體內多年那個優雅男人以寬的身影，一腳被陳輝信踢下懸崖。

一個女人對情人最果斷的處置是，先把他從體內趕出去，再將他從記憶晶片裡刪除。只有這樣，傷才能收口。

陳輝信穿好衣服，十點鐘有個採訪，他得出門，臨走，把一副鑰匙交給米雪，讓她隨時可來隨時可走。

「這是送出去的第幾副鑰匙？」

「第一副。」陳輝信笑著說：「不嫌棄的話，搬來住也歡迎。」

一週內，米雪不顧姐姐的強力阻擋搬過來。

「我要我的新生活。」她對姐姐說。

他們半認真半戲謔地寫了一張「陳輝信與米雪的同居守則」，用磁鐵壓在冰箱上。第一條，陳輝信說：「自由，絕對要自由。」

5.

昨晚用餐後移到餐廳附設的酒吧區，以寬幫她點一杯特調雞尾酒，自己要開車只喝檸檬汁，端給她時，一根指頭順勢劃過她持杯的手背直到手肘內側，問：

「他對妳好嗎？」

「誰？老巫婆嗎？」米雪裝蒜。

「結婚了嗎？」他不知憋了多久。

「哎，我們這麼快就要談這個？不答不能喝？」

以寬微笑，捏一下她的臉頰，那是寵她的意思。他了解她的個性，心裡有底，還沒結婚，若結了，她會直說，她不是個會說謊的人，以寬信任她。往日他的習慣性小動作像一隻隻躲藏太久的小動物這邊那邊地奔回來圍繞她。他用兩掌含著她的左手，像把玩一只清朝皇宮佛手香薰精品，一下子彎曲她的指頭一下子撥直，用自己的食指沿著米雪的五根指身順一遍，後來乾脆將她的指頭合起來像一朵花苞，拉到嘴邊，悄悄地伸出舌頭沿虎口處舔一圈，濕潤的觸感讓米雪左半身起一陣電流，酥麻到腳底。她沒拒絕，人生走到糟透的地步，酒與一個寵溺過她的男人的舌頭，正是她此刻需要的。

「不怕瀉肚子啊？」米雪斜睨他。

「不怕，命都可以給妳。」以寬沒打算停，這個曾經用一根舌頭掃蕩她全身的男人，纏起來像個不達目的不歇手的小孩。

「你死，我怎麼對你媽交代？」

「嘿，今晚讓她休假，不要提她。」

米雪驚悚地想，該不會陰魂不散又從哪兒冒出來吧？不禁四處望，確定「皇太后」不在，敲一敲腦袋，不想讓過去的陰影破壞眼前這一切。他與她是船難倖存者被大浪沖到無人島，慢著，這好像是電影《藍色珊瑚礁》劇情，米雪暗笑自己的腦子已經不聽使喚去漫遊了。

低調又神祕如夢境的燈光，讓身體不自主地晃動的撩人音樂，這是個適合尋歡的夜晚。

簡熙／圖

「既然要死，」以寬附在她耳邊說：「可否讓我為女王陛下捐軀，今晚讓我戰死好不好！」

米雪噗哧一笑，心口發熱，糟，快被他俘虜了；女人身體是山川地景的縮圖，藏在器官底下，衣服遮住的是器官不是河山，開啟的鑰匙在腦部，浪漫獵人知道如何找到鑰匙讓器官幻變成地景，微風吹拂山脈，山脈自動獻出叢林與密谷，迎接他進入祕境，引導他，呼喚他的名字，深入更深入，奔馳著，尋覓回春之泉。酒的熱流與他挑起的電流全身亂竄，防衛能力崩垮，被他牽著，一步一步往水夠深、火夠熱的地方走。米雪察覺自己的身體將從器官化成河山，僅剩一步之遙，她控制著，不讓山巒、淵谷顯現，意識到這兩年陳輝信占領的是器官，並沒有把窩藏在密林深處的以寬趕跑，記憶晶片也沒刪除乾淨，才使得馬蹄揚起的灰塵還沒落定，敵人已在腦部登基。這怎麼可能？米雪暗想，今晚恐怕逃不出他的手掌心。

問題是，想逃嗎？在逃與不逃之間有一條間隙，米雪的腳卡在裡面。

「我現在愛好和平，」米雪兩頰泛紅，支著頭逗他：「戰場沒帶來。」

「他限制妳！沒關係，我會另闢戰場。」

話雖這麼說，以寬坐正，嚴肅起來，這不是酒意，他喝檸檬汁。霎時出現男人間的爭鬥氣氛，一個隱形的敵人來到眼前。醋，潑得到處都是。

「我受傷了。」以寬放開她的手。

女侍過來收杯子，米雪不勝酒力，另要一杯檸檬汁。

「叫你『女人』來幫你療傷啊。」米雪加重語氣。當年，「女人」這兩字曾惱怒她，「做我的女人，我會寵你一輩子。」米雪非常厭煩大男人沙文主義把女性當作寵物的話語，以寬否認，他沒這意思，但也承認富商大家族架構下做他們家的女人不可能吸得到自由空氣，他的兩個嫂嫂已經證明。他們家的女人還必須多產，大嫂連生三個女兒，對公婆說對不起。

「不在。」

「不在？」米雪推敲這兩個字，舌尖微有醋味。不知道自己為什麼纏著「女人」逼問，難道冀望他這兩年守著對她的思念不交女友——這不可能，他周圍多的是主動獻媚的狐狸精——而她自己卻在分手三個月後跟陳輝信同居直到今天，這心態她以前怎麼沒發現？

「叫你祕書來幫你療傷。」米雪暗罵自己：妳在普查嗎？可是現下就是想要翻箱倒篋地查。

「我祕書快做阿嬤了。」以寬正經地說，神情暗下來。

米雪笑出來，這她相信。他說過做老闆不要用太漂亮的祕書，遲早出事。每天在數字堆裡打滾的男人高壓下會變成野獸，最直接的舒壓方式就是滿足那根寶貝棍。他寧願請一個務實地願意每天幫他打蔬果汁的總管，也不要年輕漂亮在他面前晃得他發情的女祕書。

他說的「不在」什麼意思？今天夠糟，不要把此刻毀了。逃或不逃都是地面的事，米雪想：我想升天。

「哎，以寬以寬以寬，為什麼叫你的名字有甜味呢？」

換她握住他的手，攤平掌心，自己伸出食指沾杯裡的檸檬汁，在他掌上寫「好」，接著把臉埋入掌裡，伸出舌頭舔淨汁液。

6.

忽然聽到樓下開門聲音，想必房東一家回來了。要記得把信拿下去，如果可以，乾脆把那張該死的樟木凳子扔掉。剛剛，他怎麼說的？「我出錢買的，需要妳同意嗎？」這話嗆辣，他不高興什麼？

米雪找出花剪整理那束花。昨晚像一抹殘影出現在酒杯前的他，堂而皇之點菸，視她如空氣。電視關掉，筆電闔上，一腳伸直擱在矮凳上，一腳屈在沙發上用手摳著腳皮。米雪有潔癖，這是病態的，照他的說法，人類還在大草原上求生存時，要是執著於把樹枝依長短擺齊、樹葉依大小堆好，早就到獅子肚子裡當蛋白質了，亂，才是上策。十個男人九個亂，另一個還沒出生。米雪心裡反駁但沒說出口：有一個男人不亂。

室內靜默。花大多萎了，喀嚓喀嚓，剪刀的聲音，只剩幾朵還開著，散著幽香，她把花瓶放到前陽臺的小茶几上，看到那封信，趁現在記得拿下去。

出門後，米雪不下樓，往頂樓走。那兒有個小花園，房東種花老媽媽種菜，可以坐下來遠眺半個天空。陳輝信有時會上來抽菸，她知道菸放哪兒。現在，她需要有個東西與她交談，一根不會洩漏祕密、無聲的菸的交談。陰的天，像昨天一樣，仍有落雨的可能。

昨晚，在溫泉區旅店，歡愛中重新界定彼此體內山川湖泊的領土權歸屬，剛死過才復活、確定自己打了勝仗的男人，溫柔地巡視所有疆域，說：「女王陛下，妳安靜的時候特別迷人。來，到我這裡來，」把她拉入懷裡，吻她的左眼皮：「眼睛閉起來，好好睡一覺。」又吻右眼皮：「睡飽了什麼問題都會解決。」

等一下如果他再問「妳昨晚去哪裡」，該怎麼解決？

米雪想起訂同居守則時，他說自由的意思就是全方位開放，誰也不要管誰，包括幾點睡覺、吃什麼、穿什麼、怎麼花錢、工作、交友、娛樂，包括性，住一起不代表要沒收對方的性自主權，總之一切的一切，擁有隨心所欲的自主權。米雪覺得有意思，在以寬的銅牆鐵壁框架下——這個品味不錯的男人連她穿什麼衣服都要管——她太需要自由，換她說第二條時，米雪不假思索說：「誠實。」

如果他再問，米雪能回答他：「依照同居守則，我有自由。」如果他以第二條「誠實」反駁，她怎麼答？米雪意識到，兩人若走到必須在心裡沙盤推演、言詞攻防，不管當下是婚姻中還是婚姻外，都在破裂邊緣了。

每一樁愛情裡都藏有一個潘朵拉盒子，不可能永遠不打開。她跟以寬打開盒子就是在餐廳那天，不論盒子裡還有什麼嚇人的東西，首先跳出來的那件夠摧毀她了。

她心裡明白，與陳輝信的盒子老早就開了縫，出在第一條自由；他是追逐型的人，遊走在各個標的之間。他知道怎麼拿捏平衡，讓標的對象不知不覺成為他的知己，共享殊異的愉悅時光。米雪在唯一中創造多樣，而他在多樣中實踐各個不同的唯一。自由能平等嗎？一個奔馳力旺盛的人在自由狀態下收穫的情愛，豈是裹足者能達到的。她問自己，不滿的是不夠自由還是太自由？潘朵拉的盒子打開了，蹦出來的第一件東西叫做分享，而米雪不能忍受跟別人分享情愛。有一紙結婚證書的，有東西可以撕，沒結婚證書的，能撕什麼？

米雪想起有一次問他，是否想像過他們之間有一紙結婚證書是什麼樣子？結果竟吵起來。

「妳發燒啊？」陳輝信摸了她額頭。

「換個角度看，那張紙應該滿好用的，至少我不必跟朋友介紹：『這是我室友』，最起碼，房東她媽媽不會老是問我什麼時候結婚。」

「除了那張紙，妳還缺什麼？我們合租房子不必背房貸，妳有妳的書房，我有我的工作室。有固定工作，生活費各出一半，薪水夠我們玩樂，每週看一次電影，吃遍臺北新開幕餐館，住遍每一區 Hotel，每年出國旅行，還計畫合買一部車去環島。沒人管，只有享受的權利沒有負擔的義務，多自由！還要什麼？我想不出還要什麼？」

他喜歡無拘無束，屏棄所有條條框框，浪漫的行動派，自由自在。米雪不否認在他身邊呼吸得到新鮮空氣，他們是最好的旅伴，美食玩樂，隨興也盡興。

「我要把結婚證書裱起來，就掛在你頭上那面牆壁，然後印成傳單，請派報生塞到每個信箱。」米雪故意這麼說，她想知道他到底多怕。

「妳賀爾蒙有問題。」

「男人要婚姻的時候會說婚姻促成人類社會的進步，男人不要婚姻就說婚姻違反基本人性。」米雪哼一聲：「沒有真理，只是詮釋問題。」

「隨妳怎麼想，」他揮一揮雙手：「我很滿意我們目前平等的、有創意的兩性關係。妳想，如果今天坐在妳面前的是妳丈夫，他會給妳自由嗎？」

「我不只要自由，我還要擁有分期付款的房子，在自己的草坪上晾尿布，孩子睡在娃娃車裡曬太陽。」

「妳有能耐生孩子？」

「什麼意思？」

「我不是懷疑妳的生殖能力，」他用一種嘲諷的語氣說：「妳可以花半個月薪水買一套衣服，看看妳有幾雙鞋？不到最後一秒鐘不會起床，妳這是『寵物心理』作祟，建議妳買隻貓。」

「先生，你沒有資格批評我的生活系統。」

「那當然，不過妳的生活系統已經侵犯到我，我犯不著為了滿足妳生理上的衝動答應結婚生子，我有拒絕的權利，妳不能否認。」

抬槓到最後，米雪氣噗噗地用一句話收尾：「放心，我會替我孩子慎選精子。」

那次半真半假吵完之後，米雪不快樂，不知道問題出在哪裡。她誠實地給自己診斷，難道是，這麼長時間以來有個什麼東西騙過自己，讓她誤以為自己只能過某種生活？米雪漸漸發現，自己不能過逐水草而居、無目的地漫遊的生活，自問是否高估了對自由的需求？這樣想會危險地趨向那一條被稱為沒出息的舊路，而這帶來新苦惱，她有時會為這麼不夠前端的想法感到羞恥。

「我一直在替別人監視我的思想、生活是否符合現代女性的主流思潮，我是出賣自己的漢奸嗎？」米雪忽然想。想要一個可以信任、安定的家是否就是落伍？她從未像此刻想要撤離，退出共振圈，真實的她是潔癖的，不喜歡那種曖昧的氣候，忽晴忽雨，令她無法掌握，她終於洞悉陳輝信開墾出來的整個城堡建立在沙丘上，瀕臨沼澤。她想重新變成一個發亮的人，遺忘沙丘與沼澤的故事，她知道她要去的地方是他從未想像過的國度。只是，往那個國度的路在哪裡？

頭又痛起來，按熄菸，果然開始下雨。

按三樓門鈴，開門的是房東女兒小慈，還在念大學，米雪問：「妳怎麼在家？」

這個被憂愁綁住的女孩說：「陪媽媽去做化療。」

陽臺上堆滿雜物、掃具，女孩解釋：「另一間房子的房客退租，我去打掃。米雪阿姨，如果妳有朋友要租，可不可以幫我們介紹一下？」

米雪問了屋況，答應幫忙留意，把掛號信交給她，想跟房東問個好，進門看到雪子歪坐沙發上，已經發熱的天氣還穿羽絨外套戴毛帽，看到米雪，起不了身也展不出笑容，身形枯瘦、臉色蠟黃，勉強說：「妳來了，謝謝妳啊，幫忙……」

「Yukiko，多少喝一些，妳不吃不行。」老媽媽從廚房出來，膝蓋病變，微跛著，端一杯高營養的癌患飲品。

雪子搖頭，聲音細得像微風：「喝不下。」

老媽媽揪著眉。

「喝一口就好。」米雪端過來給她，雪子勉強喝一口。「再一口。」雪子又喝。「再一口就好。」雪子鼓起力氣，喝光了。老媽媽高興得流淚。

米雪想起父親第一次中風後姐姐攙他走路，就用這法子，不知不覺走到盡頭。到處都有需要療治、復健的事，一小步再一小步，說不定就看到終點。

老媽媽曾說，真有緣啊，妳們兩個的名字用日文說都是Yukiko。米雪比她小多了，叫她雪子姐。雪，米雪沒辦法問早已過世的母親為何取名雪，但她從老媽媽那兒聽得，因為台灣不下雪，所以雪是很珍貴的，讓人驚喜。米雪設想自己也是珍貴的。

「晚上我可以來妳家吃飯嗎？跟雪子姐聊聊天。」

老媽媽露出笑容。這個家太需要訪客，這樣才像正常生活，人若覺得自己在過正常生活就有力氣抗爭下去。在步向黑夜的路上，能聽到親切的人聲，是短暫的安慰。

米雪回到家，覺得累，可是累中有想要前進的念頭。她不想繼續活在糾纏裡，彼此耗費心思編織精緻的話術甚至是謊言，只為了照顧對方的感受。同居兩年，不短不長，放棄很可惜，但走下去就是深海會溺水。米雪領悟到陳輝信的自由裡沒有承諾，沒有承諾等同孤魂野鬼。然而以寬呢？她想起以前的感覺，宛如斷臂者捉魚。從心底浮升一股疲累，不如一個人遠遠地離開，去荒山野嶺重新開始。只是，那股天不怕地不怕的青春勁頭還剩多少？

回到家，該面對的還是得面對。

「昨天，我們是怎麼約的？」陳輝信開門見山。

米雪想煮咖啡，咖啡粉沒了，拿出磨豆機，倒入豆子，「嘎嘎嘎嘎……」機器吼叫，她鬆手問：「你要咖啡嗎？」

「不用。」

一個嗜菸酗咖啡的人答不要，不是拒絕咖啡是拒絕她。米雪還是煮兩杯，給自己加糖加奶，給他黑咖啡。說不定，今天是最後一次記得他的喜好。

他從沙發站起來，拈一只青花碗將菸蒂倒進垃圾桶。沙發被他窩成一個難以平復的凹，他進盥洗室，傳來尿滴聲，接著馬桶「嘩嘩」大響。米雪將那碗刷洗乾淨，擦乾，放在他面前。今天，她不在意菸味。

「昨天早上出門前，我們約好七點在新開的那家餐廳吃飯，再去買鞋，看晚場電影。結果我等到八點，打妳手機不接，我想得到的人都問了，妳姐說妳很久沒回去，我亂猜妳是不是給車撞了，還打到醫院急診室問，差點去報案，妳要不要解釋一下，妳知道昨天是什麼日子嗎？」

昨天是個五胡亂華的日子，米雪歎口氣問：「什麼日子？」

「我們同居滿兩週年，」陳輝信點菸，「難得我想慶祝一下，特地跟我姐夫要一束花。」

「好快啊！」米雪也拿出一根菸，陳輝信幫她點火，「抱歉，全忘了，昨天發生好多事，很混亂，我需要理一理。」

米雪的聲音低緩，像在河裡任憑水流帶動她搖擺，想什麼或不想什麼都阻擋不了水的流向。牆上的大鐘指著五點二十分，米雪的意識也像河水流動，觸到枝條或岩石隨意轉彎，忽而陽臺上玫瑰花香刺激她想及昨晚的纏綿，忽而他搭在沙發上的外套讓她聯想下午那通「老地方見」的電話猜測他晚上跟另一個情人有約，忽而想到等一下去巷口燒臘店切半隻油雞帶去雪子姐家晚餐說不定是最後一餐，並因此角色互換地想，雪子一定願意與她互換，只要健康什麼都不是難題，而如果罹癌的是米雪，在天暗下來幾乎看不到燈的路上，人還會在乎什麼？

米雪歎一口氣，說實話：「信，我走不下去了。好累好累。」

她沒看他，偏頭看到還壓在冰箱上的那張守則。

「可以告訴我原因嗎？我以為我們過得很好。」

「如果不多想，我們過得不能再好了。是我自己的問題，三十三歲了，數字一直往上升，心裡碰到關卡，」米雪停頓一會兒，「主要是心不在了，這個屋子裡，我們都沒辦法專心。」

「專心」兩個字，讓陳輝信無法進一步發揮，他立刻懂，米雪挑明自己也點名他，只是不說破。兩個人走到懸崖邊，都知道等一下會墜落，此時不需要言語叫囂肢體扭打，反而需要幫對方順一順頭髮、給自己整一整衣服，讓留在彼此眼瞳裡的影像好看一些。

「我不可能再在別人身上體驗到你帶給我的快樂，謝謝你。」

「妳有什麼打算？」陳輝信點燃第二根菸。

「昨天辭職了，你說過老巫婆遲早會把我生吞活剝，果然。還是你睿智，看得遠。」米雪平靜地說：「先找房子吧，靜下來好好想想下一步，我爸的事也不能一直丟給我姐，她已經恨我了，不能再這樣。」

「好，」陳輝信低下頭，噓出一口長氣，穩定情緒：「有什麼我幫得上忙的嗎？」

「我想帶走凳子。」米雪指著，從皮包數出一疊鈔票，壓在他手機下，「算我買的。」

陳輝信苦笑一聲，把錢塞回她的皮包：「本來就是送妳的，留個紀念。」

這樟木凳子果然又當了關鍵角色。「紀念」二字意味著永遠不再，米雪一時心緒起伏，掉下眼淚，陳輝信見狀也紅了眼眶。

手機響，他看一眼來電顯示，沒接，說：「我要出門了，有個約。」

陳輝信進房間，換衣服出來，米雪站起來：

「昨天發生太多事情，讓你擔心，真的很抱歉。」

伸手欲擁抱他，陳輝信迎著，兩人默默地擁抱，放開時都有淚，無法看對方的眼睛。

陳輝信坐在陽臺椅上穿鞋，她竟希望他穿慢些，有一絲眷念爬出來，希望他重新進門，抱住她說：「我們再試試好嗎？」

沒有。

鐵門關上，他成為她的歷史，她變成他的前任。

7.

當晚，發生兩件事。一件，辦公室的小朋友電她：「頭兒，下午有人送好大一盆雙色香水百合給妳，卡片寫：賀大鵬展翼。署名××股份有限公司董事長方以寬。」米雪明白，這人用這種方式做面子給她，替她出一口檯面上的氣。她固然心裡有感，畢竟才剛處理完陳輝信那把花，無法有更多蕩漾。第二件，米雪要雪子女兒帶她去看那間空屋，很滿意，當晚租下，這是雙贏。三天後，搬了家。跟姐姐說好，以後各輪流一個月回家陪爸爸，另一人住租屋處喘息。正式實施前，她安排一趟旅行，帶不快樂的姐姐去一處可以忘卻現實、快樂地當陌生人的地方。

出發前，還有一件事要辦，叫了快遞。

在商業區一棟大樓裡，方以寬收到米雪的信。

信封裡只有一個杯墊，那天在餐廳酒吧，他在「回」上下添了字，變成「等妳回來」，送給她。她退回，意思很明顯了。

方以寬臉色一沉，揉掉信封丟進垃圾桶，要丟杯墊時下意識翻到背面，才看見寫了字。

親愛的：

這不是辭呈，是辭行。我已在飛往歐洲的飛機上，新生活第一步，準備面對時差及語言不通可能會被老虎吃掉的旅行。我向我的人生請假，我值得放一次長假，找「回」願意重新相信的事，更重要的是，相信自己做得到這些事。如果旅行「回」

得來，打算念點書，再當一次學生，也修一些跟人生有關的學分。到時候，如果有人願意等我「回」來，說不定我能學會把舊愛變成新歡。

謝謝花，並問候你的三寸不爛之舌。

雪兒

看到三個「回」，方以寬頓了一會兒。最後一句，讓他笑出聲，一抹笑意從臉上溢開。他站在窗邊，望著底下的車流，那是回家的燈河。

窗外是夜晚已然降臨的臺北天空，自高樓遠眺，月牙高掛，燈火已亮。這是個適合把心打掃乾淨、乖乖等待的良夜，適合用來推算御駕親征的「女王陛下」大約何時回來。

如果她還想回來的話。

老姐妹

她吃過粥了。

每天早上六點半，魚鬆、紅燒豆腐、軟爛青菜及一碗白粥準時來到她的房間，包括看護那句帶呵欠的招呼語：「鰲早，阿鵝嬤！」勉強也算一碟小菜，清清淡淡，半雲半霧。有時，菜色嘀嘀嘟嘟豐富些像蓮藕會牽絲，如果隔壁床又尿溼床單的話。

「Yukiko，妳真乖，今仔日幾號？」剛剛她一面喝粥，想起什麼似的，問看護。

「八月……十二號吧。」

手腳俐落的看護腆著壯碩的臀部正在更換床單，那位八十多歲癱瘓老婦如一尾乾煎的四破魚攤在床上，非常瘦也非常安靜，從不發表意見，對食物或飄浮在空氣中自己釋放的溫腥尿騷都能接受。躺在長方形瓷盤上的四破魚，基本上也有沉默的尊嚴。

「舊曆幾號呢？」她又問。等不到回答，提高聲音再問一遍：「舊曆今日幾號？阿雪啊。」

其實，被喚作日語 Yukiko 也就是國語雪子或臺語「阿雪啊」的看護扎扎實實答了一串，但跟日子無關。她是個勤快敬業的本地婦人，五十多歲，身材中等偏壯，臉上有不少淡斑但懂得用微笑遮掩，脾氣還算穩定，除了習慣性自言自語發表一些柴米油鹽式的個人看法外，稱得上是長照界不可多得的人才——把屎把尿清穢物不嫌髒，她照顧的住民身上沒老人味。再說，她的自言自語也保持一種含蓄且委婉的風格，聲音拿捏得有分有寸，接近耳語與呢喃之間。剛剛，她一手鏟起四破魚一手鋪床單，嚶嚶嗡嗡地誦經：

「問幾號做什麼？妳兒子會接妳去美國住嗎？妳媳婦會煮稀飯伺候妳嗎？幾號還不是同款，出日頭摔大雨也是同款的啦，早上也 Yukiko，晚上也 Yukiko，阿雪啊、阿雪啊，叫魂哪！」

她的聲音宛如暗自哼歌的少婦，有一點春夢乍醒的慵懶味。她十分了解四破魚是個具有傳統美德的老婦，絕不會搬弄閒話，事實上，除了偶爾嗆到咳嗽幾聲或喉嚨蓄著未吞嚥的食物發出咕嚕聲，她幾乎沒聽過四破魚開口吐一個字。這一點她試探過了，曾對她透露薪水，留意第二天有沒有耳語生出來，結果沒有，證明她真的語言能力受損。因此，餵四破魚用膳時，她也呢呢喃喃磨出一灘話水，不過內容寬闊媲美一本有聲版《壹週刊》，諸如：幾號房那個誰昨天一大早做仙去了，家屬有夠離譜到下午才來，要是分財產「哼」一定跑到裂褲腳馬上來；幾號房那個誰昨天被送進來，晚上哭哭啼啼吵著要回家，老人跟小孩一樣，第一晚都會哭，第二晚哭一點點，第三晚就認命了；VIP 房照顧那個鼻胃管尿袋阿公的印籍看護娃蒂可憐啊天天哭，聽說她老公外遇，沒良心的把她當提款機，她在這裡抱老男人下床，他在那裡抱年輕妹妹上床，有沒有天理啊，老天瞎眼了？聽說今年薪水不會調，是不會去問問外面東西有多貴喔，最起碼也要調個意思對不對；聽說老闆又揍老闆娘，這次老闆娘硬起來有去驗傷喔，那個不死鬼老闆在外面偷吃很久了，奇怪咧男人怎麼都管不好那一根小黃瓜，給它剁掉去餵豬豬都嫌臭腥，再鬧下去說不定安養院要關門，我就要回家吃自己嘍，很煩咧……。

依照員工手冊規定，員工不可以對「客戶」透露公司營運狀況——包括老闆、老闆娘的婚姻營運狀況——但這豈不是叫他們被一肚子爛話堵住要便祕了，反正這些「客戶」連聽懂都有問題，會搬弄是非的話那就是醫學發生重大奇蹟，所以八卦看護沒在怕。不知道的人從房門經過看到這一幕，倒以為母女倆正在說什麼體己話。人老了，只有三種，一種可恨，一種可厭，一種可憐，八卦看護很會分類，她覺得四破魚是可憐的，阿鵝嬤在可憐與可厭之間。這樣說來，人老了不止三種，把之間算進去的話，那應該算五種嗎？她不會算排列組合，把四破魚當作舉「可憐」牌子，阿鵝嬤舉「可厭」牌子，自己舉「可恨」牌子，用手指點來點去，總算算出有六種。她算出來時，差不多也餵好了，一碗餵了八分，很不錯。幫四破魚梳洗、漱口，把藥磨粉泡水餵好，「早課」算結束，才七點半，太順利了。她一高興就會對這個安靜老人做搞笑動作，把自己額頭與老人額頭相碰，發出不知哪個原始部落的嬉鬧聲：「阿喜嬤，妳勁鰲，來，啊嘟嘟、啊嘟嘟嘟嘟嘟嘟……」

叫人家四破魚太不禮貌，人家有個好名字，阿喜。說來話長，那是阿喜嬤剛中風時的事，兩個年輕女看護來幫她洗浴，一個用國語說她躺著不動像一尾秋刀魚，隔床的阿鵝嬤聽到了，要知道她雖然生在日據時期，日語、國語、臺語都通還會一點英文，人家是老不是笨，她插嘴道：「小姐，不是秋刀魚，我們呷老攏嘛變做四破魚，親情破、錢銀破、身體破、希望嘛破了了，拜託妳兩個卡輕一點，莫把她的骨頭搬甲散了了。」從此，背後被叫四破魚。

「舊曆今日幾號啊？Yukiko。」阿鵝嬤只關心這個。

「舊曆喔，嗯……七月初七。」看護踅至她面前大聲說，輕輕拍弄她那軟綿綿的臉頰，幾粒大大小小老人斑隨著鬆垮的頰肉盪了盪，大的像松子眼看要盪出去，又被絲絲縷縷的皺紋給拘回來。看護順手替她捏起幾綹銀髮別到耳後，髮絲沒剩多少，十分寶貝，連梳子也碰不得，用手指替她順了順，勉強遮一遮粉膩膩的頭皮，搖一串牛鈴似的說：「阿鵝嬤，妳今日氣色真好，有睏飽未？胃口不錯喔，比昨天吃得多呢。」

裡裡外外聽到這聲音都知道收餐盤了。

房間恢復安靜。

「呷飽未、睏飽未，講來講去攏這幾句，人講呷老有三壞：哈嘻流目屎，放尿加尿苔，放屁兼滲屎。呷老有三好：顧厝、帶囡仔、死好。我現在呷飽、睏，睏飽、呷，剩『死好』啦！」

阿鵝嬤說完，自己咕咕笑起來，深吸一口氣，還聞得到魚鬆的甜味，不禁再吸幾口，像一群天真無邪的小魚不斷啄弄她的白髮，一瞬間竟有兒孫滿堂的趣味。她有時會亂亂想，像插頭找插座，插到好插座跑出奇妙感受，想起幾件有趣的事，插到壞插座，那些死人骨頭嘸氣事情通通跑出來纏她，心情一下子沉到谷底。今天不錯，插到好插座，心情很輕，像羽毛。

這間雙人房還算寬敞，十五坪附帶一衛，擺兩張電動醫療床，中間放一張雙人座沙發做間隔，各有衣櫥、桌子、椅子及一部輕巧型輪椅，電視嵌在正中央牆上，冰箱放在房門後，都不礙通行。牆壁掛著複製花卉油畫，裝潢偏暖色粉嫩，好像有錢人家把女兒送去貴族寄宿學校，住的宿舍就該洋溢少女風情，最好每晚還有不良少年羅密歐來窗下扯喉嚨唱歌，那就更像了。

「看得出來，佈置得很用心啦。」入住前先來參觀，阿鵝嬤溫溫地給這個評語，說給帶她來的孫女小慈聽，畢竟這家安養院是她花心思找的，標榜像大家庭般溫馨的小型安養機構，甚至有些事項可以客製化管理，收費稍貴一些，這不是問題，阿鵝嬤留三棟房子給她。

依規定，先入住的可以選床位，阿鵝嬤選擇離廁所近的，原本小慈建議選窗邊較不吵，這床位離門也近，進進出出很干擾。阿鵝嬤雖說靠九十這個數字不遠，腦袋瓜還很清楚，只不過該記得的一下子記不起來、該忘記的老是忘不掉而已，聽孫女這麼說，直接打開天窗說亮話：「靠門吵，靠馬路窗戶不吵？等妳呷老妳就知，半暝起來放尿兩、三次，有時四次，離便所遠，親像去爬山，吵有什麼關係，橫直我臭耳人聽無，若是佛祖好心來接我，離大門近，人家抬出去嘛卡利便。」

「阿嬤，妳每次都講這些有的沒的。」

「講這些有什麼要緊，阿嬤活到這些歲，講這嘛理所當然，早也要去、晚也要去，去才見得到我的心肝查某囝啊！」話到結尾，理所當然掏手帕擦淚。

孫女嘟著嘴，不主動提什麼了。

起初孫女每週都來，買一堆阿鵝嬤喜歡吃的零食，奶油椰子乖乖、蝦餅、海苔米果、花生夾心酥、布丁、水果軟糖之類的，連衣櫥都塞滿。阿鵝嬤只好拜託阿喜嬤「出一隻嘴」幫忙消化。好在院方飲食以養生健康為主，稍嫌清淡寡味，正好用零食救一救快淡出一隻麻雀的嘴巴。這樣吃下來，阿鵝嬤本就胖看不出，瘦瘦的阿喜嬤很快見出成績，臉頰豐潤起來。阿鵝嬤還開玩笑：「我叫鵝，妳叫喜，合起來『鵝喜』（音似臺語「餓死」），現在盡量吃，免驚會餓死。」說完兩人呱呱笑，天天回到童年，好像兩個蹺課躲在樹下吃零食的小女生。

後來阿鵝嬤叫孫女沒事不用常來，話挑得很明白：

「阿嬤知影妳有這點心就好，妳來阿嬤也是這樣，呷飽、看電視、等死，妳少年人代誌多，上班真累，有閒嘛去交一個『懶捧油』（男朋友）卡要緊，莫浪費時間在老歲仔身上，無彩工。」

這一句中聽，下一句就不中聽了：

「交『懶捧油』，目睭要睜卡金咧，莫像妳媽媽，多少人欲給她做媒，伊自己千揀萬揀，揀到一個賣龍眼的，骨力吃、懶惰做，還愛跋繳（賭博）……」

哇啦哇啦一大串，越講越順嘴。孫女的嘴又嘟起來。

阿鵝嬤的論述方式很固定，只要碰觸到關鍵字「賭博」、「好吃懶做」——其實只要提「男人」——不管什麼劇情，她都可以進行繞道手術繞到那個沒出息的「前女婿」身上，接著提出警世箴言：「人講，嫁到臭頭尪，有肉擱有蔥，嫁到跤繳尪，歸厝內空空。妳那個老爸口袋空空，總有一天會來找妳，妳毋通傻傻賣厝給他去爽爽開，知影莫？」

「知影啦，妳每次都講這些。」

既然阿鵝嬤叫她沒事不用常來，孫女很聽話，出現的次數越來越少。

阿鵝嬤真的這麼想：「莫浪費時間在老歲仔身上。」其實是花了一些力氣教會自己這樣想。女兒死後她痛徹心扉地反省，一定是心肝女兒放不下她這個老母，那幾年她心臟病發又跌倒傷到髖骨動手術，為了省錢堅持不請鐘點阿嫂來做家務，女兒每週臺中臺北兩邊跑，直到她身體穩定，這當中那個「死人」不知怎麼為難她給她氣受，一定是蠟燭兩頭燒落下病根的。她一直後悔自己當時為何看錢那麼重，把女兒累成這樣，想起來還會扇巴掌教訓自己，到了呷飽等死的年紀，她才不要換孫女掛心她。

阿鵝嬤扶著助行器還能自理，院方也鼓勵住民一定要做「胡自強」、「陸小曼」；話說有一次，院方請大學銀齡關懷社團來教健康操，順便請職能治療師宣導「保密防跌」——保持骨質密度、防止跌倒——老師在白板上寫兩個名字，叫阿公阿嬤要學「胡自強」、「陸小曼」；「胡自強」就是那個胖胖的臺中市長，意思是凡事要自立自強，

「陸小曼」呢，老師還沒解釋，底下撲來亂七八糟的聲浪：

「胡自強他太太出過車禍？」

「是啊是啊，他好像有中風？要學他什麼？」

「人家他復健得很好，看不出來，復健很重要。」

「陸小曼是誰？」

「陸小曼是胡自強的太太啊？」

杵在旁邊的大學生忍不住出聲平亂：「陸小曼是徐志摩的太太啦。」

「徐志摩是誰？」

「徐志摩是陸小曼的先生啦。」另一個大學生搶著說。

「陸小曼是誰？徐志摩是誰？」

終於有一個腦袋瓜清楚的大學生打破迴圈，說：「徐志摩是個作家，後來摔飛機死了。」

「哎喲喲，阿彌陀佛喔！」一個阿嬤手持唸珠，立刻唸佛號。

另一個說：「摔飛機，咻一下就沒了，緊死，這也是一種『胡報』（福報）。」

老師用力拍拍雙手，總算把阿公阿嬤渙散的目光聚集到她身上：「陸小曼，就是走路要小小步喲，慢慢來喲，才不會跌倒喲。」

阿鵝嬤記住了，很堅強，每天都做「胡自強」、「陸小曼」，凡事慢慢來，慢慢起來、慢慢站穩、慢慢開步、慢慢坐下。既然動作變換之間都要慢，也就養成自己配樂的習慣，不是「哦」一長聲就是「哎喲喲」三短音，反正礙不著別人，自己覺得熱鬧些好像左僕右婢跟著。聲音太重要了，尤其當你的室友是個過度安靜的人時。三年前她入住，曾擔心室友太吵干擾她喜歡清幽的習性，沒想到比她晚幾天搬進來、小她幾歲的阿喜嬤越來越安靜；剛開始還好，能聊幾句，阿喜嬤個性內向，要把生鮮的家常話燉熟總要幾天，那沒關係，反正老人多的是時間，等到越來越熟有說有笑了，阿喜嬤卻中風，整個安靜下來，好像聲音被強盜搶走，連睡覺都不打鼾。聲音很重要，無法靠別人只好靠自己，還好這一點是她的強項，聲嗓還算有力。

阿鵝嬤把剛剛看護拿來的心臟病藥吃下——其實有時偷偷把它吐掉，她喜歡吃糖果不喜歡吃藥——去浴室梳洗，出來時發現看護忘了把窗簾拉開，這是每日標準動作，可見看護今天心不在焉。當然阿鵝嬤不會去投訴，可是能夠一大早發現他人的小瑕疵就像池邊芭樂樹掉下一顆芭樂發出「咚」一般，整個早上變得不一樣，讓她的精神也得到振興。扶著助行器慢慢踱到窗邊的路上，同時發表一小篇評論：「沒拉起來，室內暗矇矇，點電火無彩電，出一下手拉起來，是不是就光庭庭，人看起來嘛卡元氣。」拉開少女風的粉紅碎花窗簾，八月陽光像武俠片，滿天銀刀子飛來飛去，倏地把室內挑亮。

「妳有呷飽莫？」她問阿喜嬤。

每天早晨這時候，當她扶著助行器朝窗戶蹣跚而行時，總會問她吃飽沒，移到窗前先到她床頭邊仔細看一下，要知道對一個行動不便的老人，這段路等同於奔出自家竹圍到目光所及的鄰厝去打招呼那麼遠，雖然阿喜嬤沒回應，但她相信她都知道也等著聽這一聲招呼。這句話，像古早時代甫從路頭走出來、打算到鎮上市集逛逛的少婦對河岸洗衣的另一名少婦的招呼。沒什麼大意義，卻家常到不可或缺。女人的日子捲過來壓過去，都是燒鍋舉爨、養家糊口的重活，一下子這輩子就被碾得碎碎的，只有少少的空隙能夠迎著讓人放鬆的野風。

今日因急著去拉窗簾，次序顛倒，阿鵝嬤拉好窗簾才回身移到阿喜嬤床邊，路途更遙遠了些，有點喘，坐在床邊椅子上，一口氣調理了一會兒。阿喜嬤總是盯著天花板，這棟樓有歲數了，天花板被時間畫成一幅有山有水的小品風景，整棟樓五十多個老人，說不定只有阿喜嬤最懂天花板圖畫。依照規定，原本中風後不能自理的她需搬到長照區，但阿鵝嬤跟她有感情了，「情同姐妹」，她是這麼對院方及阿喜嬤的兒子媳婦說的，負責這間房的八卦看護也覺得阿喜嬤乖乖地滿好照顧，既然大家都贊成便照舊，有狀況再來調整。

「咱的日子長長短短誰知道，住作夥，我看得到妳，人家有沒有照起工給妳照顧我才知道，妳兒子媳婦住那麼遠，一年能來幾次，妳講對莫？」拍板定案那天，眾人都走了，阿鵝嬤附在阿喜嬤耳邊小聲說，好像兩個情報員講天大祕密一般。

阿喜嬤難得發出一長串聲音：「噢哦，我咕噜嘟你驀墨，得得喔喔哀……」

「妳欲講啥，我攏知影啦。」阿鵝嬤說，拍拍她的胸口，順便幫她擦口水。

現在，她摸摸阿喜嬤削瘦的臉頰，歎口氣：「妳要多呷一點，欲呷布丁莫？」有時阿鵝嬤會餵她吃布丁。兩人四目對看，阿喜嬤嘴裡發出咿嗚咕嚕聲，「呷不下啊，好啦，剛呷過早頓呷不下。」孫女雖然少來，每個月都會網購一堆零食叫宅急便送來，兩人的貨源極為充足。接著，阿鵝嬤嘟嘟囔囔發表評論：「天氣熱，被子給妳蓋這麼密，是欲把妳熱乎死喔！」隨手替她掀開一些，雖說室內有空調保持穩定溫度，但窗外陽光這麼烈，照進來一下子就升溫。別以為照顧臥床的人很簡單，她是不會動不會講不是沒感覺的木頭石塊，冷冷熱熱的變化都要預先幫她設想，要不然她熱到包著尿布、蓄著尿液的臀部流汗，悶溼久了長疹子，一旦紅腫破皮，接著就發炎變成褥瘡。阿喜嬤瘦，長期臥床更容易病變，這點阿鵝嬤很清楚，她的 Yukiko 後來瘦到剩一隻骨，屁股沒肉，皺皺的皮膚常發紅。她想起這事就心底艱難，那時替 Yukiko 洗澡，一面抹沐浴精一面歎：「妳奈也這樣瘦，阿母割肉給妳，阿母割肉給妳！」洗到母女兩個抱頭痛哭。

幫阿喜嬤弄好薄被，阿鵝嬤慢慢站起來，一面用話語「哎喲喲，快死袂老、快老袂死喲」鼓舞自己，好像激烈的運動比賽場邊，妖嬌的啦啦隊小美女跳大腿舞鼓動男性的腎上腺素一般，賣力移了六步，來到窗前。

這間房在二樓，面對還算寬的街，從窗口望去是一條狹仄的菜市場長巷，蔬菜水果攤、每樣九十九元的家用雜物鋪、還有幼兒童裝……大多數女人生命中總可以找到幾處

唐儷禎／圖

市場是從年輕逛到年老的，從一把蒜頭到一顆高麗菜，從幫小寶寶買圍兜到幫公婆買防漏尿護墊布，一生就像一條結結實實的大白蘿蔔，轉眼間被刨成絲，下鍋一煮爛成蘿蔔泥，連用筷子夾都不能夠。鍋鏟執久了，手臂還念舊的，阿喜嬤還沒中風前，那條右臂總在寤寐之間揮動，隔床的阿鵝嬤淺眠，歪著頭看，數清楚是三菜一湯，才微笑躺下。第二天問她：「妳昨暝在炒什麼菜？」兩人談起廚房的事立刻變成三頭六臂的竈頭女神龍，妳公我婆、祖宗三代都能因年節祭拜的牲禮習俗串出來，「哎，原來要先抹糖再抹鹽再去蒸，可惜現在才知。」頗有相逢恨晚之感，「唉，咱那口鼎的執照攏乎人吊銷去嘍！」阿鵝嬤說的是弄鍋舞鏟的日子已被沒收了。

對街一樓是一家棉被店，差不多這時刻，約莫五十出頭的老闆娘會騎摩托車來。一眨眼，鐵門拉上，床包、枕頭套堆在門口平臺招攬生意。倚在窗口的她回頭告訴阿喜嬤：「有聽到莫？妳媳婦把鐵門拉起來嘍。」

穿梭於街道的機車聲像開山刀劈掉行人耳朵，但她相信阿喜嬤跟她一樣清楚外頭世界何時開門何時打烊。杵在棉被店門前幾步處，鵝肉攤已伺候過幾巡早客，不外是空腹出門的婦人攜著小孩叫一碗米粉湯、切一碟鵝肉；或是菜巷小販大清早批菜不及填腹，此時補個早頓。太陽白晃晃籠著這條菜市場小巷，有煙有霧地，載貨、提籃的，打傘、戴草帽的，叫賣、聊天的，無一不在八月驕陽中浮浮漾漾，那種鼓譟的溫暖有一種升騰的力量，慢慢從鵝肉攤兩口滾鍋開始，像熱氣球一樣顛顛盪盪往上浮，掠過「長興牌棉被店」斑剝的招牌，頑皮地往她所倚靠的這棟大樓飄過來，彷彿伸手可以抓一把嗅嗅看，飲食世間的油炸味、人情世故的醃漬味，有油蔥酥有辣椒醬，香得叫人眉開眼笑。她看得樂暈暈地，就像當年她拿錢給雪子，讓他們夫婦去臺中開小吃店，她大老遠看見店門繫兩球鳳梨紅綵不禁提聲叫：「Yukiko 喔！」一樣，有什麼可以阻擋胖碩老婦沿路叫女兒的快樂，何況是疼入心的獨生女。

那時的日子甜蜜蜜，一切是那麼順利，萬事萬物都朝著正確的方向走，小吃店生意蒸蒸日上，小慈出生後送到她這裡來照顧直到進小學，雪子夫婦每兩週上來臺北一次，換她煮一桌澎湃的盼著。如果日子繼續順下去，該有多甜。那個「死沒人哭的」什麼時候沾了賭，雪子一句話也不吭，她看他講話越來越「五四三」，手上戴一只假「露螺」（勞力士錶），心中有疑，難怪後來只有雪子回臺北來，再後來店頂讓了，再來只剩雪子帶著小慈搬回臺北，順便背一屁股那個「死人」的賭債。結果還不是她拿錢出來擺平。

「Yukiko 喔，我的心肝 Yukiko 喔！」阿鵝嬤勉力睜開鬆塌的眼皮朝那團不斷升騰的熱風低喚，聲音低到一出口即消逝，可是喉嚨深處馬上又轉出新的、更溫柔更綿長的呼喚。她眨著乾澀的眼睛，接著看見從棉被店二樓窗口丟出什麼東西，「叭」打在鵝肉攤桌面上，女人放下長勺，朝上罵了幾聲，又從棉被店旁的樓梯上去，閃到窗口把玻璃窗關上、窗簾拉密，隱約揍了惹事的人，沒多久，下樓繼續提刀切肉做生意。

「唉，鵝肉娘仔那個兒子又丟拖鞋喔，嘖嘖嘖，真慘。」八卦看護不知何時進來，站在她背後看到這一幕，嘀嘀嘟嘟結出一串話珠子：「有一次我去吃麵，嚇，好加在，我險險被拖鞋丟中，把我驚到睡不穩，後來去行天宮收驚。生到這種兒子還不如去死，一世人說短很短，說長也很長，賣鵝肉能存幾仙錢？不如死了卡歸去（死了乾脆）！」看護幫阿喜嬤翻身、拍背，拍得「波波」響，好像給自己的現場廣播配樂。員工訓練千叮嚀萬囑咐，不可以在住民面前提「死」這個字，不得已要提的話用「做仙」、「極樂世界」、「出國去天頂迌迌」代替，她全忘了，簡直把這兩個老的當作自家人，一開口百無禁忌。拍背完，餵阿喜嬤喝水，檢查尿布有沒有溼。順道把阿鵝嬤床頭的茶杯拿過來讓她喝兩口水，稍微整理房間、收起換洗衣服，飄出去了。

阿鵝嬤僵在窗口不動，耳畔嚶嚶嗡嗡繞著「死了卡歸去」的餘音。

雪子自小孩子起就懂得貼心，臘月天她在後陽臺洗衣，雪子提一壺熱水給她溫手，怎麼趕也不進屋，縮頭流涕情願陪她洗衣，生到貼心的女兒怎麼疼她都是不夠的。前陣子夢到雪子叫她：「阿母、阿母，妳過來好不好？」夢中那個所在好像是她的鄉下老家，她嘴裡說好哇阿母來了，卻不知路在哪裡，一轉頭，場景變成她站在桌前吞藥，五彩藥粒，好像幫雪子吃一些。

有人從棉被店出來，提著涼蓆、軟褥之類往這邊走，約莫是哪個新住民的親屬，順便在附近採買生活器物。院方有個細膩做法，鼓勵住民用自己的床單被褥，這樣像在自己家不像安養院，減少搬遷的淒涼感。人老了跟小孩一樣，必須靠自己熟悉的物品、氣味維繫一點尊嚴與安全感，東西在哪裡，家就在哪裡。唯一不同的是，小孩的熟悉感建立在被子玩偶玩具上，老人除了用品還需一尊觀音像或十字架，確認神與我同在安養院。

棉被店二樓窗臺繁殖了一大叢曇花，張牙舞爪霸住半面牆，好像跟這個世界無冤無仇，也沒什麼情義可言。注意時，它不開花，沒留神，倒起起伏伏開過了，四處懸吊白手帕似的花屍，一起風，盪來盪去，像在跟誰揮別。一隻羸瘦的貓從隔壁窗臺躍過來，站在曇花叢邊忽左忽右弓背，白色的毛在這個污濁的城市裡流浪久了染成灰塵色。忽然，那扇玻璃窗被拉開，探出十來歲少年的憨臉，貓扭頭看一眼，也不驚，繼續坐在曇花陰影下覷著菜市場巷的行人，或者，覷著這邊窗口的阿鵝嬤的臉。

「哎喲，阿喜呀，曇花有開呢，二、三十朵有喔。」阿鵝嬤偏著頭跟阿喜嬤報告，面露喜色，好像同班小女生看到隔壁班心儀的男生站在樹下往這裡看，不禁心旌搖蕩。回過頭來，看著晴朗的藍天，心情快速翻過一頁，喃喃自語：「Yukiko，今日七月初七嘍，阿母真想 Yukiko 呢！」

她站久腳痲，扶著助行器又到阿喜嬤床前的椅子坐下，伸手撫了撫阿喜嬤的手臂，今天不知怎麼搞的，很想跟她說幾句體己話。

「阿喜呀，今日七月初七嘍！」她頓住，忽然忘記往下要說什麼，太熟稔的日子或事件明明在心裡燉得爛熟了，端到嘴邊一下子化掉，嗯嗯哼哼又得重新再燉一次。

「今日七月初七嘍……妳有記得莫？我跟妳講過，我查某囝託夢叫我去她那裡，阿喜老姐妹，我們同齊去好莫？」

阿喜嬤仍舊安靜地欣賞天花板上霧濛濛的風景，凝滯的眼神彷彿什麼都沒看見，又彷彿看穿這棟大樓每個老人的哀怨人生；彷彿痴情地浸泡在只有她自己才知道的悲喜回憶裡，又好像一尾被野貓叼到櫥櫃下藏起來的魚，廚房裡的人忘了它，貓也忘了；日子一張張撕下來，垃圾一包包運走，只有它永遠藏在櫃底，不腐不爛，睜著兩珠濁白的魚目諦視櫃底的蜘蛛網，連蟑螂也不屑與它分享小道消息。現在，她聽到「阿喜老姐妹，邀我們同齊去好莫？」竟恍恍惚惚有了出遊的感覺，好像舊時代從路頭轉出鄰家媳婦，邀蹲在河邊洗衣服的她要不要一起到鎮上逛街，她的心被勾動，突然野起來，渴望去玩，把沒洗完的衣服擱到草叢下，兩手往腰身抹乾，說：「等我回家換條裙子一起上街。」她從來沒有像此刻那麼想從床上爬起來，她甚至覺得自己的腳在動了，要一起去遠方。

「Yukiko也會孝順妳，我生的查某囝我知影。」阿鵝嬤兩手顫巍巍捧著阿喜嬤枯柴似的手流淚，吸鼻子，這一吸忽然斷了下文，好像不明白自己為什麼要對不能言語的阿喜嬤掉淚？人家不比她，阿喜還有兒子媳婦孫子在牽掛，她還有家人，雖說很少來，來了也是沾一下醬油就走，但是有就是有，沒有就是沒有。

她覺得乏了，拍拍阿喜嬤的手背：「就這樣，阿喜啊，我會來看妳！」

扶著助行器往自己的床鋪走，東摸西扶，走了一年那麼久。雪子是個乖女兒，就是太瘦，她以前常跟雪子講：「要是能割一半的肉給妳就好了。」牆上那只掛扇輕輕地吹著，從左邊到右邊，從阿喜嬤的床到她的床。「說不定Yukiko現在變胖了，會不會認不得呢？」她想著雪子變胖的樣子，肉肉地屁股變大，嘴角盪出了笑，笑著慢慢躺下，「啊，倒落睏不去，卡想嘛想過去！」給自己一個評語，忽然覺得很累很累，收起了笑，胸口又悶又重，鉛塊壓下來，漸漸起了睏意。

八月驕陽兀自在外頭滾燙著。整個白天都沒事，中午八卦看護下班，換另一個看護值午晚班，阿鵝嬤午餐吃不多，晚餐吃不下只喝一點湯，看護協助她洗了澡，上床。八點以後基本上整棟安養院就進入夜間模式，老人睡不好，但大多睡得早。

除了阿喜嬤，沒人知道那天晚上究竟發生什麼事，致使阿鵝嬤倒在窗口地上「出國去天頂𨑨迌」——好像這個窗口是機場的出境海關，阿鵝嬤拿著登機證，飛機等在停機坪上——次晨早膳時間，八卦看護一推門看到，大叫：「阿鵝嬤、阿鵝嬤！」其他房間的看護員聞聲立刻奔來，乒乒乓乓整個院像地震，院方護理人員做了初步鑑定，確認俯臥的阿鵝嬤身體已冷，早已出境登仙，說不定已抵達目的地入住酒店了。

八卦看護哭喪著臉一再向警方澄清，她叫秋鳳、阿鳳仔，根本不叫什麼Yukiko、雪子啦、阿雪啊，也不知道阿鵝嬤為什麼顛三倒四這樣叫，怎麼講都講不聽，就隨她去，那個棉被店老闆娘根本不是阿喜嬤的媳婦，她也一直說是，不信你去問，大家都知道。警察問昨天有沒有什麼不尋常的事？看護怎麼也想不起來，只嘟囔說阿鵝嬤問農曆幾號，她告訴她「七月初七」，有人糾正她，今日才是七月初七、七夕，昨天是七月初六。這事顯然不重要，阿鵝嬤常常問日子，別房的老人也是如此，沒多少日子的人特別喜歡問日子。這也是大家都知道的。

警察無用武之地，醫生也沒找到可疑傷口，阿鵝嬤有心臟病史，裝過支架，心肌梗塞導致猝死，這是大家都能接受的事。孫女小慈很快趕來，一個男性友人陪她，院方有一套標準作業程序，她只需在一堆文件上簽名即可。

三小時後，阿鵝嬤換穿漂亮衣服在孫女陪伴下搭乘禮儀社的黑頭車去「二殯」報到。出房門前，禮儀師將她移入白色往生袋、拉鍊拉上之時，阿鵝嬤對阿喜嬤眨了一下眼睛，雖然兩床之間的粉紅簾子拉密，但阿喜嬤看到了；她看到阿鵝嬤從雪白的往生袋爬出來，好像從下雪的地方趕來，不用助行器快步走到她床邊，幫她把頭髮順了順、拍拍臉頰，高興地對她說：「我要去跟我查某囝團圓嘍。」阿喜嬤說：「阿鵝姐啊，妳要來帶我去喲，妳答應我，莫忘記。」這一串伴隨著口水的咕嚕咿嗚聲，比不上一隻蚊子的音量，自然是無人聽到。

下午，這間房恢復平靜，大家各忙各的，彷彿這一攤事是電視裡的報導。不平靜的只有看護秋鳳，她夾在幫阿鵝嬤整理遺物、消毒房間與頓失「親人」之間異常煩悶，想到從此沒人叫她「Yukiko」、「阿雪啊」，既輕鬆又有沉重的失落感，竟忍不住抱緊阿喜嬤喔喔地哭，惹得阿喜嬤也流眼淚，不知情的人從房門口看見，還以為這個老人是不是也不行了。她還打手機問禮儀師阿鵝嬤的牌位號碼，下班後要去上香。這一來，動了真感情，哭多了，第二天竟起不來必須請假。

只有阿喜嬤知道她的老姐妹早走一天。

三年前，她住進來那幾天，阿鵝嬤興奮地告訴她所有的故事；包括她的苦命女兒Yukiko如何婚變、如何背債、如何罹癌、如何在七夕那天死在她的懷裡，而她哭到昏過去，他人費好大的勁才能從她懷中把Yukiko抱出來換穿衣服。

「唉，呷老等死，若能跟Yukiko同一個日子走也不錯，親像換我去做伊的查某囝。嘻嘻嘻。」

阿鵝嬤說那句話同一天，她們看到棉被店二樓窗臺有人種下好茂盛的一叢曇花。那是短暫的歡樂時光，她們每天一起靠在窗口吃零食，用僅剩的視力很仔細地看菜市場風景、看路人甲乙丙，說這個像誰、那個像誰；她們相逢太遲，沒機會參與對方的人與事，用這種模擬方式可以稍為接近彼此已逝去的人生。

還有，共同期盼未來——曇花什麼時候開。

阿鵝嬤的七七佛事尚未做完，曇花瘋狂綻放的某個夜裡，阿喜嬤像落單的妹妹拚命地跑，終於趕上姐姐，一起去了遠方。

三溫暖

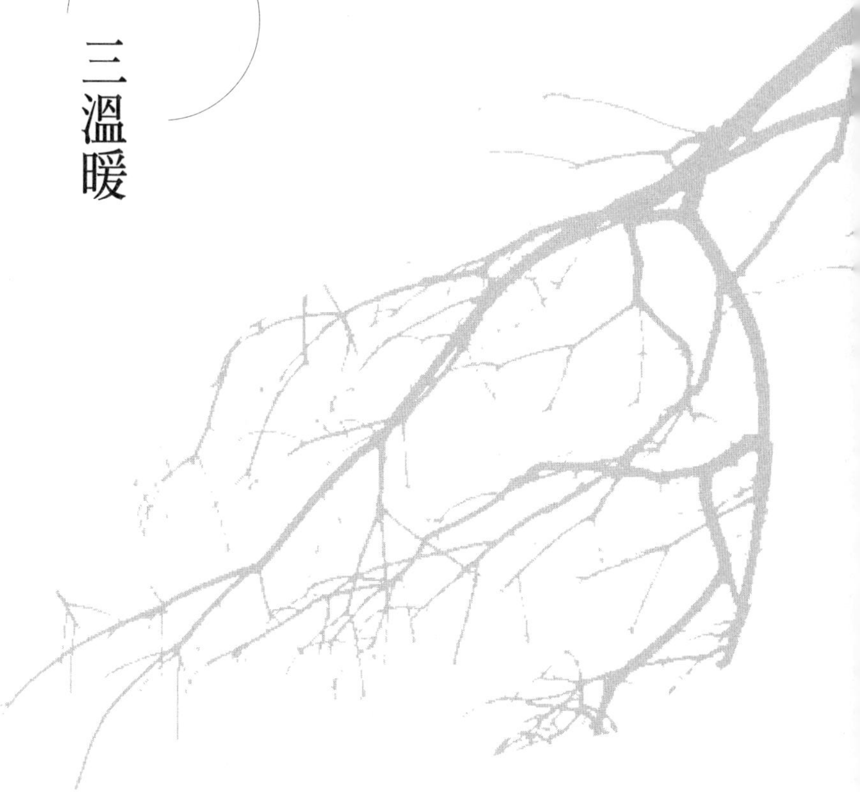

1.

秋鳳把摩托車停在一棵茂密的茄冬樹下，慶幸自己無須半路停車穿雨衣就到達目的地。雨開始變大，發怒摔臉盆的下法，夾著閃電驚雷。摘下安全帽，目測只需跑五大步可到騎樓，吸口氣開步跑，一、二、三步，腳踩上一塊佈著青苔的磚石，那苔平日在太陽下裝死，遇到連日雨水活了，第四步一滑，身體往後仰，本能地側身用手去撐，右半身順勢往花圃仆倒，不多不少算第五步。

「啊！是怎樣？我有得罪祢嗎？」歪在地上的秋鳳對老天翻白眼，還沒翻全，一臉盆雨水潑來算是給她點眼藥水，只好緊閉眼睛。她受過訓練，知道跌倒後不可立刻站起，要分解動作慢慢來。總算站起來，檢視結果，除了手掌抓泥巴、褲子髒之外，居然連個擦傷都沒有。出門前本想穿短褲，可能媽祖有保庇改穿牛仔褲，那撮青苔再怎麼狠也狠不透牛仔布的厚。車鑰匙繫了遶境時買的媽祖小公仔，果然有感應有靈驗。

這下全身溼透透，轉念一想：「沒差啦，反正要來洗澡。」

2.

秋鳳最近——其實也不近，三個多月以來不能算最近，不過如果跟五十多歲的時間比，說最近也沒錯——常誦唸「轉念一想」四字訣。遇到不順心的事，該發的牢騷當然不會少發，但跟以前不同的是，發過之後會用「轉念一想」鼓勵自己朝事情的另一面探探頭、揮揮手。這招是演講聽來的，院裡曾請一位作家來演講，那作家講什麼她聽不大懂也不大想懂，不過作家說了一段話：「山不轉路轉，路不轉人轉，人不轉頭轉，頭不轉我念頭轉一轉可不可以啊！」秋鳳聽得目瞪口呆，這就是她講不出卻很有感覺的道理，沒想到就在「魷魚不嚼」要不要辭職的時候聽到這話。「魷魚不嚼」就是「猶豫不決」，她跟同事後來改說臺語搞笑版「柔魚沒哺」，魷魚若是不嚼整條吞，痛死你老娘的胃，猶豫做不了決定的時候，那粒胃也是很痛的。

三個月前她向老闆娘辭職。以她當選過多次「年度最佳照護員」的榮譽紀錄，老闆娘當然不放人；要知道像秋鳳這樣耐磨耐操、會抱怨但很勤勞的人真難找，馬路上多的是「工作不努力，努力找工作」的人，尤其長照這一行，資深臥床者不能動，說句不禮貌的，等於搬重物，可比搬家工人。人家搬家工人乾脆，不必考慮沙發會不會發神經捏妳奶奶、冰箱會不會嘔吐噴妳一身。找到一個有體力、有耐心、有愛心的人，那是照護界的台積電股票，理應長抱豈可輕拋？老闆娘只有碰到老闆時犯糊塗，其他時間是個精明角色，立刻針對薪水做調整，馬上提供各種方案供她選擇以度過「職業倦怠」。秋鳳很感動老闆娘用這麼有學問的話幫她診斷，一下子好像她這個「倦怠」變得很專業、很高級、很光榮。可是，秋鳳半夜睡不著躺在床上滾床單的時候越想越糊塗，如果說，一個人很認真地一直做一件事就會倦怠的話，那老闆一直K老闆娘（大家都知道他是個爛人），老闆娘一直被老闆K，他倆怎麼就不會「倦怠」咧？

家務事是「你不清楚我的明白，我不了解你的知道」，他們打得高興、揍得開心就好，不關秋鳳的事。老闆娘先讓秋鳳一週休兩天半的假，三個月後再說。三個月後，秋鳳眉頭仍然鎖出一條溝，說身體好累，還是想辭，老闆娘秒速流下愛的淚珠，說：

「這樣好了，留職半薪一個月，妳先調養身體再說。」從皮包掏出票券，撕下一張給她：「洗三溫暖加按摩一節附送一餐，免費，妳去放鬆放鬆！」

秋鳳不敢拿，目瞪口呆：「洗三溫暖，那要脫衣服？」

「妳洗澡不脫衣服？」老闆娘笑著把票券塞入她口袋。

「大家脫光光一起洗？」

「什麼大家，女子三溫暖，都女的。妳以為那麼好啊，有男的。」

秋鳳啐一聲：「神經病，有男的有什麼好？才不好咧。」神經病是心裡話沒說出口。她對男人身體興趣不大但認識太深了，一般人只知那副四兩重的「牲禮」，她不同，從丈夫那兒認識到病體、遺體，其餘的不是太小（她兒子）就是太老（受照護的病人）。

她有句名言：「不是跟自己一起老的男人身體，不騙妳，真的很不OK。」嚴格說，男人身體在秋鳳眼裡只有兩種差別，一種不需要妳餵飯、帶他去廁所、幫他洗澡，一種要妳餵飯、幫他把屎把尿、刷背搓鳥鳥。你若問她對男人追求製冰盒形腹肌、人魚線的看法，她會說，什麼都是假的，健康最重要啦，只要一條血管給你爆掉，你就變成麵糰而且持續發酵，當腎功能急速衰竭時。收尾的口頭禪是：「我看太多了。」

話說回來，全是女人也不OK，秋鳳瞪大眼睛：「哎喲喲，被看光光……」

「有什麼好看？」老闆娘噗哧一笑，拍她肩頭：「妳有的她們都有，她們有的妳也有。」

「是沒錯啦，可是……」秋鳳覺得很怪，終於抓到重點：「可是不一樣大！」

「妳去洗澡還是挑水果？」

「可是，」秋鳳的眼睛越睜越大：「我不想被看光光……」

「妳也看她們呀。」

「啐，我更不想看她們，她們有錢有閒整天洗三溫暖皮膚白泡泡，我做工的人一身粗坯能看嗎？我都覺得丟臉！」

老闆娘沒時間陪她糾纏，她自己都欠缺高人幫她做前世今生的心理治療，沒能力幫秋鳳打開心扉或脫光衣服，匆匆丟一句：「我要去接小孩不跟妳說，妳去就對了，跟櫃檯報我的名字，她們會幫妳安排最好的按摩師，妳不去洗就別來上班。」

這句話把秋鳳定住，她還沒回過神，老闆娘又丟來一句：「人家八十幾歲阿嬤都去洗了，妳怕什麼？」

局面翻轉。首先，要她「別來上班」這句話打到她了；秋鳳這輩子最怕的就是沒工作，自從丈夫早逝她獨力撫養一兒一女，靠的就是全年無休的拼勁，如今女兒上班、兒子念大學，仍不敢鬆懈；年輕人那點薪水填自己的嘴洞都不夠，況且兒子是能念書的，打算繼續念研究所，還得靠她兩手兩腳給他「撒鋪」（support）。就算他們都有工作，秋鳳仍然不敢「退休」，要存養老金。她在安養院聽到耳朵都長包皮了，多少老人敗在一個錢字上；有錢老人放的屁都有麝香味，只剩「兩憶」（記憶加回憶）、「一憶」（失憶）的很慘，在兒女面前抬不起頭來，尊嚴是什麼？是天邊那顆一閃一閃的星，還不見得天天看得到。退休享受第二個人生，那是幼綿綿白泡泡好命人才有的福氣，她認定自己這款人唯一享受得到的就是「做到死」，再講一遍，做到死！三個月來，原本以為自己看開了想辭職、休息，老闆娘的話針刺一樣幫她找到結點：她想休息、不想辭職，職業倦怠只能倦怠一下下，終究要回去上班。既然人家把路開好、紅毯也鋪好，她只要去洗澡有個交代就可以順應天然回去上班，何樂不為？當然，就算她沒去洗澡老闆娘也會讓她復職的，但做人就是這樣，有時你必須給出一點空間讓上位的人覺得他幫到你，有成就感，這種人與人之間的潤滑技巧，秋鳳懂。

還有，「八十幾歲阿嬤都去洗了」這句話也打到秋鳳。她對皺巴巴、具備「黃土比例」（即將入土之人的身材比例，相對於健身房裡肌肉男的黃金比例以及她這年齡層的黃銅比例）的老人裸身很熟悉，在她手裡洗了人生最後一次澡的老人超過三十個。瞬間，本來跟隱私、羞恥感相關必須用衣服釦子拉鍊隱藏起來的身體，忽然轉變成器具類用品，好像吃飽飯需洗碗刷鍋一樣自然。她心裡那隻忸怩的蟲子被太陽曬死，恢復幫老人洗浴的職業本能，只不過擴大到幫自己洗浴而已。秋鳳心情活絡起來，追著那臺「米奶」（BMW）問：

「那我要帶什麼去？」

老闆娘搖下車窗：「帶身體啊。」

3.

櫃檯小姐沒見過有人從水裡撈起直接來洗澡，秋鳳的頭髮在滴水，一面掏出弄溼的票券一面抱怨怎麼沒人跟里長反映那邊會滑。小姐小心攤開票券做登記，沒怎麼理會，秋鳳報了老闆娘名字，她臉上立刻活絡起來，主動幫秋鳳辦會員還送一張咖啡券。秋鳳暗想，老闆娘應是貴賓級，這女人「真討債」不知花多少錢在洗澡上，有錢人一根腳毛比我們的手臂還粗，趁勢補上：「她說，妳們會幫我安排最好的按摩師，還說我洗得怎樣要跟她詳細報告。」最後一句是她添的，秋鳳太了解人的眼睛跟樓梯一樣高高低低，該借光的時候，「恁祖媽」不會跟你客氣。

有個很有禮貌的小姐知道她第一次來，詳細說明流程，給了一把鑰匙一條白色大浴巾，親自引導秋鳳到樓下更衣間置物櫃前。

「阿姨，您把衣服脫下來放櫃子裡鎖好喔，鑰匙圈在手腕上就可以去洗了喔，裡面什麼都有喔。」年輕人講話一直喔喔喔，又不是公雞這麼會喔。

忽然不知該怎麼脫衣。秋鳳最擅長幫重度臥床老人脫、穿衣服，這項高難度技術若有比賽她必定得名，現在卻不知怎麼幫自己脫，怪怪地，說不上來。忽然懂了，這還真像醫院照X光前到更衣間換衣服。老毛病犯了，一面脫衣一面喃喃自語：「你看看，人家好命的，脫衣服去洗澡，我們歹命的，脫衣服照X光。今天來做好命人。」說完咯咯笑起來。這是個不錯的開始，心情飄飄地。

等她戴好浴帽圍著浴巾走到入口，眼見無邊無際白茫茫、一陣翻騰的暖煙夾著嘩啦啦水聲撲面而來，她怯步了。

秋鳳很少怯步。不，從未怯步。

這大半生遭逢的事件由不得她有任何怯懦，專心悲傷與他人的同情都是珍貴、奢侈的，她明白自己除了認命沒別的選擇，而以她有限的學經歷與毫無人脈的現實處境，她的最佳選擇就是去走一條最辛苦卻能最快賺到錢的路。丈夫癌末多次進出醫院，那一年等於是職業訓練，抽痰、管灌、處理尿管她都會。她老早安排妥當，辦完喪事隔週，穿起仲介公司的背心、掛上識別證在另一家醫院當日薪兩千元的特別看護。有親戚議論她無一點哀戚之心，不滿一個月就趴趴走，好歹過了百日再拋頭露面，話傳到她耳裡，秋鳳直接去敲門：「死屁也要坐月子啊？你養我們孤兒寡母，我就專心在家哭我老公。」一千萬不要惹一個一無所有的女人，尤其這女人剛跟死神交過手。

現在她怯步。整間瀰漫著溫暖水霧，飄著沐浴精香氛，聽到女人高聲對答，有笑語，有招呼聲，像來到一個被隱藏的水幕仙境。秋鳳從未想像過這樣的所在，但她祈求過菩薩，有一天功課做完了要帶她去極樂世界享福。現在，腦內乾巴巴的「極樂世界」名詞與眼前景象做了連結，瞬間擴大、加深，變成唯一真實，她不只脫去衣服也脫去一切龐雜記憶。她停住腳步，重新指認自己。

正好有個工作人員（當然都穿著制服）走過，知道她第一次來，親切地指引她洗浴程序；最裡面是一排沐浴間，先洗澡洗頭，再到水池泡；三大池，溫水、冷水、冰水，一般都是泡溫水、沖一下冷水，很少人敢碰冰水。泡過後記得要補充水分，茶水區有多種健康養生飲品。旁邊是兩大間烘烤室，兩大間蒸氣室，隨意隨喜進出。總之，洗泡烤蒸，看個人喜歡自行搭配。末了，女職員指向另一個出口說，去那裡吹乾頭髮穿好浴袍，上樓就是按摩室，櫃檯小姐會幫妳安排。按摩後去餐廳吃飯，飯後若想小睡，休息區有大躺椅沙發、小床隨妳躺，愛躺多久就躺多久，我們是二十四小時營業的。

秋鳳聽得霧煞煞，洗個澡還有這麼多花樣。因為新奇，還沒洗就覺得年輕五歲。朝沐浴間走去，迎面走來一位五十歲左右的女人，輕鬆自在，拿隨行杯到茶水區倒水喝，喝完往大池去，池中有三兩位高聲招呼她，她熟練地下池有說有笑。怎麼自然到像去Seven買咖啡！秋鳳剛剛偷瞄她，三秒鐘正面大特寫、四秒鐘背後掃描，秋鳳心臟撲通臉面發紅，替她害臊。身材普通，皮膚白皙，手腳靈活，一等健康。秋鳳忽地領悟到，該害臊的是她自己：「人家天生自然，我在替她不好意思，我有病啊？」

十多間沐浴間都沒門，「是怎樣，沒錢裝門嗎？」秋鳳大開眼界，她即使一個人在家洗澡也要關門的——但不鎖門，很多老人在浴室跌倒，這點是普通常識。走過去，正好看到一排洗浴中的虎背、熊腰、馬臀、象腿，秋鳳從沒看過自己的背後，心想「我應該也差不多」。她們這一行比較關心血壓血氧、體重體脂肪，對身材沒感覺。沒想到今天很變態，怎麼腦子裡裝的都是身材胖瘦、皮膚黑白、大腿粗細、乳房大小。

「不該來。」秋鳳不喜歡自己的腦子陷在這些……該怎麼說呢？這些「有的沒的」不正經的念頭裡。

她進去最裡間，探頭確定沒人看她，鼓起勇氣卸下圍著的浴巾，開始洗頭洗澡。適當的水溫、豐沛的三段式大蓮蓬瀑布、薰衣草香氛沐浴泡泡，她好像一條蚯蚓被人從百年泥巴灘裡拉出來。這輩子從未如此奢侈，平日為了省水，連熱水管線前端的冷水都不浪費，變通之法是用水桶接水調溫，一桶溫水夠她洗頭洗澡五分鐘解決。現在，站在溫熱小瀑布下，跳躍的水珠圍繞全身，她低頭承受源源不絕的水吻，完全忘掉省水這回事，連帶地也忘記省電省瓦斯省吃儉用、付房貸付學費付補習費付保險費這一串鹼粽、

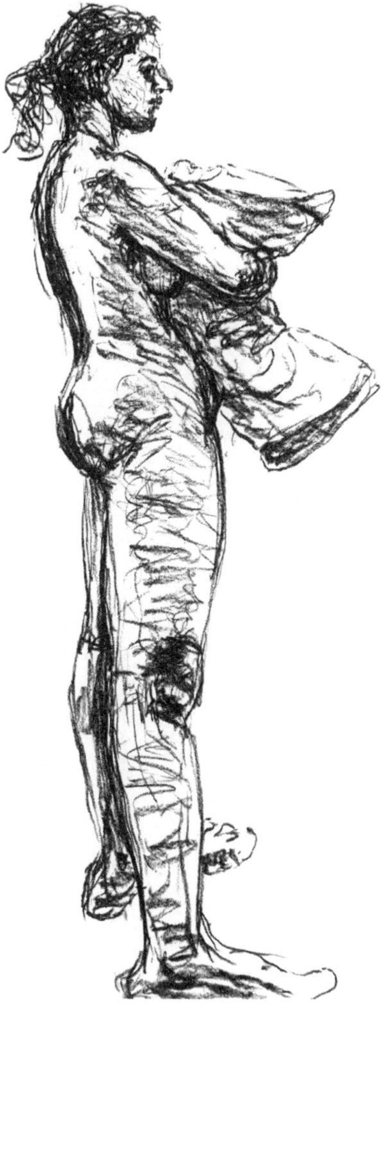

唐儷禎／圖

肉粽、里里控控碗糕粽。她調換出水方式，水柱射著背部十分舒服，面朝外站著，正好被經過的人看光光。秋鳳沒有閃躲，活潑的水精靈纏繞她，她閉眼進入遺忘狀態。

洗畢，依規定戴好浴帽，下一步去浸泡。

三座大池中有一池人較多，秋鳳本能地朝無人的那座小池去，匆匆解下圍身浴巾掛在壁勾上，迅速跳下，撲通一聲，她大叫：「啊！救人哪！」旁邊兩位姐妹立刻將她撈起，有人舀一盆溫水朝她潑，有人幫她拍背揉臀搓大腿，有人喊「快帶來這裡泡」，一群垂來晃去的裸身姐妹七嘴八舌護送她五、六步，像海邊營救人員護送擱淺鯨魚返回大海，把秋鳳送入溫水池。兩個特別熱心的姐妹游過來，四隻手盡情地幫她搓呀揉呀拍背收驚，秋鳳說：「沒想到那麼冰，夏天也會冷死人喲！」姐妹們大笑。有人說自己第一次也是沒看清楚告示跳入冰水池，之後看到手搖冰都會抖。笑聲比水聲還響，女人國國運昌隆。

秋鳳自嘲：「去了了，不只給人看光光，還摸光光。」

池邊池裡，環肥燕瘦的女人們各有喜好組合，去烘烤室或蒸氣室，只剩秋鳳及另外兩個結夥的泡著。池邊有幾個半圓形設計，人坐著，頭伸出水平線，兩手搭在圓弧上，水柱噴射背部有按摩效果。秋鳳移入，坐著享受水的服務，那感覺又不同。水的浮力托起身體像托一隻小狗，瞬間鬆弛想睡，瞬間又無比清醒。她深深吸一口氣，又重重歎息，如是數回。剛剛一陣混亂，現在有空閒回想，感受到善意與親和，身體放鬆，被觀看的羞怯感消失了，她現在像一片葉子飄在安靜的河面，被溫柔的風吹著。閉眼，腦中影像亂竄，歎息中浮現安養院裡常常問她「今日幾號」那個老人家最後的身影，與老人同寢室的那位中風阿嬤幾日前也走了。生來死去、人來人往，秋鳳早已麻木無感，但無感的經驗堆疊起來就像積木堆得太高也會掉落。現在，水霧氤氳中，所有堅硬的東西忽然柔軟起來，沉封已久的她的人生、她的歲月，包括記憶與感受，在水中像乾香菇一朵一朵泡發開來。

她想起丈夫騎摩托車載她，回頭問她想吃什麼的樣子，那時兩人剛結婚。但腦中一閃，卻閃出安養院那兩位情同姐妹老人家倚在窗邊吃乖乖的影像；她們現在應該重逢了，極樂世界也有乖乖吧，說不定口味更多。她鼻塞，察覺到池裡不宜醒鼻涕，用力吸鼻子，恢復正常。這一用力，竄出在醫院當看護時遇到的那個老頭的記憶，正因為他，秋鳳才會在「用力吸鼻子」後反擊，接著發生的事促使她辭去醫院看護工作改到安養院上班。那位老先生恐怕不在了吧。現在想起他覺得好笑，但當時被這個因急性腎炎住院的失智色老頭氣到快失控。八十歲中過風，身材肥腫，一身「癩膏爛濁」，脾氣焦躁不安，滿口「挫幹拉譙」，一輩子才聽全的髒話在他身旁一週就聽滿。某次，秋鳳扶他下床，他竟伸手捏她奶子，秋鳳超級不爽，一把火竄升大聲喝叱：「你幹什麼？」色老頭罵：「幹妳老母。」秋鳳被他嘔到快吐血，又不能出手打，只能靠伶牙俐嘴：「我老母死了，你要先去死才幹得到。」他提高聲量：「幹妳××。」哎喲，母女一起惹，這下秋鳳不客氣：「你要先站起來才幹得到。」老頭血壓飆到一百九，大口喘氣全身無力，病情有一點加重，她不免有點小內疚。俗話說：「強驚勇，勇驚雄（狠），雄驚無天良，無天良驚神經不正常。」幹這一行，被罵被電被嫌都是家常便飯，她原以為自己修行很夠，沒想到差點毀在老頭身上。幸好他病情好轉，才解除心理負擔。從此，秋鳳發展出一套呢喃模式，不知道的人還以為她在誦「嗡嘛呢叭咪吽」六字真言。這事刺激秋鳳，她想：「你皮癢，我命賤，難道就該任你糟蹋？命賤的難道一定要幫皮癢的做嗎？老娘不幹可以吧。」辭職去安養院，一轉眼也十多年了。不知道原來的他是怎樣的人，病痛把人變成豬狗牛羊，說不定他也有可愛的時候。啊，身邊可愛的人一個一個走了。她想起丈夫最後對她說的話：「阿鳳，對不起，無法照顧妳到老，一大擔攏交給妳。」秋鳳把頭埋入水中，喃喃自語：「不是你願意的，我沒怨你，攏是命，攏是命啦！」淚，流入水中。

4.

吹乾頭髮，秋鳳穿妥寬袍上樓到按摩室，櫃檯小姐已幫她指定三號按摩師。想必這個就是老闆娘口中最好的按摩師。

一個笑咪咪、短髮四十多歲壯女人，深色制服，還沒開口先笑一朵花給妳，一秒內讓人覺得已認識她一個月。她自我介紹「三號」。秋鳳不喜歡用號碼記人，問她名字，每個人都有父母給的名字，為什麼用號碼？又不是犯人，而且長得這麼漂亮叫號碼太委屈嘍。「委屈」這兩個字在某些行業、某些人內心非常敏感，因未曾被他人察覺以致變成關鍵字，加上從未有人一見面就送一盤話語小甜點，三號大方地答：「叫我阿觀，姐仔，妳呢？」

「秋鳳，菜市仔名啦。」

彷彿已認識一年。

阿觀請秋鳳脫下寬袍，趴在指壓床上、臉嵌入圓洞。秋鳳沒這樣趴過，一時手忙腳亂差點跌下來，阿觀笑起來，幫她調姿勢，把那頭炸髮順了順別在耳後，手指輕輕撫過耳朵、頸線、肩頭，在上背劃圓收起。這只是準備而已，連前菜都不是，但秋鳳像被電波掃到，忽然間被觸過的肌肉都鬆了。

「哦，阿觀，妳的手軟Q軟Q，親像麻糬。」秋鳳讚歎。

阿觀笑：「哪、哪有。」從來沒人這樣稱讚她。

秋鳳心一揪，聽出她有一點大舌頭，難怪是最好的按摩師，有瑕疵的人只能比別人更拚命才有機會活下去。秋鳳又有點鼻塞，吸了鼻子。

阿觀看著秋鳳的身體：皮膚黝黑粗糙，手臂粗壯手骨變形，脊椎側彎，腰臀大腿佈著贅肉，腿部多處有靜脈曲張。女人只要脫光衣服，不必一句話，身體說盡一切故事。

阿觀看多了精雕細琢、細緻白嫩的女體，沒看過勞動者的肉身，畢竟來這裡一趟不便宜。她知道秋鳳的票券是那位貴賓招待的。

阿觀幫秋鳳選了茶樹香氛按摩精油，她對人與香氛的連結具有敏銳度，秋鳳的屬性不是花，是山上生生不息的茶樹，一小撮茶葉能讓人喉韻回甘。

抹了按摩油，她先沿秋鳳的肩線滑動，輕揉慢推三、五次再以指節刮下，聽到秋鳳發出「啊——」聲，意味著鎖頭已被鑰匙打開。

阿觀轉向左右兩邊上斜方肌、下斜方肌施力，大範圍按摩，節奏與播放的輕音樂吻合，靈活運用大拇指、四指指腹、曲握的指節、掌肉，時而順著肌肉紋理，時而逆向，或單點穴位按壓、或小塊擒拿、或大片推揉、或合掌敲擊、或雙手張開如起飛的禽鳥在背上滑行。往下行進，側彎的脊椎、腰部兩道勒痕，阿觀知道這是個跟她一樣需要戴護腰工作的女人身體，連結到與她一般必須比別人更拚命才有機會活下去的命運。這一回合忽急忽緩的手舞，最後停在膏肓位置做點狀按壓、腰部畫小圓周運動，她知道這兩個地方傷得最重。她不只偵測到秋鳳身體裡層層堆疊的勞動檔案，也從那不間斷低吟的聲息中判讀，這一副身軀是無人疼惜過的原始山野。

秋鳳不間斷發出低聲歎息，趴著，不必擔心別人看到表情，但必須藉由吐息避免自己哭出聲。有一雙溫柔又強勁的手在她的裸背上自由自在地探索，好像大宅院被人闖入，暢行無阻，搜出她的珍寶。珍寶不是塞在某一處孔洞裡，而是到處放，現在有人破解，在肩頸搜出珍珠，肩胛找到瑪瑙，腰部搜到金子。她並不知道自己身體的強烈觸感藏在這些地方，上面還用幾十年勞動傷痕像雜草一樣掩蓋著，必須先移除雜草才能找到。一直沒人發現，即使跟丈夫生了兩個小孩，被使用過的只是那個孔洞而已，她的走了樣的五十多歲身體還是處子狀態，現在被找到了。她低聲歎息挾著舒暢的呻吟，每每被揉推的手指推至哭泣邊緣，如潮浪往返，像風箏高飛，怎麼有一種舒服是這麼奇妙，秋鳳的身軀被解密者敲開鎖，肌肉鬆了筋絡軟了骨架正了，她覺得自己一直縮小，欲仙欲死的舒暢會讓人變小而非變老，她變回戴草帽少女，沿著夏日故鄉的河堤奔跑。那時，她還是個愛笑的快樂女生，命運之神還沒有找到她。

阿觀推完兩手自三角肌至手指後，要秋鳳翻身。

「啊！正面也要？不好意思呢。」秋鳳以為只按背面就好。

阿觀笑說：「姐仔，交給我，妳躺著睡、睡覺就好。」

一條熱巾蓋住秋鳳腰部，阿觀繼續推揉。背部被推鬆了，正過來恰好是睡眠姿勢，秋鳳閉眼，把身體全部交出去。除了蓋住的腰際機關重地，阿觀的手指舞遍全身，連長著粗皮龜裂的腳跟都被油潤過了。輕盈的睡眠把秋鳳帶到夢境，依稀感覺有幾隻軟嫩的手指在她的乳房處迴旋，輕輕地往上推好像要把它推到雲端，接著緩慢地畫小圈圈，順時鐘又逆時鐘，像一群少女在上面跳芭蕾舞。電流從左竄到右，從右竄到左，連成一脈，從來沒人這麼溫柔地撫摸過這兩團山丘，這是愛撫，連她自己也不曾這樣對待過供應嬰兒奶水的母職聖地。秋鳳沉睡，甚至發出輕微的鼾聲。

一覺醒來，竟是兩個鐘頭後，扣掉一節五十分鐘按摩，她睡了七十分鐘。

「妳醒了？不、不敢叫妳。」阿觀換到另一張指壓床，正在幫另一個女人服務。

「喔，一年欠的眠都補回來，全身都輕了，妳實在是一流的啦！」

秋鳳豎起兩根大拇指，一直唸「讚讚讚」。阿觀笑著點頭，指著一張紙，請秋鳳留電話，她也留了自己的電話，提醒秋鳳去餐廳用餐，這裡的梅子雞腿飯是招牌。

秋鳳身心無比暢快，雨停了，真幸運不必穿雨衣。騎過一個街口看到水果攤，買兩個特大的豐水梨折回去託櫃檯轉交給阿觀。秋鳳忽然想，她的工作不是普通的累，靠兩隻手吃飯，痠痛了怎麼辦？誰幫她按摩？

5.

當天晚上，阿觀打電話來，謝謝水梨。

「姐仔，妳、妳有去餐廳吃飯嗎？」

秋鳳把梅子雞腿飯稱讚一番，但怪罪自己沒認分喝了咖啡，晚上恐怕只好起來打蚊子到天亮。阿觀接著問她有沒有去美容室做護膚護髮，不過那要另外計費。秋鳳自嘲我這身「舊皮衣」洗乾淨就很對得起她嘍，護膚給誰看？再接著，問哪裡人、住哪裡、職場經歷。

阿觀沒結婚，一個人住，接著吞吞吐吐起來。

「姐仔，有件事我不知道該不該說……」

秋鳳警戒，一定是麻煩事，江湖歷練讓她起戒心，這個人會不會要來詐騙我？

「什麼事？」

「我想、想了很久，姐仔，我不是很確定，說出來妳、妳不要生氣去公司告我，那、那我就慘了，可是不講，我……」

「不會啦，什麼事？」

阿觀壓低聲音：「姐仔，我今天按摩妳的胸部很久，妳、妳有感覺嗎？」

秋鳳不懂這話什麼意思，該說「有感覺」還是「沒感覺」？是有感覺呀，但現在怎麼可以隨便跟妳說有感覺，這不是很奇怪嗎？為什麼要問我有沒有感覺？這樣很沒有禮貌咧。

阿觀在等她回答。秋鳳不知怎麼答，沒穿衣服時發生的事，現在穿上衣服了，思考的方向都不一樣。

「沒有感覺……」秋鳳說。

阿觀有點意外，「嗯」了一會兒：「我就直說，妳右邊靠近胳肢窩的地方有一個硬塊滿明顯的，姐仔，趕快去看醫生，不要拖。」

換秋鳳感到意外，沒講話。

她有點生氣，氣阿觀為什麼講這些，今天這麼美好都被她破壞掉，這是不可能的事，這種事不會發生在她身上，她這輩子夠倒霉了，怎麼可能衰到胸部有硬塊，那是什麼意思每個女人都知道。秋鳳想：妳在咒我嗎？

「妳有沒有做過乳房攝影？」

秋鳳沒講話，甚至沒伸手去摸胸部，她的氣往上噴。

「姐仔，我覺得妳是古意人，我多說幾句妳不要罵我，」阿觀沉默一會兒：「我們都是天公伯不惜的人，要靠自己惜自己。」

秋鳳沒講話，把電話掛掉。

她更氣了，氣阿觀為什麼要把話說穿說破呢？突然朝向陽臺趴跪在地，如遶境時鑽轎腳，喃喃自語：「媽祖會惜我，媽祖會惜我！」

接著，秋鳳把衣服脫掉，對鏡摸到硬塊，藏在還算豐滿的半球體裡。摸著它到天亮，好像跟冤親債主開一夜討價還價的債權會議。

次日一早，手機響，又是阿觀。

她說她早上休假，現在巷口 Seven 門口，叫秋鳳換衣服下來，她騎摩托車載她去醫院檢查，有個口碑不錯很親切的乳房外科醫生今早有診，很多客人看過他，加掛沒問題。

秋鳳笑出來，完全明白這女人跟她一樣是信奉「立刻、馬上、現在、快」的急性子。

要不是行動派怎麼求生存？

兩人乍一看都認不出對方，一個穿上便服戴安全帽，一個穿上衣服，在大太陽底下、在煙火人生裡，面對面。

先去做乳房攝影。醫生看著片子，表情嚴肅，先數落幾句為什麼之前沒做過，開單叫她去照超音波，照時說有點問題，當場做穿刺，開了預約單，幾天後回來看報告。

「沒事了沒事了，」秋鳳笑咪咪地說：「多謝妳這麼關心我，從來沒人這樣關心我，妳是媽祖派來的喔。」邀她一起吃中飯，阿觀急著趕回店裡，下午有預約的熟客。

「要不要陪妳看報告？」阿觀問。

秋鳳說不用，會叫女兒陪。看著阿觀離去的背影，直到轉彎不見。

秋鳳心理有數。

日子照常，該吃飯就吃飯，該倒垃圾就倒垃圾，該給在外縣市上班的女兒打電話就囉唆幾句，順便問：「妳有沒有愛媽媽？」該給在南部念書的兒子匯錢就去轉帳，打電話告知也順便問：「你有沒有愛媽媽？」接著把保險箱的金飾取回，銀行、保險的事都順過一遍，寫了一張清單。

「真是急性改不掉，趕著去投胎啊！」秋鳳喃喃自語，接著朝上翻白眼：「啊，是怎樣，祢比我更急嗎？」

看報告那天，秋鳳一個人提早到醫院，逛了一圈，摸清各部門。坐在候診室閉目，回想在醫院、安養院當看護照顧過的人，人來人往、生來死去，不知還有幾人活著，就算活著大概也免不了被病磨成豬狗牛羊吧。醫院是離死亡最近離慈悲最遠的地方，如今輪到自己要照顧自己了，轉念一想，也好，十八般武藝可以用在自己身上。

忽然有人拍她肩膀，是阿觀。

「妳幾號？」阿觀問。

「十三號。」

燈號顯示現在看十一號，下一位十二號。

「我、我陪妳進去。」

「不用，阿觀妹妹，我自己來。」秋鳳以堅定的眼神看著她。

阿觀掏出一張員工優待票券給她：「下午來洗，我、我幫妳按摩。」

「怎麼這麼好，連續有人請我洗澡，我要發了！」秋鳳收下，拍拍她的手說謝謝。

有時，呵護你的家人最初是以朋友身分出現的。

提示音響起，燈號跳到十三。秋鳳起身走向診間，回頭跟阿觀說：「妳回去吧。」

阿觀答：「沒關係，我等妳。」

秋鳳下定決心，不管等一下醫生說什麼，她都要把自己照顧好。找一天，帶著完好的身體去洗三溫暖，讓阿觀的手指再次把她變回戴草帽少女，在故鄉的河堤奔跑，奔向那個她曾經設想過卻遲遲沒來的美好人生。

寂寞公寓的幸福紀事

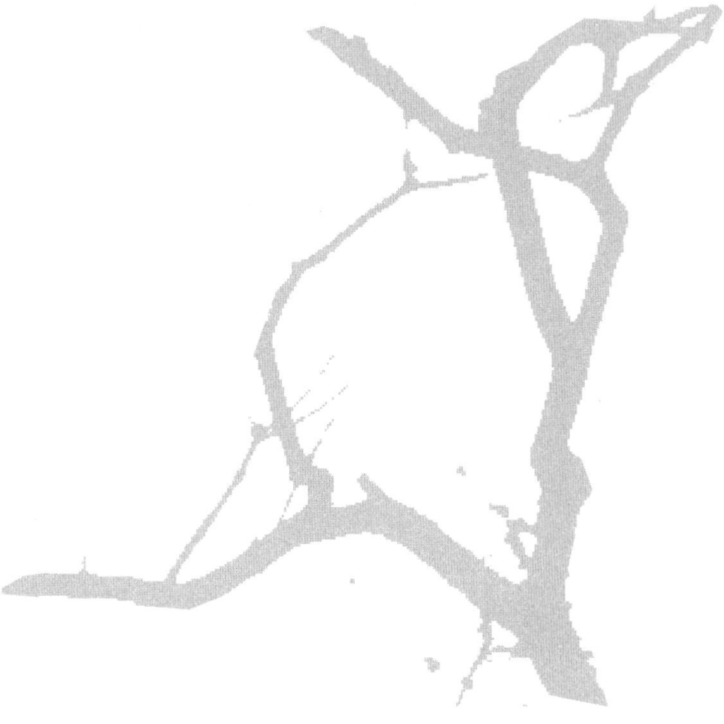

這棟公寓的命運就這麼定了。

原本是城市南區較早開發的區塊，帶中庭花園的兩棟雙併五層樓共二十戶，名字響亮：「極美公寓」。當年抱著新生兒歡喜入厝的年輕夫妻、換屋的三代同堂大家庭，風吹雨打四十年後，有的被送入養老院，有的由外傭攙著去醫院當盡責的老病號；翅膀硬的都飛了，不是飛過一個海峽就是一個洋。當年足以睥睨周遭的樓房，如今被高聳的電梯大樓給壓下去，人跟建築物一樣，老了，除非老得優雅又氣派，否則自己識相一點閃一邊去。

後來，轉機出現。政府推動都市更新，臺北市老屋高達一百三十多萬戶占全國三成之多，建商、房仲、掮客、代書從腐朽潮溼的氣息中嗅出放在未來的那一箱新鈔票的酥脆味，跟狼犬一樣四處搜，一時老屋的房價往上竄，那些受夠樓上漏水不修、老人家爬不動樓梯、兄弟一天到晚吵著分產的，乾脆賣掉了事。

接手的人莫不等著都更賺一間新屋，可惜都是計算機上的夢幻數字，手一滑愛按幾個零隨你自己高興。

毫無意外，開「都更：區分所有權人大會」時，發言踴躍，出現一根慷慨激昂的釘子說這是他家的發跡地誰也不准動，以及一個被外傭用輪椅推來的老伯伯一把鼻涕一把眼淚說他要死在這裡，能怎麼辦？當然是氣嘟嘟地散會。該送禮的、該疏通的、該威脅的先順一遍，下次開會，有人先發八仙果給大家潤潤喉，接著發言的人動之以情說之以理，果然釘子鬆動、老人沒意見。怎知，船正要鳴笛入港，換另一根釘子及另一個哭著要死在這裡的人冒出來。這種劇情搞幾次，雖說大家都追過劇，也是會累的。加上建商調出地籍圖發現有一塊畸零地卡住整體規畫，而那個有先見之明買畸零地當關鍵少數的人是一頭大開口的獅子，一打聽，根本是個揩油專業人士，立刻澆熄建商欲望，兩事相加，住戶們做好心理準備你綁我、我綁你一起死在危老建築裡。那些投資客反正不缺錢跟你耗著，有的房子空著、有的出租，一個社區一旦租客多過自住，加上沒管理員，居住品質完全照「破窗理論」所言，一窗被打破不修，二窗三窗跟著破。亂丟垃圾廚餘招惹蒼蠅、發出惡臭不必細表，竟然還出現夾鼠板及死老鼠，把這裡當福德坑垃圾掩埋場，那住這裡的人豈不都成了垃圾人。

沒跟上翻新潮的極美公寓，破舊得連住戶都不好意思叫這名。有個住頂樓、膝蓋嚴重退化的老婦下樓領掛號，早就不爽未能都更，那日不知哪根神經絆到電線，一陣劈啪走火，站在中庭往空中甩手，好像摑哪一戶耳光，高聲罵：「哪一天給地震壓死了再來後悔，哼，什麼極美，寂寞還差不多。」一罵得好哇，這話是土製炸彈，聲音刺耳且有嗡嗡嗡的回音效果，很痛快，聽到的人都點頭，同意這名字比較符合本社區目前的身分地位。真難得，這是唯一取得共識的事。

俗話說，有一就有二，對寂寞老公寓而言，第二項有共識的事竟然很快發生了。

其實是被迫的。依照「公寓大廈管理條例」規定需組織「管委會」，管理社區安全與生活品質相關事項。開會時，租客沒一個出席，自住戶相互推諉，沒人願意吃飽沒事幹當什麼「管委會主委」。後來，那個膝蓋不好、每年聯絡廠商清洗水塔再挨家挨戶收錢的阿桑不想再當志工了，氣噗噗地回顧本社區之「窮酸落魄史」與她的「志工血汗史」，再岔出去跳躍式報告「膝蓋求醫史」與「女兒不婚史」，最後在大家快要「凍未條」時講到重點：提議提高每月管理費，請管理員專責整頓本社區，好歹有人代收掛號郵件、宅配包裹，畢竟「我們都老了，哼，快要可以申請殘障手冊。」

大家嚇一跳。開會真的是很耗腦力的事，尤其跟一個講話沒有重點卻又意見很多的人，主委怎麼選還沒結論怎又冒出花錢請管理員一事，這下會議變得更複雜。可是很奇怪，某些事就是要在複雜與混亂中才能獲得解決。首先有幾個人的心被刺到，不是同情她的膝蓋，不是感念她當志工，是「窮酸落魄史」傷到尊嚴。這還得了，有一位難得出席的屋主，雖是投資客，卻是注重社區品質的，大力贊成此提案，跨下海口願意出錢在本社區中庭邊角弄個管理亭，還立刻打電話詢問幾家保全公司給了報價，風向被帶往請管理員專責管理本社區提升生活品質，一時大家變得高尚起來，情緒滾沸，有人喊表決啦表決，算一算出席符合法定人數，不知是氣周圍新大樓的住戶不知道他們不少人是土財主、沒換屋不是買不起是戀舊，還是氣那些從不出席社區會議的人自私，或是更氣「都更」不成讓社區從極美變成極醜或寂寞隨便哪個，總之，竟然無異議地全數舉手，贊成提高管理費請管理員。

問題是，誰去做後續聯繫，還是需要把管委會組織起來，起碼要有一位主委一位財委。大家看著那位投資客，他說：「別看我，出錢沒問題，我不住這裡凡事不方便。」

這時，住二樓在三溫暖當按摩師的阿觀舉手，站起來說：

「我、我是這樣建議啦，啊、啊怎麼做也要看大家同不同意，因為噢，因為那個……」

她一急就結巴，大家都知道，平日笑咪咪地，碰到喊腰痠背痛的鄰居老太太還會出手按摩幾下，人緣極佳。在大家的鼓勵與猜測、相互插嘴與彼此修正下，她的提議點亮每個人的腦袋：主委、財委分別選出，純義務，符合規定。重頭戲是由社區住戶擔任管理員，有給職一年一聘，上下班制，薪水自己人賺，不必受制於保全公司高價收費及人員流動引發不安全的疑慮。阿觀的結巴讓大家你一言我一語接龍起來，等於還沒表決已充分發言、取得共識了。

「有沒有人想當？」

「我認為應該請保全公司。」

轟天一聲雷，誰呀誰呀？

一樓住戶，退休多年的小學老師，姓謝，去年初太太走了。他是唯一持反對意見的，平日不大與人往來，現在換大家你看我、我看你直接跳過，集體不跟他往來。

「有沒有人想當？」

放眼望去，住戶們頭髮白的白、禿的禿，腰椎歪的歪、膝蓋壞的壞，老員外、老夫人不缺錢但缺人服侍。阿觀再度發言，推薦她的堂妹秀華；上個月搬來與她同住，離婚帶一個六歲孩子，目前還沒找工作，如果有點收入又能在家照顧小孩，等於幫她一個忙，「給她重新站起來的機會」。阿觀說堂妹個性隨和，很愛乾淨。立刻有住戶呼應，看過她主動掃中庭，還提水將生苔的地方刷乾淨免得老人家滑倒。「重新站起來」很有說服力，聽在這些膝關節不好快要站不起來的人耳裡，特別勵志。

「真的，足感心的喔。」住戶說。

表決時，不少人像伸懶腰般高舉兩手。接著，主委及管財務的財委也有了，每月管理費提高至若干、如何收取，大小事像搭上順風車一一得到解決。

散會時，每個人臉上都掛著勝利的微笑，好像寂寞社區經過醫美整治終於回春變成極美公寓一般。

沒人注意到，謝老師臭著一張臉。

1 老孤兒

謝老師總在五點五十五分醒來，接著鬧鐘響，嘵嘵嘵……六點整。四十多年習慣，太太起得早，先去準備早餐，他是夜貓，大清早爬不起來，鬧鐘響一陣才醒，有時還得太太跑來按下鬧鈴，搖他：「快遲到了。」

兩人都在小學任教，不同校，太太開車先送他再到自己學校，為了補眠讓他坐後座，有個大椅墊歪靠，下車時還拎著昨晚太太做好的便當、早上現切的水果與現煮的咖啡。太太姓方，不孕，同事笑說方老師把謝老師當小孩子寵。同事不知道的是，太太每天早上幫他把牙膏擠好擱在裝了水的漱口杯上。他除了上班，什麼都不知道。

自從去年春天太太走後，謝老師的生理時鐘變了，鬧鐘還沒響就醒，不下床，望向窗戶，讓鬧鈴響個夠。他幻想會聽到拖鞋聲，太太從廚房跑來按掉鬧鈴叫他起床，他開口說：「好險，做了噩夢。」太太問：「什麼夢？」他說：「竟然夢到妳先走，妳答應過我，要走在我後面！」

謝老師按掉鬧鈴，每天都在這種循環中開始。

一個多月以來，二樓的秀華被迫在六點醒來。樓下鬧鐘一直響，好像旁人都聽不到，聲音直接灌入她的耳朵。她被吵醒後心情鬱悶，掉入失敗婚姻造出的暗黑深淵。通常這時刻，也是謝老師幻想太太腳步聲的時候。如果從空中用透視眼觀看，會發現一道黑霧朝下捲動，自二樓臥室穿透天花板落下一樓臥室再直直下陷，秀華與謝老師都在滾滾的濃霧之中飄蕩，沒有目的地。這是一天當中他們兩人靠得最近的時候。

不過，最近秀華反倒感謝這鬧鐘，讓她準時六點起床。堂姐幫她找了社區管理員工作，月薪兩萬，她很感激。趁兒子還在睡覺，騎機車去附近早市買菜，回來弄早餐、中餐，以便八點半準時到中庭小亭子上班。她推測那時間大概每戶陽臺都有人從盆景枝葉縫隙往下探，那些眼睛像扇翅的蝴蝶，看她這朵花有沒有準時開。

秀華一向準時，大家都放心了。堂姐叫她熟記住戶名冊、各家習慣，主動招呼人家，這一點寡言的她還要加強。「不要穿花花綠綠洋裝，要有專業的樣子。」這沒問題，可能就是平常穿得太像專業傭人才被前夫嫌醜，乾脆在海峽那一邊找美女。先天氣喘的兒子跟她在社區轉，安靜的小孩，稍嫌瘦，兩隻眼睛總有黑眼圈，在亭子裡畫畫，秀華喊他過來幫忙也會照做。小兒科醫生建議要多運動，曬太陽、打打球，現在天天曬，黑了一些。

社區的信件包裹收發都在近午時間，該巡視的範圍也不多，很輕鬆。秀華覺得大家給了她恩惠，她要做出比人家預期更好的表現。她話不多，一頭直髮，臉型秀氣不施脂粉，力氣倒是飽的，主動幫住戶提菜籃、送掛號信上樓——唯一例外是謝老師，他特別叮囑不要幫他代收掛號，他不想別人碰——每週掃一次樓梯、擦牆壁，連信箱都擦得發亮。接著整頓中庭花圃，種了住戶不要的桂花、茶樹，把石欄實實在在刷洗一遍。次日起，四個阿公阿嬤下樓，坐在石欄上像老猴子曬太陽，郵差來時還幫忙收信件，像四個助理。隔天，有五個下樓，其中一個還帶自己煮的冬瓜茶給秀華喝。他們沒事時就觀看秀華勞動的樣子，好像看生態實境秀。

勤快又不計較的人，誰不喜歡呢？不到一個月，他們已離不開秀華，而秀華重新發覺自己是有用的人，臉上有了微笑。

靠近一樓住戶後院旁有塊公有畸零地沒人理，長滿一人高的芒草，晚上經過這裡還真有墳墓的感覺。某日近午，秀華全副工作服蹲著割草，忽然聞到燒焦的煎魚味。

謝老師的一天是從八點跨出家門才正式開始的。

每天早上賴到將近七點才起床，用慢動作盥洗，不像六十多歲倒像八十歲老頭，其實高瘦斯文的他若能多點微笑多長些肌肉，謊稱五十多歲也像的。小學老師五十歲就退休，夫妻倆玩遍世界，有些國家還去過不止一次。刷牙洗臉時，他在腦中挑選旅行紀錄片，回憶一遍。去廚房倒一杯溫水，慢慢喝下，再用妻子的鳶尾花馬克杯裝一杯溫水，放在她的靈桌前。

說是靈桌其實是柚木飯桌，兩邊靠牆，謝老師把太太的照片墊高，前面放小香爐，旁邊放小花瓶，養著長青竹。他放上那杯溫開水，點一枝線香，坐下來，開始對太太說話：「有一年我們跟團去土耳其，妳為了一個花瓶跟小販殺價害我們差點被導遊放鴿子，記得吧？我對妳發脾氣，真不該。那個花瓶放哪裡去了，我找不到……」

類似小學朝會升旗典禮，謝老師的晨間談話大約半個鐘頭，接著換衣服出門。八點左右，沿著附近河堤走路，彎進巷子，看小學操場上學生打球，總要看個十分鐘，如果不是一堵圍牆隔著，他真會衝去排解起了糾紛的學生。之後到 7-11 買報紙，最後到麥當勞吃早餐看報紙，每天都點豬肉滿福堡加蛋套餐，熟識的店員多次建議他換口味，他不要，說：「到我這年紀你就知道，改變是很可怕的事。」

吃過早餐，走一段路到菜市場買菜，一魚兩菜幾個水果，回到家將近十一點。再花一個多鐘頭準備他與妻子的午餐；每天的菜色相近，只不過虱目魚變成鱈魚、高麗菜變成A菜，水果大多以軟爛的香蕉木瓜為主。雖然很愛大西瓜，但小販都以四分之一個為單位販賣，他提不動也吃不了那麼多。四分之一個大西瓜是家庭號，簡直歧視他這種獨居者。

太太過世後，自國外買回的漂亮盤子、大碗都送人。他用小飯碗裝食物，飯一碗、魚一碗、菜兩碗、水果一碗，共兩份，總共十只碗擺上桌。煮完飯累得吃不下，先歪在沙發看電視午間新聞，約一點鐘，點香，招呼太太：「該吃飯，魚又煎碎了，真糟糕。」他一面吃一面看報紙，唸一段新聞再評論一番給太太聽，「真是胡搞！」是最常用的語助詞，照片前那五碗飯菜在線香繚繞中彷彿也被食用。有時，他會把不想吃的菜夾到太太碗裡，像從前一樣。

謝老師的下午過得很快，用過午膳，把自己的五只碗收到廚房，不洗，逕自去臥室午眠。但自從樓上住了個小孩，他的午覺常被打斷。公寓樓板薄隔音差，小孩跑步聲或是拉椅子發出嘎嘎聲，這些他不陌生，小學生每天都在製造這種聲音，當時不覺得刺耳，現在聽來像有人拿鋸子鋸他耳朵。有一回他火了，拿掃把頭往天花板捅兩下，安靜了，結果換他有愧疚感：「不過是個孩子，皮一點也很正常，自己當一輩子老師怎麼連這個都容不了呢？」自從那媽媽當了社區管理員，孩子大多在戶外活動，樓板沒聲音，照說可以靜眠，可他不自覺地會去聽中庭的動靜，那媽媽喊：「小可，你過來。」或孩子叫：「媽，妳看，毛毛蟲。」謝老師聽著聽著胡亂想一些小學自然課本的內容，鬆垮垮地倒也睡了個好覺。起來後，洗衣服或處理信件。六點鐘，把太太的那四碗飯菜放入大鍋子蒸，就是他的晚餐。飯後再把一天的鍋碗瓢盆洗淨，這是他最討厭做的事，花去不少時間，之後看情況去河堤散個步，回來洗澡，差不多一天也就熬過了。

有一天午眠時候，忽然聽到「碰」一聲，什麼東西掉地碎了，接著有人按門鈴。這種干擾從來沒有過的，他戴上眼鏡，有點生氣。

一顆棒球落在前院地上，碎玻璃四散，那是去年臨時用來當香爐插香的玻璃杯，換了新香爐後隨手放在鞋櫃上，現在碎了。謝老師愣住，接著辨識就是那顆球砸中玻璃杯。他的情緒往上衝，沒來由地新加入一股很強的氣流，就在他彎腰撿球時，時間的齒輪忽然卡住，被一根比頭髮還細的意念卡住，這意念來自靈桌上那張照片，有人必須決定謝老師盛怒中這一彎腰是血液衝破血管還是存下一絲善意給未來。

門鈴又響，謝老師沒開門，直接把球從矮磚牆上丟出去。他原想大聲吼：「這裡是棒球場嗎？」話到嘴邊嚥下，他知道門外是誰。都是新生，一個是等著進小學、以後日子不見得好過的氣喘新生，而他也是新生，剛進入一所艱難的人生學校，學得也是氣喘吁吁。學習，從來就不是容易的事。他想起一個有學習障礙的小男生對他說：「老師，好羨慕你們大人不用上學。」他現在想對他說：「我才羨慕你們，在學校有老師教，我們在外面沒人教。」

門外，小男生怯聲：「謝老師對不起。」

往後幾天，秀華怕遇到他。還好他們出入的時間都錯開，也有可能彼此刻意迴避。小男孩再也不敢丟球，大部分時間在家裡看卡通。

秀華每天都聞到煎魚味。她精於廚藝，從油煙聞得出那條魚不新鮮。她很想告訴謝老師市場哪攤魚新鮮，終究忍住。她是個缺乏自信的人，總是先行替別人做好判斷：人家一定不喜歡她，嫌棄她。

有一天傍晚，她做出正確的判斷。

五點下班，她回家整理垃圾，順便幫五樓膝蓋痛阿桑家的帶下來，垃圾車五點半到巷口，她看到謝老師家門外也有一包，一起提著奔去丟。這本不是她分內的，但她常常體諒他人順便做許多事。回來時，聽到謝老師屋內發出叫聲：「誰來啊，幫幫忙……」

秀華按門鈴，沒開，判斷出事了，情急下拿椅子墊腳翻過矮牆，看到謝老師倒在地上呻吟，旁邊有嘔吐物，虛弱地說：「肚子好痛，吐好幾次……」秀華立刻叫救護車，鄰居圍過來，有個五樓租客、長髮年輕人二話不說跟著上救護車，臨走，謝老師遞來鑰匙：「我忘了瓦斯爐火有沒有關？」

秀華接過鑰匙。

在住戶們的注視下，咿嗚咿嗚救護車開走。關於獨居老人孤獨死的臨時研討大會就在蚊子叮咬、手提廚餘桶回收袋的狀態下開了起來。秋天的天色緩緩暗下，空氣像經過千萬葉片扇出的香氣稀釋過，但還聞得到炒菜的油煙味，花木與人生的氣流混合在一起，有時清新，有時不好聞。

秀華進屋，按亮燈，嚇一大跳，沒見過有人可以把屋子住得像回收場，報紙、書籍、衣服、箱子，四處亂放。大大小小的箱子本應用來整理東西，結果反而加強混亂，像鎮暴警察變成殺手。一個人不整理屋子，最後會被屋子吞掉。

瓦斯爐上果然開著火，大鍋裡有四碗飯菜正在蒸，水槽裡泡著好幾只碗。她只見過清明掃墓把祭品用碗裝，一碗一碗排著祭拜祖先，沒見過有人這樣吃飯。但待她看到餐桌上的照片與香爐時，明白一切，謝老師每天都在掃墓。

秀華回家晚餐後，再到謝老師家把屋子清理了，這花不了太多時間，但對一個還活在每天掃墓的老人來說，拾一張紙片都要去掉半條命。

臨走前，秀華仔細地把香爐四周心事未了般的香灰抹乾淨。站著，合掌一鞠躬。此時看清楚照片中的人；站在參天神木下，笑得很燦爛，大大的眼睛，溫煦的笑容，雙手捧著櫻花瓣，好像整個季節最美好的時刻就在她手上，好像信任這世界其實就是森林小火車，被善意推著往前走，一路嗚嗚嗚地冒著讚歎的白煙。

她不知道她的名字，她也不知道她的名字。

這不重要，重要的是，那朵多年前在山林中綻放的笑容、雙手捧著的櫻花瓣，都是專程給秀華的，好像在說：

「家裡這個老孤兒，拜託妳了。」

2 當Q遇到A

五樓膝蓋痛阿桑對面住的是租客翟先生，聲音低沉有磁性，中等身材，常跑健身房鍛鍊，肌肉看來結實有嚼勁，一隻耳朵戴銀耳環，左臂三角肌有個船錨小刺青，據他說是尋找「靈魂的錨」，跟卡通大力水手卜派無關。留一頭披肩長髮，髮絲柔細偏褐色，陽光下頗吸睛，據他說可能先祖來臺開墾時不小心沾上荷蘭血統。苦惱的是，不時有人在背後喊「小姐小姐你東西掉了」，他對女性很尊重，但不喜歡被誤認為女性，這會妨礙他的桃花運——同居兩年的女友另謀高就，現在處於療傷止痛的空窗期——畢竟他想交的是女朋友不是男朋友。那為何不乾脆理個短髮呢？他偏執地認為髮絲是繆思寄放靈感的免投幣置物櫃，也就是繆思會在頭髮下蛋的概念——一般人只知道頭皮屑，但他畢竟不是一般的人——理短了，破壞靈感，開玩笑，對搞創作的來說這等於是閹割。為了增加男性辨識度及雄風風力，開始留小鬍子，沒想到竟提高驚嚇指數，那些在他背後喊「小姐」見他猛然轉身竟有鬍子的人，嚇得像見鬼。

他行走藝文江湖多年，多才多藝，沒有他不碰的領域，博得「藝文浪子」雅號，熟識的人都叫他「老Q」；Q指Question，每次跟他開會都需吃高血壓藥，他提的問題特多，不按牌理出牌，喜歡挑戰制度，口頭禪：「這沒道理你懂嗎？」出名地難搞。話說回來，藝文界哪一個好搞？都是怪胎。那些好料理的怪胎，只有兩種可能，第一，修養已登峰造極，第二，沒才氣。問題是，哪個作家會承認自己沒才氣，所以第二種改為，除非他死了。

老Q的經濟狀況跟他的才氣不成正比，沒辦法，套用有名的那句話，這是「身為臺灣作家的悲哀」。為了申請一筆豐厚的獎助金，不得不耐著性子對付一疊申請表格，包括：計畫大綱、創作理念、自傳、預算分配單、執行時間表、推薦信、著作簡介（每件作品需附三百字內容摘要）、切結書（若未如期完成需退款、若抄襲也需退款）、銀行存摺影本、身分證影本。除了未要求提供病歷，主辦單位把老Q的身家資料都掏光，讓他不禁懷疑這獎助有警政署的經費在裡面，為了抓通緝犯。老Q一面填一面罵白痴，須知作家最不耐煩的一是看說明書、二是寫申請書，就在火爆脾氣竄至喉頭之前，老Q對付完最後一張表格，叫快遞把一大包文件送走。

次日，承辦這個案子的年輕貌美女職員、大學畢業才四、五年就學會擺點小架子的Anna傳來簡訊：「翟先生，還欠五張照片，×日前補齊，逾期不受理。Anna。」

恐怕是酷夏太熱了，尤其頂樓室內攝氏三十三度，烤箱等級，讓老Q混身像塗一層膠水般難受以致喪失修養（話說他本就沒啥修養），簡訊看兩遍，眼睛著火，打電話找那位超級沒禮貌不用「您」、「請」，只留洋名的Anna；也恐怕是辦公室冷氣太強、工作量太多，Anna那超級冷淡的說話方式讓人覺得她非常瞧不起你們這些靠申請補助才活得下去的文人。

老Q是這麼問的：「我很好奇，為什麼要交五張照片？」

「不需要好奇，申請辦法第五條寫得清清楚楚，你看不懂嗎？」

老Q覺得他的肝臟像烏魚子快烤焦了需翻面，繼續問：「這沒道理你懂嗎？」

「不用跟我講道理，規定就是規定。」Anna答，她最討厭講話帶一句「你懂嗎」的人，好像他高高在上其他人都是個屁，更加冷淡地複述補交日期，切斷電話，連一句「再見」都沒有。

「哇靠，妳誰呀，好大的官威！」

老Q踢翻一把椅子後，在一罐冰啤酒的協助下恢復冷靜，接著對那罐啤酒說：「好，很好，非常之好，我們來交照片！」彷彿它是他的另一顆腦袋。

音響放的是〈We will rock you〉，我們要搖滾你，皇后合唱團，他的偶像Freddie Mercury主唱，這首運動賽事必放的國歌激勵老Q的鬥志，他甚至學Freddie甩麥克風棍的姿勢，只不過老Q甩的是掃把。三十分鐘後，喊快遞送去一張不多一張不少共五張費了一番功夫才找出的「側面」照片，內附紙條：「希望這些照片能增進您對我的認識。」

次日，照片退回，內附紙條：「請交正面、脫帽兩吋照片。」

老Q大笑三聲。遵從指示火速翻箱倒篋，又順利地找出五年前參加示威遊行頭綁布條激動照、十年前水上摩托車露六塊肌照、當兵時還沒坐穩拍下的光頭軍服照、大學時燙爆炸頭的憤青照、被他視為經典的高中學生證苦悶處男照，共五張「正面、脫帽」照片，再附一言：「我對您無所隱瞞。」

第三天，又退件了，紙條上寫：「依規定請交最近正面、脫帽兩吋照片。」「最近」二字畫紅線打三個星號。

老Q立刻架好數位相機自拍，綁馬尾、綁沖天炮、綁左右兩邊小甜甜卡通髮型、左分抹油、右分抹油，他親自送去，放在Anna面前；她正在講電話，點個頭，收下信封。老Q笑著搭電梯下樓，猜想明日一定會再收到退件，不管如何今天玩到這兒。接著約朋友吃晚飯泡小酒館，過了午夜才歸，開信箱時赫然發現原封退回，內附紙條：「相貌不統一，不符規定。」又括弧寫下一行字：「你看來很正常，何必把精神浪費在這種小事上，難道沒有更重要的事嗎？」

帶著酒意的老Q歎一口氣，遇到對手了，她那個A像尖牙正好刺著他的Q，刺得他心癢難耐，於是徹夜不眠，自拍一張咧嘴、一張撇嘴、一張露齒、一張擠眼、一張瞪眼如乍聞青天霹靂狀。天矇矇亮，騎機車送去。

Anna一上班看到熟悉字跡心頭一熱，幾日來這位單身漢翟先生（她從資料上得知）把她弄得心浮氣躁卻又充滿前所未有的刺激，至少至少，比其他申請者所附五張同樣露出死魚眼照片有「朝氣」多了。她拆開信封掏出那些照片，笑得花枝亂顫竟把茶杯打翻，老Q的紙條只有五個字：「因為您值得！」字跡被水暈開，如五隻眼睛正在放電，必須遮眼喊：「好強的輻射！」

Anna撥老Q手機：「請問您在附近嗎？我要退件。」聲音嗲嗲軟軟地，尤其「退件」二字，牽麥芽糖絲。

「又怎麼啦？」老Q問，也牽麥芽糖絲，口吻像多年的老相好。

「嗯，表情不統一，看了好難受喔。」Anna說。

「好哇，如果您要退件，我就會在附近。」老Q慢悠悠地答，忽發奇想：「您希望我在您辦公室對面咖啡館點好一杯咖啡等您來退件，還是我親自帶那杯咖啡去找您呢？」他也開始掛語尾助詞了。

Anna忍著笑，說：「才不要你來呢，我去。」

三十分鐘後，出現在老Q面前的是一位笑咪咪、胖嘟嘟的總務阿姨：「安娜要我把信封交給你，然後說，帶一杯咖啡回去，熱拿鐵不要加糖。」

五分鐘後，Anna桌上放著那杯咖啡，她正在猶豫要不要喝？有沒有被下藥？忽然，一條人影停在她面前，披頭散髮、黑T恤黑長褲的老Q笑得燦燦地，以紳士手法打開蛋糕盒，裡面有五杯一模一樣的提拉米蘇，溫柔地說：「這麼貴重的東西，我不放心託媽媽桑帶回來，怕被她偷吃。還有，受了您的影響，我越來越喜歡一模一樣的東西！」

Anna笑到彎腰趴桌，低聲罵：「神經！」紅著臉不好意思看他，故意裝冷淡，丟了句：「明天最後一天，逾期我不管你喔。」

第二天中午十二點之前，毫無動靜。Anna 一面吃便當一面揣測老Q是不是放棄了？她摸出手機，沒有留言，開始覺得那條照片規定莫名奇妙，一張就夠了幹麼要五張，煮「味噌湯」啊？訂規定的這個人腦袋瓜有問題。該不該打電話勸勸他？正在尋思之際，電話響了，老Q的聲音：

「我正要拍照，是否有榮幸請您來現場指導，我就在一樓警衛室。」

Anna 趕緊去化妝室梳髮撲粉搽口紅噴香水戴耳環，整一整衣服，嘟著嘴下樓。老Q綁個馬尾露出一張還算俊的臉，小鬍子充滿挑釁與挑逗，難得穿上襯衫還是粉紅色的，一副要上臺領獎的樣子，問：

「您覺得我笑好還是不笑好？」

Anna 還沒答先笑出來，這個人怎麼這麼逗啊？

「隨便。」

「頭髮要不要放下來？都聽您的。」

「隨便。」

「我真喜歡聽您說『隨便』。」

老Q教她操作相機，Anna 是個好學生，聽得很認真，還確認這樣對不對那樣對不對，「要照嘍，一、二、三。」幫他拍下正面露五官沒得挑剔的標準照。照完，老Q說：「妳今天好漂亮，我幫妳照幾張，讓妳同事嫉妒。」

拿相機的老Q一副專業架勢，讓人覺得他是攝影師正在幫時尚雜誌拍封面，而妳就是那顆 Supper Star。被他這麼一拍，Anna 甩髮插腰都有巨星風采了。接著，老Q溫文有禮地邀請：

「小A，有沒有榮幸跟您合照？」

Anna 心中大叫：「好過分，竟然叫我小A！」騎虎難下，心想：「照就照嘛，怕你啊？又不會死！」

被抓差的警衛幫他倆拍照，快門按下那一霎，老Q摟了她的肩。

照完，老Q說：「我現在回家印照片，晚上一起晚餐，親手交給您好不好？這樣才不會逾期。」

Anna 一聽，也對，逾期不好。撇撇嘴，算是答應。

跟老Q合照當然不會死，會沒完沒了。

六個月後，這張合照印在喜帖上，旁邊有個小標題「Q&A」，他倆結婚了。

3 種馬

一張淡粉紅信封跟一堆銀行對帳單、廣告函躺在黑暗信箱裡，四天後才被一隻菸燻味的手給掏出來。他是小章，一個不快樂的中年男人，最近都拖著腳走路，進公司像去地獄報到。

這疊信連同皮膚科、精神科藥袋攤在茶几上兩天兩夜才又等到小章的手，這隻手以王建民的金臂神力將玉山、中國信託、國泰世華、台北富邦、遠東、臺灣、華南……各銀行對帳單或信用卡帳單一一投入垃圾桶，進行到這兒，累了，藥袋壓著粉紅信封繼續擱在茶几上，不久被報紙蓋上，再不久報紙被外套蓋上。

這半年來小章很不好過。交往一年的女友分了，原因很簡單，一個以婚姻為前提進行交往，一個以體驗為目的進行交往，他被「體驗」過了當然就結案。結案後搬回父母家，兩老一個轟炸他一定有缺點女生才不要，一個廣發英雄帖安排相親，一個說他要先通盤檢討改正缺點再去交友，一個說先交友再來「做中學——一面做一面學」，兩老唯一共識：「你是獨子，要負起責任。」一老媽的手機裡都是別人家的孫子照片，不知道的人看了以為她在網拍小孩，那是型錄。有一天小章受不了，拍桌發飆：「我要負什麼責任，我要負什麼責任？一天到晚叫我結婚生子，有什麼好生的，這種爛基因有什麼好生的！」

話到嘴邊留三分德，對自己父母不必留那麼多，至少留一分半，都怪情場失意引發智力受損，才說出這麼缺德的話，這是小章媽的診斷。同個屋簷下，父子越看越不順眼，一個說：「我怎麼會有這種兒子？」一個說：「我怎麼會有這種爸爸？」夾在中間做媽的跟牆頭草一樣兩面附和：「就是說嘛！就是說嘛！」

小章搬出父母家，租到寂寞公寓來。從此，在親戚圈多了「毒子」封號；根據成語「虎毒不食子」，他父親改成「虎毒不食父母」，老虎再毒也不會吃父母，而小章用毒舌食了父母。「毒子」是他父親給封的，像古代皇帝封親王一樣。

人真的不能衰，一衰就會再衰，「壞壞壞連三壞」，棒球場上的投手魔咒出現了，小章情場失意、家庭失和，接著職場失利。衰到極點。

人稱「白目王子」的小章跟總經理八字相剋，這是大家都知道的事。在服膺管理、追求績效的老總眼中，小章不長進、跟不上潮流、缺乏鬥志，是個舊零件。同樣，在小章眼中，老總是工蜂楷模投胎轉世，要逼員工爆肝、過勞死。

其實，老總追求的是管理的最高境界，老子「大音希聲，大象希形」，這兩句請書法家寫下裱框懸於牆上，早晚膜拜，以誌不忘。但屬下們另有體會，說它活脫脫指的是網路世界、數位人間。老總崇尚數位生活幾至五體投地，要求屬下不論公私事都用E-mail、Line、Facebook聯繫，他認為活體人際、面對面言談是阻礙文明進步的陋習，更是散發口臭、傳播病毒的捷徑，會導致人類滅亡。所以，五、六十坪辦公室在他統治下宛如五、六公頃般「雞犬相聞，老死不相往來」，這也是老子的理想。偏偏，小章不喜歡沒有溫度、沒有肢體接觸的「網球」——網路地球——他常常幻想把筆電丟入澡缸或是用手機打水漂這種沒出息的事。

終於出事了。

一日，小章從電梯出來，迎面看見老總、同事陪著客戶等電梯。小章眼尖，發現老總身上有個小瑕疵，心想：「算了，管他的。」下一秒想：「這不好，告訴他吧。」遂隨他們又進電梯，找空隙要告訴他。

「老總……」小章低聲呼喚，老總故意不理，盯著電梯降落燈號。

「老總……」小章壓低嗓音，如間諜欲交換情報：「有件事可否私下跟你談？」

電梯抵達一樓，門開了，老總頭也不回，丟一句正大光明的話：「有什麼事 Line 我。」Line 這個字要加重語氣拉長尾音，再聽一遍：「有什麼事 Line——我。」

「白目王子」之所以永遠成不了「白馬王子」，在於抓不準應對進退的節奏又欠缺預測他人感受的能力。小章恨透 Line 來 Line 去，看了幾個月的精神科都白看了，大聲昭告天下：

「Line 個屁，我只是要告訴你，你拉鍊沒拉，老鳥跑出來了。」

次日，單位主管暗示他，「年輕人」要多多接觸其他工作機會拓展可能性以備不時之需。

「他丟人算什麼，你丟工作，開心嗎？」小章在廁所對著鏡子說。

「我算年輕人嗎？」他拿這個無聊問題問無辜的精神科醫生。醫生的答覆就像蕁麻疹被治好一樣不痛不癢：「跟其他病人比起來，你算年輕。」這什麼回答？不痛不癢，但很白目。

現在，外套被拿走，報紙被移開，小章拿起藥袋吞了藥，放杯子時看到那張淡粉紅信封，點根菸，拆開，是喜帖，上面貼了一張合照，這不是老Q嗎！小章驚叫，嚇得連叼著的菸都掉了。

「真的假的？」

老Q與小章高中同班、大學同校，同樣是NBA公牛王朝喬丹大帝的鐵粉，球友兼攝影社社友，但畢業後各奔各的，最近六年音訊全斷。老Q住寂寞公寓一號五樓，父母家住臺北市北區，小章租在寂寞公寓七號四樓，父母家住新北市，這張喜帖簡直像戶政巡查員，由北區翟宅寄到新北市章家，再由章家改投遞到臺北市南區小章住處。老Q以為小章還住在新北市父母家，畢竟他是獨子。小章以為老Q說不定漂流到哪個聽都沒聽過的小國，搞不好被當地原住民同化在叢林裡打獵。高中時老Q唾棄制度，嚮往背著行囊流浪，認為死在征服高山的路上是一種榮耀。小章相反，巨蟹座的他嚮往愛情、渴望女人、擁護婚姻。當老Q說男人最屌的是「醒握天下權、醉臥美人膝」時，小章用大吸管攪動杯裡的珍珠奶茶說：「變態。」他認為最屌的是「三代同堂，子孫繞膝。」換老Q攪動杯裡的綠奶珍珠說：「變態，你想當種馬！」從此老Q喊他「種馬」，後來修飾為「馬」，當然這是兩人的祕密典故，在小章的歷任女友面前，老Q知輕重守規矩，叫他「小章」，免得真的妨礙他播種的機會。

現在這張喜帖像中度颱風以十五級風力掃蕩小章的腦袋，他自言自語：「一定是詐騙集團，打電話去問？不行，電話是假的，接電話的一定是他媽媽，他媽媽也是假的。都六年沒聯絡了還發喜帖給我，天女散花呀？可是，萬一是真的，表示他心裡還有我這個人，我們曾經那麼好，他想跟我分享喜悅而已。嗯，不可能，詐騙的成分比較高。」

小章就這麼踱來踱去整夜沒睡（本就有睡眠障礙），最後，寫一封信附一張支票寄給老Q。信是這麼寫的：

老Q：

命運開我們玩笑，想當浪子的你被俘虜變成家禽家畜，立志結婚生子的我變成愛情廚餘，在餿水桶裡掙扎。幸運之神眷顧你，祂的兄弟厄運之神目前跟我住在一起。我被老爸老媽趕出來，醫生診斷我有焦慮症，七家銀行借錢給我吸我的血，我的主管暗示我有機會要多多接觸其他公司以備不時之需。老Q，雖然結婚不是什麼大事，照規定還是要慶祝的。但，我的精神與財務狀況讓我反應遲緩，無法即時為你慶賀。內附支票乙張，兌現日期在明年此時，就當作一次考驗吧，如果明年此時我還活著，這支票會兌現，如果明年此時你的婚姻還在，支票也會兌現。

不管你結婚是不是真的，老友，乾杯吧，你朝著光明、我朝著黑暗，讓我們繼續前進吧！

小章要騎摩托車去郵局寄掛號，正戴上安全帽，忽然聽見有人大喊：

「種馬！」

一看，竟是老Q，兩人露出笑容，大大地擁抱、拍背，同時問：

「你怎麼在這裡？」——腦子裡各自跑出答案，老Q認為小章特地來祝賀他，小章認為老Q特地來關心他。

這一刻起，小章家的厄運之神被幸運之神用狼牙棒狠狠地打一頓之後，趕出去了。

4 膝蓋桑與桶柑的共伴效應

五樓那個膝蓋痛的阿桑，有嚴重的家庭問題。

話說從頭，我們就叫她「膝蓋桑」——反正她自己或是鄰居都不在意名字，見面第一句話不是「恭喜恭喜」而是「膝蓋膝蓋」。

她家本來人口簡單，老夫妻加上成年未婚的一兒一女，幾年前又加了一口，是條狗。這幾年忽然貓狗的社會地位提升起來，「毛小孩長、毛小孩短」叫得親熱，整個社會變得毛茸茸，而且基於愛心要認養流浪貓犬。

有一天，膝蓋桑女兒的愛心指數破表，沒經過家庭會議帶回一條被棄的柴犬，毛色褐黃摻咖啡黑加一點奶泡白，是柴犬中姿色較差的母狗，結過紮，皮膚病剛好。大家都同情牠的遭遇，一點也不在乎牠的外貌，只有膝蓋桑發表缺乏愛心的言論，說：「看外表就知道會有這種遭遇。」其他三人同時瞪她，好像她是異類。

沒人知道狗的名字，牠自己也不會講。給個新名字等於幫牠改運，命名過程很慎重，只差沒給祖先上香稟報。本來要叫「拿鐵」，恰巧那天膝蓋桑買了陽明山桶柑，而且是經過銹蟎咬過、果皮像火燒的「火燒柑」，大家覺得那狗的毛色很像，基於強烈的本土意識，無異議通過叫牠「桶柑」。江湖上有個說法，四口加一犬，成「器」，大吉大利——

這個聽聽就好，照這麼說，一人養犬叫「吠」，兩人養犬豈不是要「哭」了——不過，什麼好道理落到膝蓋桑家都會「走鐘」，「器」音還在，變成「氣」、「棄」、「泣」。

怎麼會這樣？

膝蓋桑不喜歡狗，她是這個家唯一反對養狗的，卻變成唯一照顧狗的人，餵食、洗澡、管教，都歸她。當然，她的照顧法要是說出來恐怕會招來愛狗人士批評；她把狗當人養，不，當豬養，甚至把老伴喝剩的亞培安素、桂格養氣人參倒給牠吃。桶柑腸胃出問題，女兒粗聲粗氣地問：

「媽，妳給牠亂吃什麼？」

膝蓋桑口氣也好不到哪兒，說：「沒有啊！我人都快顧不動了還顧狗？」

老伴跟膝蓋桑處得不算好，老夫老妻吵的都是老掉牙的事，但他跟桶柑處得不錯，右手不是拿放大鏡看報紙就是摸順桶柑的毛，早晚各一次帶牠散步，幫牠撿大便，一面走一面抽菸，狀甚悠閒，對牠講話輕聲細語，簡直把桶柑當小三。這些，膝蓋桑都看到眼裡。

桶柑不聽話時，膝蓋桑曾拿拖鞋打牠，這事露了餡，有一次，女兒見到一隻大蟑螂，拔下拖鞋舉得高高地，一旁的桶柑竟出現驚恐表情，躲到餐桌底下。女兒雖不照顧桶柑，卻能跟牠心心相印，當下猜到桶柑受到不合理的對待，高聲質問：

「妳是不是打牠？妳打牠對不對！超級沒愛心。」一把抱起桶柑進自己房間，門重重地甩上。

膝蓋桑回嗆：「妳去告我家暴呀！」

說到兩個子女，膝蓋桑如果是個編劇大概可以編出十集劇情，但因為他們家都是大嗓門，等於直播，左鄰右居即時掌握劇情，不耐聽重播，總沒能讓她暢所欲言。

簡單說，姐弟除了養狗這件事意見相同，其他的事都嚴重不合，勉強再加上，都不照顧桶柑卻嘴巴說愛，這事也合。吵得最兇是老爸住院病危期間，女兒的意思是萬一危險放棄急救，讓老爸平安地走；兒子相反，要極盡一切醫療手段延續老爸生命。基於重男輕女鐵律，兒子拍板定案；老爸被成功地救回來了，拖著鼻胃管、導尿管回家，躺在床上一聲聲呻吟、唉叫，鼻胃管被他拔了兩次，不得已把尚有力氣的右手給戴上乒乓球拍型的手套，以防他再拔。

這前前後後照顧的都是膝蓋桑，女兒賭氣不想管，遇事就撂話：「妳去問妳寶貝兒子呀，我們女生算什麼？」兒子一天到晚出差（也不知真假？）再者，說是正在窮盡洪荒之力追求一個條件很優的女同事，看能不能趕在老爸怎麼樣之前訂婚讓他「沒有遺憾」。人家他忙這麼了不起的婚配業務，有時間壓力，當然無暇管小事，再說，照顧病人一向是女人最擅長的，「我去照顧，那是害爸爸，妳也不放心對吧！」講這話，膝蓋桑乍一聽很有理，再一想，真是：「去他媽的。」更一想：「他媽不就是我嗎？罵他不就是罵我自己嗎？」心裡嘔得不得了。

事發那天早上，女兒上班去了。滕蓋桑看老伴閉眼休息，想去菜場買菜順便逛逛市集，來回一個多小時，應該沒問題，這之前她也出去過，沒事。

拉著菜籃車臨出門，聽到房間有哀歎聲，她進去跟他說：「我去買菜，你想吃什麼？」明知道他插鼻胃管還這麼問，實在是幾十年老習慣沒想那麼多。老伴緩慢地搖頭，又閉上眼，滕蓋桑把乒乓球拍手套解開讓他的手透透氣，再問幾次，他都沒理。滕蓋桑知道他在氣她，老夫老妻了，一個眼神一個表情，什麼意思都明瞭。他在氣她為什麼把他救回來，那以前交代的病危處置都白講了。滕蓋桑之前就跟他解釋過：「是兒子做決定的，我也沒辦法……」

哄病人的話不是滕蓋桑擅長的，什麼軟話經過她的喉嚨都變硬的。這一天她自己的心情也很低落，看老伴閉眼不理她，積了一桶的餿水情緒滿出來，說話噴了火星：「我有什麼辦法？我也有年紀了，膝蓋不好，高血壓，你們每個人都嫌我，我連桶柑都不如，最好等一下我出去給車撞死算了！」臨出房門再補一句：「我撞死了，你們就開心了！」

滕蓋桑一把鼻涕一把眼淚出門，不像一個準備要給車撞的人，因為她拉著菜籃車。兩個小時後，她返家，第一件事進房間，看到老伴趴倒地上，鼻胃管、導尿管都拔掉了，桶柑發出哀鳴。

多強的意志啊，竟翻過醫療床的圍欄摔下來。管理員秀華幫忙叫救護車，兩天前出差的兒子再次見到老爸，是在急診室，他趕到時，老爸剛走，面容安詳，他哭得最大聲，一疊聲：「為什麼會這樣？為什麼會這樣？」驚動警衛奔過來，那陣子發生一起莽漢衝進急診室毆打醫生的案件，警衛看到是個跪在地上的孝子，鬆口氣，搖搖手跟同事說：「沒事沒事，是死人不是打人。」

膝蓋桑懷疑，一定是桶柑幫他的忙。告別式後，膝蓋桑拍打桶柑屁股低聲問：「是你幹的對不對？對不對？」又摸順牠的毛，說：「唉，謝謝啦，他現在解脫了。」膝蓋桑很感激桶柑沒把那天她說的氣話說出去，接著，想起牠是狗只會汪汪，罵自己「老糊塗」。

桶柑知道老主人不見了，常趴在他固定坐的椅子旁，張著無助的狗眼望向遙不可及的遠方，食量也減了。膝蓋桑看牠這樣念舊情，對牠的態度轉好，畢竟，跟那兩個子女比起來，桶柑的表情哀戚多了。

不久，兒子跟女友在外租屋同居，房東不准養寵物，搬出去之前，交代老媽：「好好照顧桶柑，看到牠就想起老爸，心痛啊！」

再不久，女兒受不了她一天到晚問：「為什麼不去嫁？我要幫妳做飯洗衣服到什麼時候？」答以：「讓妳有事情做才不會失智，一點都不懂人家的孝心。」

膝蓋桑的血壓飆高：「我做牛做馬比不上一條狗受寵！」女兒答：「妳又不是寵物。」

「妳聽聽，她竟然說我不是寵物！」膝蓋桑向菜攤老闆娘投訴，旁邊支著耳朵聽八卦的婦人忍不住給了評語：「妳確實不是寵物。」

女兒也搬出去了。

膝蓋桑進入「空巢期」，幾乎天天以淚洗面。桶柑在她腳邊繞來繞去，膝蓋桑一面哭一面叫牠「坐下」，桶柑坐下來又站起來，如是數回，很不安的樣子。膝蓋桑忽然覺得，桶柑說不定是老伴上輩子的妻子，這生來做他的小三，只不過修行不夠沒變成人。這樣說來，她們倆算是情敵，不，算原配與妾。膝蓋桑叫桶柑「上來」，拍拍自己的膝蓋，桶柑跳上沙發，把頭擱在她的膝蓋上，一人一狗嗚嗚地發出互相安慰的聲音。

膝蓋桑學老伴一日兩次帶桶柑去散步，幫牠撿大便裝入塑膠袋帶回家，也捨得花錢買好一點的狗糧給牠吃，把桶柑當成老伴的小三看待，有時對牠說：「以前對你不夠好，抱歉啦。」有時摟著桶柑掉眼淚：「我很想他，你想不想啊、想不想啊？」

十歲的桶柑相當於人類五十多歲，也不年輕，除了白內障，有條腿顯得較無力，走起路來有點瘸，真是老狗樣。膝蓋桑的膝蓋也越來越嚴重，但是下樓梯時，膝蓋桑心疼牠，一手抱牠一手扶欄杆，慢慢下樓。

社區的人都喜歡桶柑，牠成了每日在中庭曬太陽的老猴團一員，方圓五公里內的人都知道這隻忠心耿耿的老柴犬跟膝蓋桑形影不離。

剛開始桶柑衰老少食，後來倦怠無力，病得明顯，膝蓋桑打電話叫子女回來帶牠看醫生，一天拖過一天，沒人理，不得已，拜託秀華帶去。醫生診斷是腎臟毛病，熬不到兩個月，桶柑在膝蓋桑誦唸佛號聲中，走完狗生。

桶柑的後事是對面鄰居老Q 幫著辦的，備極哀榮，老猴團都去了，還請人誦經，真像一群白髮人送黑髮人，不，是一群無毛的送一隻有毛的。誦經時，膝蓋桑的眼淚沒停過，大約是想到以後自己死了不可能有人真心哀悼她，像是預先為自己備一些哭糧般，讓人分不清她到底在哭人還是狗？

桶柑走後，膝蓋桑凡是看到別人遛狗，都會去搭訕，順便炫耀桶柑如何聰明、貼心。逢年過節去龍山寺禮拜，也會求觀世音菩薩，下輩子讓她做一條狗。

5 命運共同體

自號「永遠的流浪漢」的王查理跟太太裘裘結婚不到兩年宣告分居，說是給彼此放「婚姻病假」，朋友們關注怎麼回事，兩人笑稱得了「良性婚姻腫瘤」，需要分開休養。王查理換了身分：「已婚單身貴族」，還真的印在名片上。王查理的父母從寂寞公寓搬去電梯大樓跟另一個有成就的兒子住，這兒就給沒成就的兒子度日了事。王查理沒家累，所以一點也不累，下了班，該去的地方一定去，不該去的地方也興高采烈地去了。

夜路走多，終於碰到附帳單的性愛設計師。

他收到光碟，一看，全身血液逆流差點像開香檳——軟木塞飛射、氣泡噴出一條蛇形——王查理一手摀嘴一手摀褲襠只露出兩顆無辜眼球看完兩分二十五秒的性愛秀。那女的是誰他根本忘了，但男主角確實是本尊無誤。他口乾舌燥、心臟咚咚地鼓動，在這千鈞一髮之時，他做了一件天底下再怎麼蠢的男人都不會做、但最後證明是睿智的事：伸出顫抖的手，打手機給裘裘：「老婆，老婆，妳快來救我！」

三十分鐘內裘裘飛車趕到，鑰匙往桌上一扔，摘下太陽眼鏡，筆電移過來，三秒內立刻明白「代誌大條」。她夠冷靜也夠犀利，抓起茶几上雜誌，慢慢地慢慢地捲成扎實的油條狀，狠狠地朝王查理的腦袋揮去：

「你豬啊，你豬啊，豬都比你聰明！」

王查理撫著後腦勺紅著眼眶，跪下來：

「老婆，我什麼都交給妳，我愛玩我亂玩我混帳我承認，可他們別想詐我一毛錢，我身敗名裂沒關係，我去坐牢無所謂！」

裘裘又用硬油條抽他：「坐什麼牢？你是受害者耶，你給她『幹活』你坐牢？你頭殼壞去！」再補一抽，把硬油條往陽臺扔去。

這時，她看到桌上攏著一小堆存摺、印章、金融卡、金手鍊、名錶、房屋土地所有權狀，裘裘感動地捧著王查理的臉深深一吻，順便用袖子幫他抹去臉上淚珠。結婚以來兩人大吵小鬧不斷，常常為了家用你出多少、我出多少爭執，從未像此刻感到彼此相融，真的有「命運共同體」的fu（feel），這才是婚姻的真諦啊！裘裘也難得地掉了一顆淚珠，溫柔地說：「有我在怕什麼，把你的膽子掏出來。」

確實，男人就是學不會在正確的時間掏出正確的器官。

果然，手機響了，一男子自稱是那女的丈夫，連珠炮罵三字經，若是膽小之人必被他嚇得手腳俱軟，他威脅要將光碟分贈給王查理的「老」字輩親友團：老婆、老闆、老子、老娘、老友、老鄰居、老師，除非——他提到五十萬遮羞費。

江湖在走，規矩要懂，依「體格」決定「價格」、「時間」決定「金錢」的原則，這價錢開得太離譜了。

裘裘接過電話，以近乎家暴的潑婦氣勢吼回去：

「你給我聽好，我就是他老婆，你要敲詐也專業一點，拍得模模糊糊也敢要五十萬。那女的未免太會演，叫得跟兇殺案一樣，我老公什麼德性我不知道嗎？你給我五十萬，我跟他拍清楚的給你！」

裘裘掛斷電話。原先跪在地上的王查理一躍而起，全身充滿力量，左勾拳、右勾拳還踢個彈簧腿，發出李小龍式的哇啊哇啊聲，接著抱緊裘裘，左親親右親親，說：「老婆，妳好強！」

他倆同時想到開香檳，沒香檳汽水也行，沒汽水啤酒也行，啵啵兩聲，仰頭一灌，王查理怯怯地問：「老婆，我真的有那麼糟嗎？」

裘裘瞪他一眼，忍著笑。沒想到兩人這一對眼，百年天雷勾動千年地火，接著地動山搖，直到天黑才戰死在床。

沒多久，裘裘搬來，她覺得這裡的氣場很強。從此，婚姻腫瘤消了，兩口子恩愛得不得了。

6 桑樹上的月亮

這陣子釣蝦場的生意不大好，琴美的心情也跟著盪到谷底。還不都是那些大老闆害的，搞什麼黑心油被抓包，一時之間群情沸騰大家都變成「食安糾察員」，什麼麵條有問題、香腸不能吃、豬血糕不要碰，好了，颱風尾掃到海鮮，第一個點名泰國蝦有藥物殘留。釣蝦場釣的就是泰國蝦，不然咧，釣高麗菜嗎？

那些釣客釣了蝦，大多是現場料理，自己用烤箱烤來吃，或是花一、兩百元料理費叫廚房炒胡椒蝦、鹽炒啤酒蝦，三、五人配啤酒吃光，很少帶回家的。釣費第一小時三百元，以下每小時兩百五十元，花個三小時八百元釣起來的蝦不能吃，那他還來真的就叫頭殼壞去！不如去河邊釣吳郭魚，反正不敢吃，釣好玩的何必花錢。

釣蝦場是琴美舅舅開的，規模不大，兩窟蝦池，大多是熟客，生意過得去。人手都是自己家族，琴美負責櫃檯，管帳管內場一切雜務，她雖然個頭不高相貌普通，喜歡一切金光閃閃、Bling-bling 的飾品，愛穿荷葉波浪短裙，腳蹬高跟涼鞋，貌似工地秀首席伴舞，但人品端正辦事俐落，比管外場的她表哥還管用。「琴美」兩字唸快一點，音似臺語「蟳仔」，小學就被臭男生叫「蟳仔」，果然她也像蟳仔有兩隻大螯能決斷，碰到「蝦品」差的釣客，拋竿起蝦時跟人有糾紛——要知道那些行家一個比一個龜毛，有自己的

「儀式」，釣蝦場沒辦法弄包廂，要是左鄰右舍人不對，很容易「幹譙」起來——還需琴美這朵香噴噴紅花軟言好語去哄一哄，把毛摸順，那男人為了在女人面前展現「阿莎力」與「拋餌」（power），拚命消費，扳回面子。男人跟池裡的泰國蝦一樣，吃餌，不吃拳頭。

琴美心情不好，跟她老母有關。

琴美的兄弟都在家鄉，老母在兩個兒子家奔波，跟駐軍一樣每月換防好不辛苦，接著老母的行為脾氣變得怪怪的，診斷是早期失智，這下大家的臉色更沉。琴美看老母過得連狗都不如——那些被捧在懷裡的毛小孩可不需要每月換地方住——看穿兩個哥哥沒種，胸脯一拍，將老母帶來寂寞公寓跟她住。反正她沒結婚，不需看誰臉色。釣蝦場是舅舅的，也好辦，琴美老母就在廚房打雜，舅舅給這個姐姐一點零用錢，老人家也高興。人老了，沒有經濟支配權步步靠別人，即使是自己子女，靠起來也很難堪，靠沒多久就會覺得自己根本是廢物。

每天琴美騎摩托車載老母上下班，像未婚小媽媽載老小孩上學。這本是琴美這個孝順女兒樂意做的，但最近，老母的病情加重，常常自作主張做一些離譜事，雖說釣蝦場是舅舅的，別忘了還有一個難搞女人叫「阿妗」（舅媽），兩個眼睛金朵朵看著呢。

起因是一件糾紛，有兩個釣客大聲嚷嚷起來，琴美聽到聲音趕緊去處理。兩人坐得太近，其中一個是生手，拋竿起蝦不懂規矩，釣線跟人家的纏在一起。要知道這裡是計時收費，清理釣線的時間都是錢。琴美只好暗中跟一個說多給二十分鐘、把另一個調到別處去釣。回到櫃檯，老母從廚房走來問：「按怎？」琴美隨口說：「炒米粉啦！」老母說：「喔。」

這個「喔」，「喔」出問題了。「炒米粉」是釣蝦場術語，指釣線纏在一起狀似炒米粉。像釣蝦場這種不單純是花錢買娛樂這般簡單的場所，有些禁忌的，衰尾帶屎的話不能明講，好比管電腦的資訊部門會悄悄放一包「乖乖」一樣，有些話有些事用暗語，不要搓破，就怕一搓搓醒瘟神，祂有一就有二，沒完沒了。老母不會不曉得，但當下，她的腦袋裡不知刮起什麼旋風，返回廚房，幹起活了。

阿妗大嚷，琴美衝進去，看見大水盆裡泡了米粉，五包，老母要炒米粉。

阿妗比金剛鸚鵡還聒噪，狀似老母放火燒房子，老母被罵，無辜的表情讓琴美很難受，五包米粉兩百多塊有什麼好嚷的，但人性就是這樣，他要是看不慣或看不起你，即使一片葉子掉在肩膀他也會說成刀子殺下來，而被看不起，那真的是被人當作螞蟻用拖鞋去踩還壓磨幾下的事。

能怎麼辦？頭髮溼了只好洗下去。琴美瞥氣忍淚，賣力炒米粉，三十分鐘後，搬一大盆炒米粉到用餐區放在桌上，正要扯喉嚨喊「蝦汁米粉一碗二十元」，忽然一條身影站在她面前，叼菸，打開皮夾抽出一張五百元，說：「算我的。」接著轉身對釣客大聲宣佈：「兄弟，食米粉，我請。」

這個七字怪人算熟客，一年前阿舅請他來裝潢，從此一個月總會來一、兩次，綽號「阿金」、「金條」，叫他金條的人比較多，琴美為了匯工程款知道他叫徐長金。一頭自然鬈頭髮，菸酒檳榔三合一，看起來是個古意人，話不多，也不跟誰套交情，自備釣竿與餌。偶爾帶朋友來，大多自己來。釣技不錯，三小時下來收穫三十多隻，有人問他訣竅，他回：「我跟蝦子能溝通。」

一大盆米粉即刻掃光，廚房裡多的是蝦湯，米粉吸飽鮮味，不好吃才怪。這下阿妗沒話說了。琴美當晚回家抱著老母哭一場，老母越是自責「我奈也這呢笨」琴美越是哭得大聲，哭到老母糊塗：「我敢是死了？妳奈也哭甲這大聲？」琴美破涕為笑。打電話跟金條道謝，金條說：「我做粗動（粗工）的講話卡直接，每一個家族仔攏有一個肖查某。」

琴美哈哈大笑。自此對金條印象大好，他來買檳榔時多塞一、兩粒給他「沙米蘇」（service日文發音）。反正這個世界就像蝦池，明的暗的誰看得出，天知地知你知我知，頂多再加一個蝦子知。

三個月後，颱風剛過、釣客清淡的黃昏，金條對琴美說：「我們兩個要交往一下才對，妳是美、我是金，美金呢。」

「我結婚了。」琴美說。

「噯唷，我有探聽，我們同故鄉。」

一比對，果然同鄉不同村，人脈牽來絆去，還不乏有共同認識的人。人不親土親，這下子土親人更親，不多久，大家都察覺琴美與金條這兩個人可能有曖昧。

但這隻紅蟳仔正式被金條釣走，還是跟炒米粉有關。

某假日，金條來寂寞公寓坐坐，該說的話都說完，該喝的烏龍茶也喝完，該抽的菸也抽去好幾根，琴美老母一直在屋裡走來走去，一下子收衣服一下子幫熱水瓶加水一下子整理回收，忽然問琴美：

「晚上煮什麼？」

琴美答：「炒米粉。」

老母說：「啊，冰箱沒蔥，我去菜園看看。」

話說管理員秀華勤快，把謝老師家旁邊那塊空地整理成小菜園，種些大家用得到的辛香料，辣椒、九層塔、蔥，倒也一片欣榮，社區若有人臨時需要自去採摘。

老母前腳一出，兩人一躍而起，進房，門一鎖，正要拋竿入池，怎料老母返回敲房門：「晚上煮什麼我忘了？妳在做什麼奈也鎖門？」

「炒米粉。我在忙，妳去拔蔥。」

「喔。」

老母匆匆出門採蔥，房裡這兩個匆匆辦事，漏了防護措施，一個多月後，浮標動了，訊號真的很強，一尾超級泰國蝦在琴美肚裡。順水推舟，奉子結婚。

婚後的琴美、金條與老母同住，人逢喜事精神爽，一副紅膏赤舌，連老母也豐潤許多。金條家裡的長輩都不在了，對這個岳母很盡心。琴美辭去釣蝦場工作，在家帶孩子，老母當她助手。能幹的她，也當起金條的助理，凡是跟客戶、建材行聯繫的事，有她就搞定。兩人都不喜歡都市，盤算將來回鄉發展。

如果不是老母的病情走下坡，這個「將來」不知是何時。琴美與金條的兒子三歲那年，他們已無法一天到晚去找走失的老母。金條是個好女婿，打聽家鄉有家安養院不錯，決定先讓岳母住進安養院有專人照顧，他們也朝返鄉的方向規畫。為了讓老人家不要有被遺棄的感覺，入住之前，金條常開車載一家到安養院溜達，幾次下來，老母對那地方有熟悉感，也認識不少人。

那陣子民宿很夯，金條打算將來整修荒廢多年的老厝，除了自住也能撥出兩個房間做民宿。琴美夠能幹，可以在家帶孩子順便照管民宿，金條仍去做裝潢，兩人聯手打拚，一個家就能穩穩地站好。

秋老虎還在發威的時節，金條一家護送老母去安養院入住。老人自然而然跟著已熟識的照護員去做運動。傍晚時分，金條開車回到自家老厝。

停好車，先到附近巡一巡，迎面駛來一部白色「賓士」，搖下車窗叫：「阿金仔！」金條一看，原來是小學同學阿福，二十年沒見。

兩人拍肩、說幹話，阿福叫琴美「嫂仔」，逗逗孩子。阿福做砂石生意，看來很發達。兩人交換名片，互道：「老大，多照顧。」

阿金問他怎會走入這一行，阿福說：

「你介紹的啊。」

「我什麼時候介紹？」阿金一頭霧水。

「你忘了，小學時我們打架，你把我壓在地上呷沙，我呷了覺得沙子滿好吃的。」

「幹！要再來嗎？」阿金大力拍他肩膀，兩人仰頭哈哈大笑，好像打架是昨天發生的一件快樂的事。

「我們為什麼打架？」阿金問。

「哪知？呷飽太閒。」阿福答，他真的忘了。

阿福離去，阿金覺得恍如昨日。

「你小時候常打架啊？」琴美問。

「怎麼可能，我很乖的，厝邊頭尾有名的。」阿金抱起兒子，刻意說：「不可以打架喔！」但又小小聲加一句：「該打的時候還是要給他打下去。」

對那次打架似乎還有一點印象，怎麼起因的卻模糊了。他想起後來躲到桑椹樹上，這一想，便往後院方向去，不知那棵樹還在不在。

樹還在，老樣子。

他把兒子抱高，讓他往樹幹分岔處爬，琴美托著他，小孩很樂，阿金告訴兒子：「爸爸小時候爬過這棵樹，在樹上可以看高高的喔。」

阿金發現地上有好幾顆土芭樂，尋到桑樹邊果然有一棵芭樂樹。他蹲下來點菸，呼出一口霧，疑惑這棵芭樂樹誰種的，為何他毫無印象。

記憶的閘門打開，有一些感覺襲來，忽濃忽淡，把他縮小，縮回到那一個夜晚。他記起不知散在天涯何處的阿郎哥一家，記起在他家前院拔起不知什麼植物帶回來，哭著帶回來。

難道就是這棵芭樂樹？會把它種下的，除了阿嬤還有誰？這麼說，當天發生的事，也需要很多年後才能得知全部的情節。譬如，多出一棵芭樂樹。

「啊，也長高了。」阿金仰頭看著土芭樂樹。

悲傷、痛苦時候種下的不起眼東西，竟然也會默默地開花結果。阿金摘下一顆，咬一口，真澀，但是土芭樂的香氣就是這麼獨一無二。

「我爬樹樹咧，我爬樹樹咧。」小孩很樂。

「在樹上看到什麼？」琴美問。

小孩扭著小脖子東看看西看看，伸出手，指著遙遠天邊一枚剛出現卻是永遠存在的白色淡影，說：

「月亮。」

後記

「人生是等待收割的田地。」[1]

用彼得．漢德克的這句話來總括這本小書是適當的。周圍的蓊鬱人生太猖狂，收割了幾個小人物故事，他們在各自的寂寞裡載沉載浮，看似彼此不相涉，但終究在同一塊風吹雨打的田地裡。

寫著寫著，我竟然喜歡起自己創造的人物，尤其是那個在同一天裡努力地打架、哭泣、看到貓頭鷹的小男生，我甚至被這段情節療癒而有感，說不定我們蜷縮在自己的寂寞裡的時候，都有一隻專屬的貓頭鷹飛來，只是沒被發現。

但願我的拙筆沒辜負這些人物，也許他們真的存在某個時空，用超出我能想像的器械繼續搥打不平整的人生。

謝謝唐儷禎與簡熙，他們慷慨地讓我使用精采的畫作，蓬蓽得以生輝。

作為持續閱讀小說獲致無上狂喜的人，本書亦可視作一個不帶地圖的登山客的朝聖之行，於磨破腳跟的徒步中，向留下鉅著的大師們致敬，感謝他們曾在不為人知的暗夜裡，用小說拯救了我。

1 引自紀錄片《彼得．漢德克：我在森林，晚一點到》（*Peter Handke: In the Woods, Might be Late*）。

簡媜作品

1 水問　一九八五／散文／洪範
2 只緣身在此山中　一九八六／散文／洪範
3 月娘照眠床　一九八七／散文／洪範
4 私房書　一九八八／札記／洪範
5 下午茶　一九八九／散文／大雁，一九九四由洪範重出
6 夢遊書　一九九一／散文／大雁，一九九四由洪範重出
7 空靈　一九九一／散文／漢藝色研
8 胭脂盆地　一九九四／散文／洪範
9 女兒紅　一九九六／散文／洪範
10 頑童小番茄　一九九七／散文／九歌
11 紅嬰仔　一九九九／散文／聯合文學，二〇一九由印刻重出

12 天涯海角　二〇〇一／散文／聯合文學，二〇二〇由印刻重出

13 跟阿嬤去賣掃帚　二〇〇三／童書繪本／遠流

14 好一座浮島　二〇〇四／散文／洪範

15 舊情復燃　二〇〇四／散文／洪範

16 微暈的樹林　二〇〇六／散文／洪範

17 密密語　二〇〇六／散文／洪範

18 老師的十二樣見面禮　二〇〇七／散文／印刻

19 吃朋友（策劃／撰寫）　二〇〇九／散文／印刻

20 誰在銀閃閃的地方，等你　二〇一三／散文／印刻

21 我為你灑下月光　二〇一六／散文／印刻

22 陪我散步吧　二〇一九／散文／簡媜

（自行出版，總代理：成陽 03- 3589000）

23 十種寂寞　二〇二一／小說／印刻

INK PUBLISHING
文學叢書 646
十種寂寞

作　　者　簡　媜
總 編 輯　初安民
責任編輯　陳健瑜
美術編輯　黃昶憲
校　　對　簡敏麗　陳健瑜　簡　媜

發 行 人　張書銘
出　　版　INK 印刻文學生活雜誌出版股份有限公司
新北市中和區建一路 249 號 8 樓
電話：02-22281626
傳真：02-22281598
e-mail：ink.book@msa.hinet.net
網　　址　舒讀網 http：//www.inksudu.com.tw

法律顧問　巨鼎博達法律事務所
施竣中律師
總 代 理　成陽出版股份有限公司
電話：03-3589000（代表號）
傳真：03-3556521
郵政劃撥　19785090　印刻文學生活雜誌出版股份有限公司
印　　刷　海王印刷事業股份有限公司

港澳總經銷　泛華發行代理有限公司
地　　址　香港新界將軍澳工業邨駿昌街 7 號 2 樓
電　　話　852-27982220
傳　　真　852-27965471
網　　址　www.gccd.com.hk

出版日期　2021 年 1 月　初版
2024 年 8 月 15 日　初版八刷
ISBN　978-986-387-387-7
定　價　360 元

國家圖書館出版品預行編目資料

十種寂寞／簡媜著 --初版,
新北市中和區： INK印刻文學, 2021.01
面；14.8 × 21公分.（文學叢書；646）
ISBN 978-986-387-387-7（平裝）

863.57　109021675